河出文庫

こびとが打ち上げた小さなボール

チョ・セヒ
斎藤真理子 訳

河出書房新社

目次

こびとが打ち上げた小さなボール

メビウスの帯

数学担当教師が教室に入っていった。教師は本を持っていなかった。生徒たちはこの教師を信頼していた。この学校で生徒に信頼されている、唯一の教師だった。

教師が口を開いた。

諸君、今年一年よくがんばった。みんなほんとうによく勉強してくれた。だから、最後の時間だけは入試に関係ない話をしたいと思う。私は本を何冊もひっくり返して、諸君と話し合ってみたいテーマを見つけてきたんだ。まずは、私が一つ問題を出してみよう。

二人の子どもが煙突掃除をした。*1 一人はすすで顔を真っ黒にして降りてきたが、もう一人は全然汚れていない、きれいな顔のままだった。さて、君たちは、二人のうちどちらが顔を洗うと思うかね？

生徒たちは教壇《きょうだん》に立った教師を見つめた。誰もすぐには答えられなかった。しばらくして、一人の生徒が立ち上がって言った。

汚れた顔の子だと思います。

ところが、そうじゃないんだね。

教師が言った。

どうしてですか？

別の生徒が訊《き》いた。

教師が言った。

一人がきれいな顔、もう一人が汚い顔で煙突から降りてきた。汚い顔の子はきれいな顔の子を見て、自分の顔もきれいだと思う。逆に、きれいな顔の子はもう一人の顔が汚れているのを見て、自分の顔も汚れていると思うだろう。

生徒たちがざわめいた。彼らは教師から目を離さなかった。

もう一回だけ訊こう。

教師が言った。

二人の子どもが煙突掃除をした。一人はすすで顔を真っ黒にして降りてきたが、もう一人は全然汚れていない、きれいな顔のままだった。さて、君たちは、二人のうちどちらが顔を洗うと思うかね？

まったく同じ質問だ。こんどはすぐに一人の生徒が立ち上がって答えた。

私たちは答えを知っています。顔のきれいな子が洗うのです。

＊1　この話はタルムード（ユダヤ教の宗教的典範）に登場する。

生徒たちは教師の言葉を待った。

教師は言った。

違う。

どうしてですか？

これ以上は質問を受けつけないからよく聞いてほしい。二人は一緒に同じ煙突を掃除した。したがって、一人の顔がきれいなのにもう一人の顔が汚いということは、ありえない。

教師はチョークをとって黒板に向かった。そして「メビウスの帯」と書いた。

みんなもう教科書で知っていることだが、これまた入試とは関係ない話だから、気楽に聞いてほしい。ものには内側と外側がある。例を挙げよう。紙は表と裏の両面を持ち、地球には内部と外部がある。紙を細長く切って両端を糊《のり》づけすれば、やはり中と外ができる。しかしこれを一度ねじって両端を糊づけすると、中と外が区別できない、すなわち一つしか面を持たない曲面ができる。これが諸君の教科書にも出ているメビウスの帯だ。

では、中と外が区別できないとはどういうことなのか、考えてみよう。

いざり[*2]が豆畑に入っていった。まだ日没前なので、よく実った枝を何本か折ることができた。豆畑は雑草だらけだ。いざりは折った枝を胸のところにはさんで畝《うね》の間を這《は》っていく。あまり静かなので、雑草の種が落ちる音さえ聞き取れる。豆畑とは名ばかりで、雑草畑といってもいいくらいだ。いざりは黄土の道に出て、豆の枝を体から離した。木が燃える匂いが快い。日がようやく沈みはじめ、畑に入る前に火をつけておいた材木が真っ赤に燃えさかっている。いざりは割れた鉄板を火の上にのせ、豆をさやからむいて投げ入れた。からからに乾燥した木が煙一すじ立てずによく燃えている。何時間か前まで、その木はせむしの家の床だった。

せむしの家は取り壊された。ハンマーを持った男たちが片側の壁をぶち割って後ろへ下がると、北側の屋根が嘘《うそ》のように崩れ落ちてきた。男たちはそれ以上家に手を触れず、ポプラの木のそばの草の上にしゃがんでいたせむしは立ち上がるとき、空ばかり見ていた。せむしの妻は庭先で四人の子どもと一緒に、種まき用に残しておいたとうもろこしをむいていた。ハンマーを持った男たちは、次の家へ行く前にせむしの家を見やった。誰もくってかからず、誰も泣かなかった。そのことが男たちを怯えさせた。

あたりはもう薄暗い。いざりは、よたかが餌《えさ》を求めて野原を低く飛ぶ羽音を聞いた。いざりが鉄板の上にたて続けに豆をのせていく。木が燃える匂いと豆が炒《い》られる匂い

＊2　歩行機能を持たず、ひざや尻を地につけたまま移動する人。膝行する人。

が快い。池のむこうを一群の人々が通っていく。マンション建設現場の人夫たちだ。彼らのシルエットが池のほとりの野原を横切り、バス停の方へ向かっていくのが見える。

いざりはせむしの足音が聞こえてくるのを待ちながら、鉄板を火から引っ張り下ろした。足音は聞こえてこない。せむしの妻も、大きい子も小さい子も、みんなよく耐えていた。いざりは炒った豆を噛みしめる。せむしの家の床板が燃えさかっている。

ほかの住民たちはがまんできず、ハンマーを持った男たちに泣きながらくってかかっていった。誰もが、皆でやったことに責任はないと思っていたのだ。彼らはハンマーを持った男の一人を引きずり出して袋だたきにした。何分か後、血を垂らして立ち上がったその男は片腕を振ると、口の中にたまった血をぺっと吐き出した。血に混じって、折れた前歯が出てきた。

いざりはハンマーを持った男たちが近づいてくると、コスモスが咲き乱れている道ばたに座り込んでわが家を指さした。いざりの家族はせむしの家族より弱かった。妻はポンプの後ろにうずくまり、垢《あか》じみたチマを持ち上げて顔をおおった。子どもたちはそのかたわらで泣いていた。屋根と壁が一瞬にして崩落し、ほこりだけが舞い上がった。

せむしの足音が近づいてきた。彼は、持ってきたポリタンクを火の気が届かないところに置いた。タンクはガソリンでいっぱいだ。せむしはこの重いタンクを持って、四キロほどもある暗い野道を歩いてきたのだ。野原のはずれの空き地では薬売りたち[*3]が、アルミ箔《はく》に包んだサントニン[*4]を売っている。

彼らは廃車置き場で壊れた車を買って乗っている。車の中にはラワンの角材や固い石、ビール瓶、長い釘《くぎ》、鋭く研《と》いだナイフなどが積んである。これらは、「師範」と呼ばれている男の道具だ。彼は素手で石やビール瓶を割ったり、角材を折ったり、木に打ち込んで先を曲げた釘を歯で抜くことさえできた。彼が鋭い長剣を手に収めてナイロンの紐《ひも》で縛りつけ、刃のきっ先を腹に突きたてて手を引き抜くと、見物人たちは全身の皮膚が刃で逆なでされるような感覚に陥《おちい》る。そして「師範」は傷ひとつ負わなかった。[*5]

彼の力は恐るべきものだった。せむしは彼からガソリンをもらい、車の構造についてもくわしく教えてもらったのだ。

せむしは闇《やみ》に沈んだ町の方を向いて立っていた。せむしがしゃがむと、いざりが鉄板を彼の方へ押してやった。せむしは豆を食べようとしたが、その手を止めて低い声

＊3　独特の口上や様々な芸当を披露して、漢方薬などの薬を売る人々。彼らのパフォーマンスは大道芸の一種ということができ、そこには体に障害のある人々が芸人として参加することも少なくなかった。

＊4　寄生虫薬。

＊5　このようにするとナイフが腹に刺さったように見えるが、実はナイフにばねが仕込んであり、実際には手のひらの中にナイフが戻っている。

で訊いた。

「何の音だ？」

「え？」

「何か、音がした」

二人はしばし息をひそめた。

「鳥が飛んでいるんだよ」

いざりが言った。

「よたかが餌を探してるんだ」

「夜にか？」

「昼間は寝ているんだ。木にぴったりくっついて、コブみたいになって寝る鳥なんだよ」

せむしは口に入れようとした豆を鉄板の上に置いた。いざりは、せむしがたばこをくわえて火をつけるとき、その手が震えているのを見た。

「どうしたんだ？」

いざりが訊いた。

「何でもないよ」

せむしが言った。

「怖いのか？」

「怖いことはないさ」

「気が進まないなら、帰れよ」

せむしは首を振った。せむしの子どもたちはテントの中で寝ている。彼らは寝る前にテントの前で火を焚《た》いた。いざりの子どもたちは、自分の家の台所の扉を持ってきて火にくべた。すっかり壊れてしまい、売りものにもならないからだ。

テントの中は真っ暗だった。火の前に集まっていた住民たちが散っていくと、家々がひしめき合っていた跡地は闇に飲み込まれてしまった。大人たちは、一すじのぼんやりとした明かりを追っていった。

防犯詰所の前の空き地に車が一台停まり、その中で一人の男が、人々の差し出す書類と印鑑証明書に目を通していた。男は窓の外に金を差し出し、人々は車のそばに座り込んで金を数えていた。

いざりはまた鉄板を火にのせ、さやからむいた豆を置いた。せむしが豆を食べるところを見たかったのだ。ここ何日か、せむしがものを食べるところを見ていなかったから。

「そろそろ来るんじゃないか?」

せむしが尋ねた。彼のたばこはすっかり灰になり、二本の指先に引っかかっているだけだ。

「そうだな」

いざりが言った。

「あいつが俺を殺さないように気をつけていてくれ。よく肥えた奴なんだ。あの体重でのしかかられたら、俺は息もできずにくたばっちまう」

「さっき、帰れと言ったよな?」

「お前が帰るんだったら、別のやり方でやるさ」

「別のやり方?」

「訊くなよ」

いざりは振り向いた。いざりの視野を建設中のマンション群がさえぎった。野原の西から東まで、マンションの鉄骨がくまなく立ち並び、黒々とした姿を見せている。せむしは両手で砂をすくって火の上にばらまいた。いざりは鉄板を引きずりおろした。いざりは、せむしが火をすっかり消すまで黙って見ているだけだった。火の最後の一点まで消えると、あたりは闇に包まれた。

「ライトがついた」

せむしが言った。いざりは町の方を振り向いた。車のライトが夜空を何度か旋回《せんかい》し、徐々に動き出した。

「食えよ」

そう言っていざりが鉄板を押してやったが、せむしは鉄板を豆畑に蹴《け》り入れてしまった。せむしはガソリンが入ったポリタンクを持って歩き出した。いざりも急いでせむしのあとを追って這った。道が凹んだところに水がたまっている。水たまりの中には飛び石が二つ置いてあった。せむしは目分量で石を踏んで水たまりを飛び越え、いざりを待った。いざりは水たまりを避けて道端の雑草の上を這い、せむしが待っているところまで行った。いざりは道の真ん中に陣取って正座し、両のポケットから固く巻いた電線を取り出してせむしに見せた。せむしはうなずき、右手の豆畑に入って隠れた。四方は恐ろしく静まり返っている。いざりは怖かった、そこでせむしに声をかけた。

「今日のマンション入居権価格[*6]を確認したか？」

「ああ」

せむしの姿は見えず、声だけが聞こえてくる。

「いくらだ？」

*6　この物語は一九七〇年代のソウルの無許可建築住宅密集地（いわゆるスラム）を舞台としている。当時の政府は、これを都市計画に多大な妨害をもたらすものとして徹底的に撤去し、再開発を進めた。その際、立ちのきさせられた住民（「撤去民」と呼ぶ）に、再開発後に建設されるマンションに優先的に住める「入居権」を与えることもあったが、そのマンションの家賃は高額なので、撤去民が実際に住むことは事実上不可能で、入居権を売却することがほとんどであった。法律によって入居権の第三者への売却は禁じられていたが、それは公然と見逃され、マンション入居権は投機の対象となり、不動産業者やブローカーによる入居権の買い占めが絶えなかった。

「三十八万ウォン」

いざりはそれ以上何を言う気にもなれなかった。

「前を見ろ」

せむしが豆畑の中から言った。いざりは二すじのライトが夜空をかき乱しながら近づいてくるのを見た。ライト以外には何も見えない。いざりは目を閉じた。ライトの光が彼の網膜《もうまく》に、闇の濃さだけを残す。いざりは身じろぎもしなかった。車が水たまりを突っ切りながら何度もクラクションを鳴らしたときも、ぴくりともしなかった。バンパーがいざりのあごをかすめ、車がようやく停まる。男の罵声《ばせい》が飛んできた。せむしは右手の豆畑で身を固く縮めた。男がドアを開けて出てくる。いざりは体を横にずらしながら、まぶしそうな顔で男を見上げた。

「おい、何やってんだ?」

男が怒鳴った。いざりが小さな声で何かつぶやいた。男は腰をかがめて訊いた。

「何て言ったんだ?」

「死にたいと言ったんだ」

いざりが言った。

「俺を轢《ひ》きな。かまわないから」

その声がとても小さかったので、男はいざりの隣にうずくまるようにして座った。

「わけを聞こう。何のつもりだ?」

「俺を知ってるか？」

「知っているさ、私に入居権を売っただろう」

「そうだ。あんたはあれを十六万ウォンで買ったよな」

「私を恨《うら》むのはお門違《かどちが》いだよ。私は、市が出す移住補助金より一万ウォンも多く払ったんだからな」

「恨んじゃいない」

いざりが言った。

「俺たちはその金で、チョンセ金[*7]を返すことはできたしな」

「じゃあ、道をあけろよ」

男が言った。いざりは首を横に振った。

「だが、チョンセ金を返したらそれっきりだ」

「マンションに住める能力がないから入居権を売ったんだろう。なのに今さら何を言うんだ？」

＊7　チョンセとは韓国特有の不動産賃貸システム。最初に多額の保証金（チョンセ金）を大家が受け取り、出ていくときに全額返す。借家人は月々の賃貸料は払わないが、大家は保証金を運用して利益を出すので、お互いに損はしない。零細民どうしでほんの僅かな空間を貸し借りすることも多く、いざりもせむしも保証金を受け取って自宅の一部を人に貸していた。しかし家が撤去されるのでチョンセ金を借家人に返さなくてはならず、マンション入居権を売却した金でやっとそれを支払うことができた。

「家が取り壊されるのを見たか?」

「見たさ」

男の声が尖《とが》っていた。

「俺たちは家をなくしたんだ」

いざりは小声で言い続けた。

「あんたは俺にあと二十万ウォン払うべきだ」

「何だって?」

「俺たちが何も知らないと思って、よくもこんなことができるな。三十八万ウォンのものを十六万ウォンで買って二十二万ウォンも儲《もう》けるなんて、そんな話があるか。俺に二十万ウォン払っても二万ウォンの利益が出るじゃないか。しかもあんたは、うちの町の入居権を根こそぎ買い占めただろう?」

「どけ!」

男が体を起こした。

「どかないと、ただじゃ済まさん」

「好きにしろ」

ほんの一瞬、いざりは気を失った。男の土足が彼の胸ぐらを蹴とばしたからだ。いざりは、くり返し蹴りつける男の足を無我夢中でつかんだまま、ぐったりしてしまった。あまりに力がなさすぎた。男はいざりの顔を大きなこぶしで何度もこづき、その体を軽々と持ち上げて叢《くさむら》に放り出した。

頭から突っ込むようにして叢に投げ込まれたいざりが道に這い上がろうともがいているのを確認すると、男は振り向いた。邪魔者が這い上がってくる前に立ち去らなくてはならない。

彼は車に乗り込もうとして身をかがめた。その瞬間、黒い影が彼のみぞおちの下を力いっぱい蹴りつけた。男の大きな体がへなへなと崩れ落ちた。豆畑に身をひそめていたせむしが車の中に隠れていて、死力を振りしぼって男を蹴ったのだった。

「金は払うよ！」

男はそう言いたかった。しかし言えなかった。せむしが彼の口に大きなばんそうこうを貼ったからだ。体を動かすこともできなかった、電線でぎゅうぎゅうに縛られたからだ。男はせむしがいざりを車の前まで引きずってくるのを見た。ライトに照らされたいざりの顔は血まみれだった。せむしが彼の顔を拭《ふ》いてやった。いざりは泣いていた。

「俺がくたばるところを見たかったのか？」

いざりが言った。

「もうちょっと早く出てこられたはずだ。俺がくたばるのを見たかったんだろう」

「やめろよ」

せむしが身をひるがえして歩きながら言った。

「こいつを車に乗せて、かばんを探すんだ」

「そうだな」

いざりが後ろを這ってきながら言った。男は全身でのたうちまわったあげく、疲れ果てて静かに横たわっている。

せむしが車に乗り込み、夜空をまっすぐに分けていた二すじのライトを消した。エンジンも切った。彼は運転席の下から黒いかばんを探し出した。

外ではいざりが男の上半身を起こして座らせ、せむしも車から出てきて男の腰を抱えて立ち上がらせた。二人は男の体をかつぐようにして押し、運転席に座らせた。

「俺をあいつの隣に座らせてくれ」

いざりが言った。せむしはいざりを抱いて右側の座席に座らせてやり、自分は後部座席に座って黒いかばんを開けた。男は見ているだけだった。

「金と書類だ」

せむしが言った。

「見せてくれ」

いざりが言った。男は、自分のすべてを二人が握っていることを悟った。

「俺たちのはもう売っちまったんだな」

いざりがかばんの中を引っかきまわしながら言った。男は両目をしばたたいた。

「よく見ろ」

「俺たちの名前がこのノートに書いてある。それから鉛筆で消してある。これは、売れたという意味だ」

いざりがにらむと、男がうなずいた。

「三十八万ウォンでか？」

男がまたうなずく。

「金を数えろ」

せむしが言った。いざりが金を数え始めた。いざりはぴったり二十万ウォンの札束を二つ作って、取り出した。

「これは俺たちの金だ」

いざりが言った。男はまたうなずいた。男はいざりが後部座席のせむしに札束を渡すのを見た。いざりの手はぶるぶる震え、せむしの手も同じように震えている。二人の胸はもっと震えていた。

いざりは胸元を開けて札束を入れ、ボタンをかけ、襟元を直した。せむしは金を上着の右ポケットに入れた。せむしの上着には内ポケットがついていなかったからだ。

金をしまうと、明日やるべきことが頭に浮かんできた。いざりの頭にも思い浮かんだ。子どもたちがテントの中で眠っているのだ。

「タンクを持ってこいよ」

いざりが言った。いざりは最後の電線を手にしている。外へ出たせむしが豆畑からポリタンクを持ってきた。せむしはいざりの顔だけを見ていた。それ以外にはほんとうに何も見なかった。せむしは車のそばを離れ、町に向かって歩き始めた。いつになく静かな晩だ。明かりひとつなく、町がどのあたりにあるのかもわからない。せむしはときどき立ち止まり、いざりが這ってくる音を聞こうと耳を澄ました。

あいつは車の中から体を転がすようにして降りてくるだろう。ドアをバンと閉め、全速力で手を動かして、闇に包まれた黄土の道を這ってくるだろう。

せむしは自分の歩く速さと、いざりが全力で手を動かしたときの速さについて考えながら歩いていった。町の入り口に来ると、取り壊された一軒家跡の庭先に入り、井戸のポンプの取っ手を押した。両手で水を受けて口を潤すと、その手を上着の右ポケットに当ててみた。いざりが激しい息遣《いきづか》いで這ってくる。せむしは歩み寄っていざりの顔をうかがった。暗くてよく見えない。

いざりの体からはガソリンの匂いがした。せむしはポンプを押して彼の顔を洗ってやった。いざりは顔がひりひり痛くて目を開けていられなかった。だが、これしきの痛みは何でもない。彼はふところの金と、明日やるべきことを考えた。そのときいざりが這ってきた黄土の道のむこうで、火の手が突き上がるのが見えた。いざりはせむしが立ち上がろうとするのを制して座らせた。

ハンマーを持った男たちがやってきたとき、せむしの一家はほんとうによく耐えていた。いざりの家族はせむしの家族より弱かった。いざりは、せむしがあわてて立ち上がろうとしたのが気に入らなかった。爆発音が聞こえてきたときはいざりも驚いた。しかしそれも一瞬のことにすぎない。炎が消え、音もやんだ。

「いろいろと買わなきゃな」

いざりが言った。

「まず、原付とリヤカーだ。それから、ポップコーンの機械。お前は運転だけしてくれればいいんだ。もう俺が這いずりまわるのを見ることもなくなるな」

いざりはせむしの反応を待った。無言だった。

「どうした？」

いざりは急いでせむしに近づき、ズボンの裾《すそ》をつかんだ。

「おい、どうしたんだ？」

「何でもないよ」

せむしが言った。

「怖いのか？」

いざりが言った。

「何でもないさ」

せむしが言った。

「妙だな。こんな気持ちは初めてだ」

「そりゃ、よかった」

「いいわけじゃないよ」

いざりは、こんなに冷静なせむしの声を初めて聴いた。

「俺は、お前とは一緒に行かない」

「何だって！」

「お前とは行かないんだ」

「突然、何を言い出すんだ？　明日は三陽洞《サミヤンドン》か巨余洞《コヨドン》に行くんだ。あのあたりには貸し間がいっぱいあるからな。まずは部屋を決めて家族を安心させて、俺たちはポップコーンの機械を引いてあちこち行けばいい。原付があればどこにだって行ける。葛峴洞《カリヨンドン》に行ってたときのこと、覚えてるか？　ポンポンポンポン、何回破裂させたか覚えてるか？　夜の九時まで機械を回しっぱなしだったじゃないか。あの客たちは、自分がポップコーンを食べたいわけじゃない。昔のことが懐かしくて、子どもを口実に買いに来るんだ。そういう客がいるところを探せばいい。そうすれば何日かに一度うちに帰って、女房子どもがびっくりするぐらい金をやれる。なのに、お前は何を考えているんだ？」

「俺は師範についていこうと思う」

「あの薬売りにか？」

「ああ」

「気でもふれたのか？　その歳で、薬売りをやるなんて」

「まっとうな人間はそうそういないもんだ。だが、あいつはそうなんだ。必死で体を張って、自分の力で食っている。あいつが売っている寄生虫薬は偽物《にせもの》じゃない。俺がこの体を見世物にすれば、あいつの仕事を立派に助けてやれる。あいつはそれを認めてくれると思う」

せむしはこう言うと、一言つけ加えた。

「俺が怖いのは、お前なんだよ」

「わかったよ。もういい」

いざりが言った。

「行けよ。もう止めないから。俺は誰も殺しちゃいない」

「何をするにせよ」せむしが振り向きざまに言った。

「それが解決になるのでなくちゃな」

暗闇がせむしを包み、いざりにはせむしの足音しか聞こえなかった。やがてそれも聞こえなくなった。いざりは子どもたちが寝ているテントを探して這いずりはじめた。泣くまいとして歯をくいしばった。しかし、涙が出てくるのをどうすることもできなかった。今夜という夜はなんて長いんだと、いざりは思った。

＊8　当時低価格で住める住居が多くあった地域の一例。「洞」は韓国の行政区画のひとつで日本の「町」にあたる。

教師は両手を教卓の上に置いた。教え子たちにむかって、彼は言った。

最後に、内部と外部が分かれていない立体はないのか考えてみよう。中と外を区切ることができない立体、すなわちメビウスの立体を想像してごらん。宇宙は無限で終わりがなく、内部と外部を区分できないといわれている。単純なメビウスの帯に、たくさんの真理が隠されているね。

私がなぜ最後の時間に煙突の話をしたのか、メビウスの帯の話をしたのか、諸君がいずれそれについて考えてくれるものと、私は信じている。諸君も徐々に知っていくと思うが、人間にとって知識とは、途方もなく邪悪な役割を負わされることも多いものなのだ。諸君は大学へ行き、さらに多くを学ぶだろう。諸君には、諸君の知識が決して己の利益のためだけに使われることのないよう、心して生きてほしい。私は諸君がまっとうな学校教育を受け、ものごとをまっとうに理解できる人間になってほしいと思い、努力した。今や、その努力の結果を問われるときがきたようだ。他のあいさつはお互い、省略することとしよう。

気をつけ！

学級委員がすっくと立ち上がって叫んだ。

礼！

教師は上体をかがめて礼を返し、教壇から下りた。そして教室を出ていった。冬の太陽はすでに傾き、教室内は暗がりに飲み込まれていった。

やいば

台所に刃物が三つある。二つは台所包丁だ。一つは大きく、一つは小さい。シネは年に一度、研《と》ぎ屋を呼んで大きな包丁を研ぐことにしていた。研ぎ屋は刃物のよしあしを見抜くものだが、見抜けない人もいる。刃物のことがわかっていない研ぎ屋はいきなり回転砥石《といし》で研ごうとするので、シネは包丁をとりあげて引っ込んでしまう。わかっている人は、この包丁を受け取ると目を見張り、しばらく黙って見つめる。この包丁のみごとさに打たれるのだ。だから、初めから目の細かい砥石に用心深くあてる。近ごろの人間は百ぺん生まれ変わってもこんな包丁を作ることはできませんよと、研ぎ屋は言う。この包丁を作るために、鍛冶屋《かじや》は何度となく焼き入れと槌《つち》打ちをくり返したただろう。鍛冶屋の息子は何度となくふいごを吹いただろう。息子の方はまだ生きているかもしれないが、生きていたとしても老人になっているだろう。その息子もいつかは死ぬ。鍛冶屋自身はとっくに死んでいるはずだ。その鍛冶屋が生きてまだ槌を打っていたころにこの包丁を作らせて使ってきた姑《しゅうとめ》も死んだ。シネは四十六歳だ。刃物のことがわかっていない人にこの包丁を研がせるわけにはいかない。

小さい方ならいい。何年か前に買った安物だ。こういう包丁についてはとりたてて言うべきこともない。刀の音を鳴らしてやってくる刃物売りから百八十ウォンで買った、いつ、どこでも似たような値段で買えるありふれた包丁だ。

台所にあるもう一つの刃物は刺身包丁だ。これは恐ろしい刃物である。張りつめた刃、鋭い刃先、胴の厚さは三ミリ、刃渡り三十二センチメートル。家庭向けに作られたものではないようだ。実際、その柄《え》を握るとあらぬ考えが頭に浮かぶ。この春、彼女の夫ヒョヌが買ってきたものだ。どうしてこんなものを買ってきたのだろう？　わからない。

シネはよく、自分自身と夫をこびとにたとえた。私たちはとても小さな存在。こびとなのよ、こびと。

職場から帰ってきた夫に、彼女は問いかけた。

「そうでしょ？」

「違う？」

「そうさな」

夫は新聞を読んでいた。

社会不条理の是正《ぜせい》を求めた高官。野党党首、党内改編せずと発表。社会安全法[*1]の解説。国連事務総長、南北韓対話を促《うなが》す。米ソ宇宙船、エルベ河の上空で劇的にドッキング。凶悪犯罪が十年間で八倍増。学校の資金一億ウォンを横領《おうりょう》した財団理事長。べトナム難民らがアメリカで前高官の糾弾《きゅうだん》デモを展開。景気回復にも拘《かか》わらず雇用の先行きは不透明。追加更正純増により予算は一兆五千二百億ウォンに。一本あたり一千万ウォン以上する柱二十四本で支える汝矣島《ヨイド*2》の新議事堂。三十万ウォンの金を払えないためにマンション入居をあきらめ、新たな生活基盤を求めて旅立つ再開発地区の撤《てっ》去民《きょみん》。防衛税を口実に電話料金を水増し請求していた群山《クンサン*3》市内の喫茶店。埋葬《まいそう》地から生還《せいかん》した死者。強盗、強姦、偽造、盗伐《とうばつ》、おがくずで作られた唐辛子粉、傷んだ魚に染料を入れて新鮮に見せかけていた魚屋。歌詞が低俗だとして禁止された「これはひどいでしょう」*4、住宅宝くじの当選番号、ヌードを披露《ひろう》した女優の話題、「純潔は誰のためのものか?」という広告コピー、そして、利潤《りじゅん》の偏在が消費性向と犯罪につながると述べた大学教授——昨日の新聞と何も違わない。いつものことだ。それでもみんな毎日、同じような新聞を読む。

夫もそんな新聞を読んでいる。

「そうじゃない?」

「ん?」

「お願いだから、ちょっと新聞、しまってよ」

生活ってこういうものか、とシネは改めて思う。夫は昨夜、壁にかかったふくろう時計が二時を打つころまで眠れず、ごそごそしていた。彼は朝早く家を出る。そして十二時間、または十三時間を外で過ごす。職場で彼が何をしているか、何をされているかシネは考える。彼には常に不安、懐疑《かいぎ》、疲労がつきまとっている――そして希望は飛び去っている。向かいの部屋で娘がつけっぱなしにしているラジオでは、顔を思い浮かべることもできない外国人歌手が彼らの言葉で歌っている。あの子はこの先、考えごとまでよその言葉でするようになってしまうんじゃないかしら？　シネは娘の行く末が心配でならない。すべてが、もう少しずつでもいいから変わってくれればいいのだが。この小さな家庭を切り盛りしていくだけのことが、なんでこんなに不安だらけなのだろう。夫は、たまった疲れの上にもっと疲れを上乗せしてやろうとばかりに新聞を読んでいる。彼は自分自身と自分の生活に嫌気《いやけ》がさしている。彼は自分の時代に、そして社会に不安を持っている。彼は歴史を勉強した。本をたくさん読んだ。本で読んだ思想に大いに影響された若い時代が、ヒョヌにもあったのだ。

彼は本で知った何もかもについて話をしたがった。だがやがて、急に口数が減った。大人になったのだ。同じようにシネにも夢多き少女時代があった。彼女はかわいくて

＊1　（三三頁）一九七五年に公布された法律。特定犯罪を犯した者への、再犯防止のための保安処分を取り決めたものであり、悪法の呼び名が高かった。一九八九年に保安観察法にとってかわられた。
＊2　漢江の中洲にある島で、一九七五年に国会議事堂が移転した。以来経済・マスコミの中心地として発展し「ソウルのマンハッタン」と呼ばれた。
＊3　全羅北道北西部に位置し、駐韓米軍の空軍基地がある。
＊4　サイケデリックミュージックの歌姫として知られたキム・ジョンミの一九七四年のヒット曲。

聡明《そうめい》で、考え深い少女に成長した。初めて会ったときヒョヌは、自分の最大の望みは良い本を書くことだと言った。二人は深く愛し合って結婚した。二人はお互いの理想が何であるかを知っていたし、大きな希望も持っていた。しかし理想も希望も実際には何の助けにもなってくれなかった。夫はお金を儲けなくてはならなかった。それは彼がいちばんやりたくないことだった。

彼は、大嫌いなお金のために必死で働かなくてはならなかった。母親が病気になったからだ。胃の病気だった。母は胃がんで亡くなった。母が亡くなるとこんどは父が倒れた。医師にもわからない病気である。恐ろしい痛みに父は苦しんだ。モルヒネの注射もその疼痛《とうつう》をやわらげることはできなかった。医師たちは、お父さんは誰にも解明できない病気によってまもなく亡くなるだろうと言った。しかし父はその後も恐ろしい疼痛と闘いながら二年間生きた。父は、生涯の最後の何か月かを精神病院で過ごして亡くなった。

ヒョヌの父は全生涯を通じて、自らの時代や社会と折り合いをつけることができなかった。シネは、夫がそれと同じ血統の人間であることをよく知っている。良い本を書くことが最大の望みだと言っていた夫は、たった一行の文章も書けなかった。彼は自分を失語症患者だと考えていた。死にもの狂いで稼いだが、残ったのは借金だけだった。病院は両親の病気を治してもくれなかったのに、彼が必死で稼いだ報酬《ほうしゅう》ではとても支払えない金額を要求するのだった。父親が亡くなったとき、彼には泣く力すら残っていなかった。夫と妻は互いを慰《なぐさ》め合いながら、長く住んだ鍾路《チョンノ》・清進洞《チョンジンドン》*5の家を売って借金を返し、残りのお金で郊外にこの小さな家を買ったのだ。

ところが、この家は水が出なかった。水は昨日もおとといも出なかった。さきおとといの夜に少し出ただけだ。シネは庭の水道の蛇口《じゃぐち》のそばに座って、水が出るのを待った。さきおととい、それも夜中の二時半に、水はいちばん低いところにある門の前の蛇口から、ほんの少しずつ流れ出た。彼女は小さな水がめを一杯にしたあと、バケツで水を受けては浴室へ運んだ。だが浴槽《よくそう》を半分も満たさないうちに、ごぼごぼと音を立てて水は止まってしまった。四時半、空は白《しら》みはじめている。彼女は一睡《いっすい》もできないまま、最低の気分で朝食のしたくにかからなくてはならなかった。

夫は新聞を手放さなかった。彼は職場で、地下道で、無心に行きかう人々の視線の中で、そしてすさまじい排気ガスの中で、何かに追われて身の置き場がないように感じると言った。また、出退勤の満員バスの中から見える市役所のゴミ収集車のことも話した。一日も漏《も》らさず、何台も連なって走っていくゴミ収集車。シネは夫が何を言いたいのか理解できた。どれだけ多くの人が毎日毎日、自分の精神もあのゴミ収集車に積まれて捨てに行かれるような思いにさいなまれているか。しかしこんな話を口にする人はとても少ない。

*5　ソウルの、旧来から開けた中心部にある地区。

夫のまぶたの上には疲労がおおいをかけるようにかぶさっていた。彼は新聞を押しやった。今にも正体をなくしてしまいそうに見えた。

「あなたって私の話をひとつも聞いていないのねえ」

もはや家族たちも、それぞれ違う言葉を話している。言葉は毎日、行き違う。

「いったい何の話だったっけ？」

夫が訊く。

「私たちはこびとだってことよ！」

怒鳴るようにシネが言う。

「なんで私たちがこびとなの？」

板の間《ま》の方から娘の声がする。

そしてくだらないテレビの音。裏の家から聞こえてくるのだ。あの家の人たちは耳が遠いのかしら、あんなに大きな音を出すなんて。なんでまともな人がこんなに少ないんだろう？ 裏の家の女は夜になると幼い子どもたちを呼んで座らせ、夕食の後かたづけも済ませていない家政婦まで呼んで、同じ時刻にぐすぐす泣くのだった。まず家政婦が泣き、次に主婦が泣き、最後にまだ幼い息子と娘が泣く。泣くのでなければ笑う。泣きも笑いもしないときは、歌だ。「なぜ呼ぶんだ」[*6]、でなければ「これよりすてきなものはない」[*7]、それでなければ「あなたは知らない」[*8]だ。

あの子たちは、寝床で週刊誌を読む。彼らが読む記事には「車内のセクシーサウンド、セックス中の奇声や息遣いもそのままに」などというのもある。

テレビドラマは大音声で続いている。あの家族のうち二人はまだ帰宅していない。夫と、上の娘だ。夫は税務署の調査課の職員だ。あの家にないのは精神だけだ。それ以外はいつもたっぷりある。いや、いつもといったら少し違うかもしれない。

不正、腐敗、政治刷新《さっしん》といった言葉が新聞にほぼ毎日出ていたころがある。そのときだけは、裏の家のテレビの音が小さくなった。彼らは冷蔵庫、洗濯機、ピアノ、録音機などを地下室の隅っこに片づけ、くたびれた服を今さらのように引っ張り出して着て歩いた。新聞には、公務員の不正が露見した場合は法によって処分するという偉い人の言葉がしょっちゅう載《の》った。しかし裏の家は不正が露見しなかった場合に該当すると見え、びくともしなかった。「不正が露見した場合」という言葉には、実に奇妙な風刺《ふうし》がこめられていた。

いずれにせよ裏の家はびくともせず、テレビドラマは続き、男と上の娘はまだ帰ってこない。男はこんな時間にどこで何をしているのだろう？　上の娘もこんな時間にどこで何をしているのだろう？

＊6　フォークシンガー、ソン・チャンシクの一九七五年のヒット曲。映画『鯨とり』の挿入歌。歌詞が不健全として放送禁止となった。

＊7　フォークシンガー、キム・セファンの一九七三年のヒット曲「愛する心」の一節。

＊8　七〇～八〇年代に活躍した歌手チェ・ホンの一九七四年のヒット曲。

あの娘は、薬を飲んだことがある。幸い、早く発見されたので助かった。医者が来て、ゴム管を入れて胃を洗滌《せんじょう》したのだ。税務署調査課の職員とその妻は安堵《あんど》のため息をついた。しかし医者はかぶりを振った。

「安心なさるのは早いですよ」

医師の言葉だ。

「このままだとまた薬を飲みますよ」

「先生、じゃあ、どうすればいいんです？」

裏の家の女はかわいそうに、ぶるぶる震えていた。

「病院に連れていってください」

「はい？」

「病院に」

「では、先生のところに入院させてください」

「私にできることはありません」

医師が答えた。

「産婦人科に連れていきなさい」

上の娘はそのときロングスカートをはいていた。

今朝シネは、その娘が裾の広がったパンツをはいて、掃き掃除でもするように通りを闊歩《かっぽ》していくのを見た。

公務員の給与体系を見ると、裏の家の男の月給は夫の月給よりずっと少ない。家族が少なくて収入が多いはずのわが家は静かで、家族が多く収入が少ないはずの裏の家は、お金をぽんぽん使う。理解できない。耳が痛くなるほど聞かされてきた「豊かな社会」というものが、裏の家にだけは来ているらしい。裏の家には貧乏のかけらもない。だからシネは考える。あの家はいったいどっち側で、うちはどっち側なんだろう? そしてどっちが良くてどっちが悪いのか? いったいこの世に、良い方というのがあったためしがあるのか?

神経が尖るだけ尖っていたシネは、裏の家のテレビの音を避けてしばらく耳をふさいだ。

「ヘヨンや、ちょっとラジオ消して」

向かいの部屋の娘に少し大きな声で言った。

「うるさい?」

娘はボリュームを下げたが、裏の家のドラマの音声の間からラジオの英語の歌がそのまま聞こえてくる。

「ちゃんと全部消してよ」

「今夜のお母さん、ほんとに変よ」

娘がやってきた。

ねまきを着ている。

手には数学のノートを持っている。

「勉強するなら、ラジオ消さなきゃだめでしょ」

「お母さんって、わかってないわ」

「わかってない？　私の言うこと、間違ってる？」

「間違ってるわ」

シネは自分の胸がドキンと鳴る音を聞いた。

「そう、何が間違ってるっていうの？」

彼女は改めて自分の年齢と娘の年齢を考えてみた。同じ世界に生きているはずなのに、お互いの言うことが理解できない。考え方が違うのだ。悲しくなる。

夫はいつのまにか眠っていた。しかめっ面だ。でも、明日の朝にはましになるだろう。昨夜は何が不安で遅くまで眠れなかったのだろう？

「ああ、うるさい」

こんどは真ん中の部屋の息子だ。

シネは娘と一緒に部屋を出た。

「何なの、どうしたの」

「もう引っ越したいよ！　聞こえるでしょ、前後の家でこんなにやかましくちゃ、耐えられない」

息子の部屋では、向かいの家のテレビの音の方が響くのだ。シネは、今夜は向かいの家のテレビの音には注意を払っていなかった。

「私たちぐらいは静かにしましょ」

シネは言った。

「お父さんが寝てらっしゃるんだから」

「お父さんもよくまあ、こんなところで寝られるよなあ？」

「お前はまだ、疲れるってどういうことかわかってないのよ」

息子は、娘の数学のノートの何倍も厚い黒いノートを持っていた。息子は娘より高度な課程を勉強している。この子の頭の中には驚くほどたくさんの学科の知識がきちんときちんと積み重ねられている。このまま何年か勉強を続けたら、息子は同年代の誰よりも大きな特権と富を手にするチャンスをつかむだろう。

しかし息子の将来に深く思いを致すと、シネは息が詰まりそうになる。息子は以前から、学校で教わることを信用していないようなのだ。先生たちはどんなことでも、良きものとして教える。それらが一般社会で認められた考え方であるからだ。しかしシネの息子は、それはとんでもない嘘であり、多くのことが隠されたままだと考えている。

息子は父親の影響を受けすぎていた。彼は父ゆずりの考え方のために苦痛を感じている。早いうちに正しすぎる考え方に染まってしまった息子は、これからどんなに苦しむだろう？　社会に出たとき彼は大変な混乱に陥るに違いなかった。

「お父さんは昨日眠れなかったのよ」

シネが言った。

向かいの家のテレビがまだ大音響を放っていた。

その家の主人の顔が思い浮かんだ。

ある製菓会社の宣伝部の職員だ。彼が送ってよこした菓子折りをシネも受け取った。その家の主婦が、夫が次長に昇進したと言って菓子折りを一つずつ近所に配ったのだ。

「つまらないものですけど、お味見でも」

女が言った。

「うちのお父さんがこんど次長になったもんですから」

聞きもしないのに、向こうから先に言うのだ。

「うちもようやくいい目が回ってきたみたい。事情を知っている人たちからは、一杯おごりなさいなんて言われちゃって。一年間の広告予算が何十億ウォンにもなるもんですから、そんなこと言われるんですよ。テレビやラジオや新聞の広告担当者がもう、この家にまで来るんですもの。広告代理店の人もよ。お菓子だけじゃなくてアイスクリームや牛乳も作っているから、広告の予算も大変なものですわ」

「何十億ウォンだなんてほんとうにすごいですね。それにしても、皆さんがお宅にまで来るのはどうして？」

女はシネの顔をじっと見ていたが、早口で言った。

「広告を出してくれってことですよ。それでお金を包んで持ってくるの。事情通の人たちは、うちのお父さんのポストが、六か月で大きいの一束もらえるところだって知ってるんですよ」

「一束って？」

「お金のことですよ」

「大きいの一束って、どれぐらいなのかしら？」

それが始まりだった。向かいの家は大音響を発しはじめた。音だけではない。電気も一段と明るくなり、匂いまで変わった。庭に接した台所の換気扇から、風に乗って肉を焼く匂いが漂ってくるようになった。野菜中心のつましい夕食の膳《ぜん》を囲んで食事をしていると、向かいの家のカルビ焼きの匂いが庭を通って部屋まで入ってくる。声も聞こえてくる。

「あんたたち、ごはんよ」

「やだ」

「カルビ焼いたのに」

「やだったら！」

「じゃ、あとで食べなさい。ポクスン、オレンジジュースを一杯ずつ持ってきて」

裏の家同様、向かいの家もシネを苦しめはじめた。

「新しいテレビを入れたんだけど、ごらんになりません？」

あの家の主婦がしばらく前に言った言葉だ。

そのテレビが今、大音声を上げている。

「大事な話をするときは、ちゃんと座って言うものよ」

シネは息子に言った。

「すべてはお前の気の持ちようにかかってるんだよ。お前が机の前でひとの家のテレビの音に神経を尖らせるのは、単に、雑念があるからよ。お前は将来、何か新しいことのために働きたいって言ったでしょ？　賢明な先人たちは、古くさいもののために、生涯を捧《ささ》げたわけじゃないって、お前、言っていたよね。口ではそんなこと言うくせに、小さなことにいらいらしすぎよ。勉強に身が入らないなら、外に出て風に当たってくればいいでしょ」

息子は何も言わなかった。

思いつめた顔だった。

シネは言いながら胸が痛んだ。

彼女は息子の部屋のドアを閉めてやった。

娘が庭に出て立っていた。

シネは娘が庭の水道の蛇口をひねっているのを見た。

「何も音がしないなあ」

娘が言った。

「するわけがないのよ」

娘のそばに行くと、娘は母を見つめた。

「今日は早く寝てくださいね」

娘が言った。

「なんで？」

「私が水を汲《く》むから」

「どうしちゃったの？」

シネはわざと訊いた。

「ただ、やってみたいだけよ」

「水は、夜中の二時にならなきゃ出ないんだよ」

「でも汲んでおくわ。毎晩早く寝ても、水道の前に座っているお母さんのことを考えると不安になるの。お母さんは夜中も起きているでしょ、よそのお母さんたちがぐっすり眠っている時間に。よそのお母さんは家政婦さんに任せてさっさと寝ちゃうじゃない。向かいのうちも裏のうちも自家水道があるから、水道水がちょっとしか出なくても済むんでしょ。毎晩寝るとき、お母さんが真っ暗な無人島に住んでる人みたいに思えて辛《つら》いのよ。今夜は私がやるから早く寝てください」

「学校で居眠りしちゃうよ」

言葉ではそう言いながらも、シネは嬉しさに胸がドキドキした。うちのヘヨンが、いつのまにかこんなに成長したなんて。これだから、私が「お母さん、私疲れちゃった」なんて言うようになるわけだわ。

「それよりさっき、なんでお母さんは間違ってるって言ったの？」

「私、そんなこと言った？」

「言ったよ。勉強するときはラジオを消しなさいって言ったら、それは違うって言ったでしょ」

「お母さんったら、もう」

娘が顔を赤くした。

向かいの家のテレビではコマーシャルソングが真っ盛りだった。

「私、もう忘れてたのに」

娘が言った。

「でも、お母さんもちょっとわかってちょうだいよ」

「わかるって、何をさ？」

「ポップスを聞いてると勉強がはかどるみたいなのよ」

「そんなことがどこにありますか」

「ううんお母さん、ほんとにそうみたいなの」

「お前たちの住んでる世界は狭いんだねえ、急にそんな気がしてきたよ」

「お母さんのときとは、違う？」

「違うねえ。お母さんがあんたぐらいのときには農村に行って、ずいぶん熱心に活動したものよ。おじいさまは中国、満州《まんしゅう》、シベリア、それにハワイにまで行って、とっても苦労なさったんだしね」*9

「どうして？」

「どうしてって？」

シネは娘の顔を見た。

「国のためでしょ」

「それなのにどうしておじいさんは一生不幸だったの、理解できない」

「世の中の開けようがお気に召さなかったからよ。さ、あのバケツを持ってきて」

シネは言った。

「あんたたちには、救うべき国がないんだわね」

「お母さん、もう家に入ってよ」

娘がもう一度言った。

「私が水を汲んでから寝るわ」

「それじゃ、一緒にやってみよう」

「もう出るかな？」

＊9　植民地時代に国外で独立運動に参加したことを示唆する。

シネは庭にひざまずいてマンホールのふたをあけ、腰をかがめた。

「あらまあ、私ったら、何てことだろ」

娘は母の声がいつにも増して落ち着いていることを感じた。母は、マンホールから刺身包丁を取り出した。

「昼間に使って、この中に入れたままだった」

「あら、血がついてるじゃないの？」

「たいしたことじゃないのよ」

シネが言った。

「昼間、ちょっと事故があったんだよ」

あい変わらず、落ち着いた声だった。

娘は母の顔を見た。

シネはこびとのことを考えていた。

昼間、こびとは工具袋をかついで裏の家と向かいの家の女の前に立っていた。

「奥さん、私を信じてください」

こびとが言った。

「私を信じて、任せてみてください」

裏の家の女は首を振った。

「信じろったってねえ」

こびとは黙っていた。

裏の家の女はこびとをじろりと見た。

「今、いくつなの？」

「五十二です、奥さん」

「まあ、そうなの！」

彼女はこびとをまたじろじろ見た。

こびとはまた言った。

「仕事がぷっつり途絶えてしまったんです。そこへもってきて、工場に出ていた子どもたちが職場を追い出されて失業しているんです。私に任せていただければ、心をこめてきちんとやります」

しかし二人の女は巨人のように立ちはだかって、首を振った。こびとの背丈《せたけ》は二人の女の肩の下までしかなかった。

シネは台所の、換気扇の取りつけられた窓からそれを見た。こびとは工具袋を背負って、黙って立っていた。

「おじさん」

シネは思わず、外に向かって声をかけた。

「うちのこと、ちょっとお願いできる？」

そのとき彼女は、こびとが何の仕事をしているのかも、やってもらう仕事がうちにあるのかもわかっていなかった。

「信じちゃだめよ」

向かいの家の女が割って入った。

「蛇口をつけ替えたら水が早く出るっていうんですよ。そんなことってある？」

「それがどうして嘘なんでしょう？」

シネが言った。思ったより大声だったらしい。裏の家の女がカッとして言った。

「なら、お宅でやってみたらいいでしょ」

「ええ、うちでつけてみますわ」

シネはそう言いながら換気扇の窓を閉めた。

彼女は台所を出て庭に下り立った。からからに乾いた水道栓が、陽射しを浴びて立っている。家じゅうの水分が干上がっていた。

彼女は外へ出た。ところが奇妙なことに誰もいない。こびともだ。シネは坂を上って、大通りに通じる小道を見下ろした。こびとはすでに向こうのバス通りに出て、右へ曲がっていくところだった。

シネは早足で大通りを目指した。こびとの姿は見えない。電気屋から流れてくるステレオの音だけが耳を打つ。彼女は大通りに沿って歩き、古い看板の前に立った。蛇口とポンプを描いた看板だった。

「いらっしゃい、奥さん」

中から一人の男が言った。

「井戸を設置なさるんですか?」

「いいえ」

シネは店の中を覗《のぞ》き込んだ。

「お入りください」

男が言った。

「水道が出ないものですからね」

シネは押されるようにして店内に入った。

「それでしたら、井戸を掘らなくちゃ」

男は積み上げられた鉄パイプの横で言った。

「井戸を掘って、自家水道を設置なさい。このあたりの自家水道はみんなうちが手がけたんですよ。奥さんのお宅はどちらです?」

「ぶどう畑の下の方です」

「そっちの方でもずいぶんやりましたよ。税務署にお勤めの方のお宅のも、うちがやったんです」

「そのお宅の隣の奥さんだよ」

別の男が言った。五人ぐらいの男たちが、店の奥に立てかけられた鉄パイプのかたわらで花札《はなふだ》をやっていた。

「それならよくご存じでしょう。製菓会社の次長さんのお宅のもうちの仕事です。蛇口をひねるだけでいつでも水がザーザー出ますよ。普通の水道と何も変わりません」

欠けた前歯をむき出しにして、男が言った。男の右腕には、裸の女のいれずみが入っていた。男はまた、欠けた前歯を見せながら言った。

「費用のことばっかり考えてたら、水の心配から一生逃れられませんよ。まずは試してごらんなさい。ある方が水道管を点検してほしいとおっしゃって来店されたんだけど、いくら点検したってむだですよ。話のついでですがね、上のかつら会社の社長さんのお宅のもうちが手がけたんです。あのお宅の大きいプールも、自家水道で汲み上げているんですよ。口で言うのは簡単ですけど、プールを自家水道で一杯にするっていったらみんなびっくりしますよ」

「蛇口をつけ替えてみたらどうなんでしょうか？　もうちょっと早く水が出るんじゃありませんか？」

「そりゃだめです。出るわけがありません」

シネは店に入ったことを後悔した。そして、早くここから出たいと思いながら、

「よくわかりました」

と言った。そのとき、

「おい！」

と男が叫んだ。シネの胸はドキンと搏《う》ち、身がすくんだ。

「おい、こら、お前！」

男がポンプの頭を逆さにつかみ、恐ろしい顔で叫んだ。思いもよらないことだった。外にこびとが来て立っていたのだ。男は今にもこびとに飛びかからんばかりの勢いだったので、こびとは重い袋をかつぎ直しながらためらうように後ずさりし、すぐに早足で立ち去った。シネは男を押しのけて外へ出た。男が欠けた前歯をむき出して何か話しかけてきたが、シネは聞きとることができなかった。こびとは大通りに沿って歩いていく。彼女は後ろも振り返らずに走った。男は店の前まで出てきて、何事か叫んでいる。彼女ははやる胸を押さえてこびとを追った。男の声はもう聞こえない。こびとは左側の通りから現れた耕耘機《こううんき》を避けて道端に立っていた。この町には不似合いな耕耘機が、なんと練炭《れんたん》を積んで走っていたのである。

シネはこびとに近寄ってぴったりと寄り添った。

「おじさんを探してここまで来たんですよ」

シネが言った。

こびとは周囲を見回したと思うと、路地の中へ入っていった。シネはこびとが立っていたところから、こっちをにらみつけているポンプ店の男を見た。

「まだ立っていますか？」

こびとが尋ねた。こびとは路地の中で身じろぎもしなかった。

「帰っていきましたよ」

シネが言った。こびとは袋をおろして汗を拭いた。

「なぜあの人たちを怖がるんです？」

シネが訊いた。こびとは黙って、両の目をしばたたいた。いったい、この人の恐怖心は何のせいなんだろう。たくさんの人が電話をかけるために薬局の前に立っていた。こびとは、シネが振り向いている間に手を動かし、ポケットの中でパンを一切れむしって口に入れた。

「おじさん、うちの仕事をやってください」

シネは言った。

こびとは口をとじたままシネを見つめた。

シネは回れ右をして歩き出した。そして、黙ってついてくるこびとの足音を聞いた。

「すみません」

やがてこびとは言った。

「ご近所の奥さんどうしで争いごとになってしまってはと思って、逃げたんです」

彼がかついでいる袋の中には、すり減った工具がいろいろ入っていた。その工具袋は、こびとには重すぎた。

「おろしてくださいね」

シネが言った。

こびとは仕事を始めた。

彼は庭のマンホールのふたを開けて、メーターを覗き込んだ。そして物差しを取り出して、その深さを測ってみるのだった。かめおき場[*10]の前にとりつけられた蛇口の地面からの高さも測ってみた。

「ごらんなさい、奥さん」

こびとが言った。

「この蛇口は、土の中を通ってくる水道管より六尺も高いところについてます。メーターにつながる管からも五尺高いです。その上、水道局から送られてくる水も充分ではないし、水圧も低いでしょう。ですから、蛇口を低いところにつけかえてさしあげましょう。そうすれば他のお宅より早く水が出ますよ。私は嘘は言いません」

「おじさん、わかっていますよ」

シネは胸がいっぱいになる思いでそう言った。

「蛇口はメーターの後ろ側につけますね」

こびとが言った。

「前側につけちゃいけません。そうしたらメーターをごまかすことになりますから。[*11]

＊10　キムチを漬けたかめなどを置いておく台のこと。
＊11　水道配管図を考えたとき、蛇口の次にメーターがある位置関係ならば、メーターはその蛇口の使用量を正しく表示する。しかしメーターの前に蛇口がある位置関係だと、そのメーターは全く動かず、この蛇口の使用量は隣の家の支払いになってしまう。

泥棒《どろぼう》と同じです。腹這いになって水を汲むのは不便ですけど、夜も眠れないのに比べたらましじゃないでしょうか。ほかのお宅より三、四時間早く水が出ると思いますよ。とりあえず、こうやってお使いになってみてください。水がちゃんと出る世の中が、いつかは来るでしょうよ」

こびとはすり減った工具を取り出して、仕事を始めた。シネの胸は高鳴り続けた。こびとは逆さまに押しこめられたような格好《かっこう》で体をかがめ、水道管を切断した。彼の工具は長く使いすぎて、ほとんど寿命が来たようなものばかりだった。だからいっそう力が要《い》るらしい。ひとつ有利なのは、こびとの体が小さいので、狭いセメントのマンホールの中でもかがんで働けるという点だった。シネはそのかたわらにしゃがんで声をかけた。

「おじさん、どこにお住まいですか?」

「あの向こうの、れんが工場の下です」

こびとが言った。

「ここかられんが工場の煙突が見えますね。あの下に、番号を大きく書いたちっちゃな家がいっぱい、べったりくっつき合って建ってます。家の前にはどぶ川が流れています。いつか一度、遊びにおいでなさい。むさくるしいところですが、おもしろいですよ。うちの町の子どもたちは発育が悪くて、とっても小さく見えますが、かわいいですよ。うちの家内は豚を川に追い込んで水浴びをさせてます」

「豚を飼っていらっしゃるんですか？」

「隣の家がね。うちも、子どもらが工場をクビにならなかったら何匹か飼えたんですが」

「子どもさんは何人いらっしゃるんですか？」

「三人です」

こびとは仕事の手を止めた。

「そいつらは、こびとではないんです」

「ああ、なんでそんなことおっしゃるの」

「私がこんな様子ですからね」

「おじさん」

シネは言った。

「私、おじさんのような方が好きですよ。さっき、おじさんとお隣どうしで暮らせたらいいなあって、考えていたんですよ」

シネは胸にこみ上げてくるものを感じた。こびとはまた、身をかがめて仕事を続けた。

「子どもらが別の工場で働けるようになったら、まず豚を何匹か買おうと思うんです。そしたら一度、遊びにおいでなさい」

シネはこびとが仕事をしている間、彼の工具袋から出てきた工具や鋳物《いもの》の部品を触ってみた。パイプ切断機、モンキースパナ、プラグレンチ、ドライバー、ハンマー、蛇口、ポンプ用バルブ、さまざまな大きさのねじ、T字管、U字管、そして糸のこなどだ。金属でできたものばかりだ。みんな、こびとにとてもよく似て見えた。こびとにそっくりなこの工具たちも、こびとが眠っているときにはれんが工場の煙突の下で息を殺しているのだろう。こびとの家族たちもみんな、息を殺して寝ているのだから。風が吹く夜は、息を殺して眠るこびとの家の庭先までさざ波の音が聞こえているだろう。風が強い日には、みんな不安で震えていることだろう。安心して眠るには、れんが工場の煙突は高すぎる。町から一歩でも出ればこびとにはまた別の危険がある。さまざまな種類の危険が。

この世界はこびとにとって安全ではありえなかった。だからあんなことが起きたのだろうか？　こびとが仕事を全部終え、道具を一つひとつ袋にしまっていたとき、あの男がやってきた。前歯が欠けた男、右腕に裸の女のいれずみをしたあのポンプ店の男が。彼は一蹴りでやすやすと門の扉を開けて入ってきた。そして、驚いて振り向いたこびとの顔をぴしゃりと平手打ちすると、こびとの顔はぐっと後ろへのけぞった。反動ですぐに戻ったこびとの顔を、こんどは反対側から平手打ちにした。こびとは鼻血を吹いてうずくまった。恐ろしいできごとだった。シネは息が詰まりそうな思いでこびとを抱きかかえ、何するのよ、あなた誰よ、と叫んだ。男がシネの腕をつかんで引きはがす。シネはあっけなく横に引きずられて転んだ。男はこびとを片手で持ち上げた。次に拳《こぶし》で彼の胸をガンガン小突くと、両手で軽々と持ち上げて投げ飛ばした。こびとはひからびた木の切り株のように庭の真ん中にひっくり返った。死んだと、見えた。しかし死んではおらず、ひくひくと動いた。男は一匹の虫けらを扱うようにこびとを扱った。彼はこびとの腹の上に足を載せた。そして、お前、この町のことにやたらと首をつっこむのはなぜだ、出ない水をどうやって出すというんだ、井戸を掘るという家ばかり狙《ねら》ってメーターを見るのはどうしてだ、ずっと無事でいられると思っているのか、え、え、え?……と言いながらこびとの腹を踏みにじった。こびとの顔は血まみれになった。これらのことが、息を数回吸って吐くほどの間に起きたのだ。シネは男がこびとを殺してしまうと思った。男はこびとの横っ腹を蹴りつけ、こびとは二度も体を転がされて尺取虫《しゃくとりむし》のようにすくんでいた。

こびとを死なせてはならなかった。シネは飛び上がった。一足飛びに板の間にかけ上がって台所に飛び込むと、大きい方の包丁と刺身包丁をつかんだ。息子がふいごを吹いている間に鍛冶屋が何度も焼きを入れ、槌打ちを重ねて作った大きな包丁と、柄を握るとあらぬ考えが浮かぶ刃渡り三十二センチの鋭い刺身包丁だ。上の歯と下の歯が当たってカチカチと音を立てる。シネは男を殺してしまいたかった。一息で再び板の間に飛びおりると庭に下り、死ね、死ねと言いながら刺身包丁で男の脇腹を突いた。男は悲鳴を上げてこびとの体から落ちた。刺身包丁は男の肉を貫き、内臓に致命傷を負わせることもできただろう。男は運がよかった。こびとからすぐに離れたために刃がそれたのだ。脇腹からそれた刺身包丁は男の腕に赤い筋をつけただけだった。男は、血が流れだした腕を手で覆って後ずさりした。彼は脅《おび》えた。死ね、死ねと言いながら包丁を振り回すシネに、尋常《じんじょう》ではない殺気を感じたのだ。男は腕を振り回したが、彼の単純な力では、シネの攻撃をかわすことはできなかった。彼は身をサッとひるがえすと外へ飛び出していった。

シネは門を閉めて鍵《かぎ》をかけ、包丁を持った両手をだらりと落とした。半身を起こしたこびとがこちらを見ている。二人とも沈黙したままだった。シネは、人工照明に照らされた養鶏場の鶏たちのことを考えた。卵の生産量を増やすために飼育者が養鶏場に人工照明装置をとりつけている写真を、どこかで見たことがある。養鶏場の鶏たちが味わうおぞましい試練を、こびとも私も一緒に味わっている。鶏と違うのは、卵を産まない私たちは、生理的リズムを攪乱《かくらん》されてどこまで適応できるか、どの程度で病気になるかという実験に使われている点だけだ。血まみれのこびとと、包丁を両手にぶら下げて立ちつくしているシネを裏の家の女が塀の向こうから見ていた。向かいの家の女も窓から眺めていた。シネの視線とぶつかると、二人の女は首をすくめて家の中へ入っていった。

「おじさん」

シネが言った。

「けがはないですか？　大丈夫ですか？　大丈夫って言ってください」

「はい、大丈夫です」

こびとが言った。血だらけになった彼の顔はいつのまにかぱんぱんに腫《は》れ上がっている。彼は裂けた唇《くちびる》で無理に笑ってみせようとした。しぶとい生命力だった。この弱々しい体のどこに、あんなにもおぞましい試練にうちかつ力が秘められているのか、驚くほどだった。今までに彼と彼の子どもたちは、汚い町、不潔《ふけつ》な部屋、貧しい食事、恐ろしい病気、体の疲れ、さまざまな形でふりかかるありとあらゆる試練をよく克服してきたのだ。

こびとは道具類を袋にしまい終えた。裏と向かいの家の女たちが隠れて見ていなかったら、シネはわっと声を上げて泣き出してしまっただろう。

「おじさん」

シネは小さな声で言った。

「私たちもこびとです。お互いに気づいていなかったとしても、私たちは仲間よ」

彼女は血のついた刺身包丁を、新しく取りつけた蛇口の下に置いた。

今、その刺身包丁を見て娘が驚いていた。彼女は昼間起きたことを知るよしもない。話してやったところで、ろくに理解できないだろう。あれはとても複雑なできごとだった。娘がいちばん難しいと思っている連立方程式の解の導き方や化学の元素記号より複雑で、また、それらとはまったく違うものなのだ。

シネは娘が持っている刺身包丁を取って、横に置いた。そして言った。

「さあ、そのバケツをこっちにちょうだい」

「お母さん、まだ十一時にしかなってないのに」

娘が言った。

「私が汲んでおくから、家に入って休んでください」

「いいのよ。今夜からは早く水が出るんだから」

「水道局の人が来たの？」

「あの人たちは集金のときじゃなきゃ絶対来ないわ」

「じゃあ、どうしてわかるの？」

「ちょっとだけ待ってごらん」

彼女は深呼吸をした。

こびとの顔が思い浮かんだ。

「お母さん、なんでこんなこと？」

「実は蛇口をつけ替えてみたの。地面の上に出てるこの蛇口はもう用なしよ。ほんものは、地面の下にあるんだよ」

「じゃあ、水がよく出るようになるの？」

「出ると思う？」

「よくわからないけど」

「よその家の人たちは、あの人の言うことを信じなかったわね」

「あの人って誰？」

「そんな人が、いるのよ」

「いい人？」

「そう、いい人よ」

シネはまた膝《ひざ》をついて腰をかがめた。そして腹這いになって、娘が持ってきたバケツを新しい蛇口の下に置いた。体が逆さまになり、反対側に倒れそうだった。お願い、神様……シネは震える手で蛇口をひねった。

クルルル……という音が水道管を通って伝わってきた。蛇口を最後までひねってみる。

ざあーっと、水の音が聞こえた。

水道管を通ってきた水がバケツの中に流れ落ちる。

「ほんとだわ！　もう出たわ！」

向かいと裏の家のテレビは夜がふけたことも知らないようだった。娘が続いて腹這いになり、何か叫んでいた。でもシネの耳には、水の音以外には何も聞こえなかった。

宇宙旅行

ユノは本棚の本を一冊ずつ抜き出していった。男どもはなぜ女の子を見たら放っておけないのか、女の子たちもなぜすぐに男に夢中になってしまうのか。わけがわからない。今までに寝た何人かの女の子のことは、思い出しても吐き気がするようだった。ユノは彼女たちを好きではなかった。そのせいで、終わったあと、良かったという記憶が一つもない。いつも泣きたいような気持ちになるばかりだった。女の子たちはユノをひどい弱虫と思っているのかもしれない。何にせよ、そんなことはもう今のユノとは関係ない。

本を広げるたびにカビの匂いがする。どれもこれも一様に厚くて重くて腕が痛くなる。だが、こんなのは序の口だということをユノは知っていた。拳銃《けんじゅう》は何百冊もの本の最後の一冊に入っているのかもしれないのだから。ユノは梯子《はしご》を動かして次の棚を探しはじめた。突然、チソプの顔が思い浮かんだ。チソプが追い出されてからユノは道を踏み誤った。父さんはそのことを知らなかった。

ユノはチソプが好きだった。チソプには何もなかった。家もなく、両親もなく、兄弟もなく、所属団体もなく、学校もなく、友人もない。けれどもチソプは自由人ではありえなかった。ユノは初め、その理由がわからなかった。そんなチソプを家に連れてきたのは父さんだ。ユノと姉さんは、父さんが乞食《こじき》を連れてきたと思った。父さんの車から降りたチソプの身なりは、お話にもならないものだった。六月の陽射しで汗ばむほどの陽気だったのに、厚ぼったい冬服を着こんでいたのだ。それもすっかりぼろぼろの、使いものにならないような服を。

「坊ちゃん、お電話ですよ」

「いないって言ってください」

「お姉さんからですよ」

「いないって言ってくれよ」

「お出なさいよ。家にいるのはわかっているんだし。そこで取ればいいでしょう」

ユノは仕方なく梯子から下りた。

「何だよ?」

「試験、どうだった?」

「用件だけ言えよ」

「予備試験[*1]、うまくいったでしょ。私、今日は遅くなりそうなの。お父さんがお帰り

＊1　一九六九〜八一年に行われた全国統一大学入学予備試験。この結果により本試験への出願資格を与える。

になったらうまく言っといて」

「そこ、どこだ？」

「切るわよ」

「横にいるのはどこのどいつだ？」

「何ですって？」

ユノは拳銃を探すためにまた梯子の上に上った。

「お父さんったら頭が変よ。どこからあんな乞食を連れてきたんだろ？　あれがあんたの家庭教師ですってさ」

あのとき姉さんはそう言ったものだ。

「あんた、あんまりあの人のそばに寄っちゃだめよ、匂いがするから。それにシラミがうつるかもしれないわ。あのざまであんなに大きなかばんを持って、いったい何のつもりだろ？」

「運んであげなくちゃ」

「やめときなさいよ」

「俺、あの人、気に入ったよ」

「何ですって！」

「気に入った。父さんは良い先生を連れてきてくれたよ」

「あんたも頭、おかしいわ。みんな変よ」

父さんがチソプを追い出したのには、姉さんの意見も大いに関係していただろう。姉さんは初日からチソプを嫌っていた。チソプには姉さんに好かれそうな面が一つもなかった。美男でもないし、体にも魅力がない。その上、彼の考えていることは高い本棚の上に載っているのも同然でそこから、引きずりおろしてこないことには姉さんに理解できるわけがなかった。彼ははなから姉さんを無視した。姉さんはきれいな方だ。スタイルもいい。すらりとした脚、白い腕、ふっくらした胸、つぶらな黒い瞳――そして誰もが想像するであろう薄い服の中の弾力。だが、それもチソプには意味がなかった。

チソプは決して姉さんを女として見なかった。同様に姉さんもチソプを男として見たことがなかった。だが大事なのは、ユノがチソプを好きだという事実だ。チソプはユノが質問したこと以外は何も教えなかった。彼は『一万年後の世界』という本を読んでいた。読むのは毎日それればかり。ユノは、その本には別に関心がなかった。一万年後の世界がどうなっていようがユノには関係ない。何か月か後の大学入試が問題なのだ。

試験問題は難しい。全科目が難しいのだ。ユノにはこれらの難しい科目と戦って勝たなくてはならない理由があった。ユノはA大学の社会系列学部に合格しなくてはならないのだった。

全国で二十五万人が大学に入ろうとしている。そして、全大学の総定員数は約六万人だ。ざっと見ると四対一の競争に勝てばいいように見える。[*2] だが実際はまるで違う。
ユノが行けといわれているA大学の社会系列学部の定員は五三〇人だ。そこには全国の最も優秀な学生たちがねじり鉢巻きでひしめき合っている。ユノは五〇〇対一の戦いで勝たなくてはならない。父さんがこの戦いを望んでいるからだ。初めのうちはうまくいきそうだった。チソプがいたからだ。彼はユノが勉強している間、『一万年後の世界』を読んでいた。ユノはチソプを信じていた。彼はA大学の法学部四年に在籍中に退学になったのだ。追い出された理由を、ユノは知らなかった。

「教えてよ」

「何を？」

「チソプ先生はどうしてそうなったの？」

「僕が自分の考えていることを話していたら、誰かが後ろからハンマーで殴った。僕は倒れた」

「どういうこと？」

ユノにはわからないことが多すぎた。一年前のユノは子ども同然だった。チソプはユノの祖父の友人の孫だった。祖父たちはずっと前に亡くなっている。チソプの祖父は、十年以上故郷を離れて暮らした。異郷での暮らしは辛いものだった。腐ったわずかの粟飯《あわめし》を食べ、夜は凍りつくような寒さと戦った。草木染めの薄い木綿《もめん》の軍服を着たきりで過ごした。毎日、人が死ぬところを見た。彼は日本の軍人を殺した。十年以上、冷たい風の吹きすさぶ土地で追われながら戦ったが、得たものは何もなかった。彼は故郷に帰ってきた。

「ああ！」と母親が言った。

「憲兵が来るよ。お前を捕まえに」

「母さん、ここにいさせてください」

「そうしてあげたいけど、お母さんも疲れた」

彼はたった一度捕まった。彼らはまず彼に水を飲ませた。彼の腹は大太鼓のように膨れ上がった。水で窒息《ちっそく》しそうになった。彼らは一晩で数十種の拷問《ごうもん》を加えた。全身が血まみれになった。骨は砕けた。彼らが彼を拷問台から解放したとき、彼の口からは水が噴き出した。彼らは、その砕けた足に鉄の鎖《くさり》をつけて監房に入れた。それで終わりではなかった。看守も拷問に協力した。看守は監房にいる虫をかき集めて彼の裸体の上に載せた。憲兵はまた違った。故郷の家の門扉《もんぴ》を蹴飛ばして入ってきて、むやみに銃を撃ちまくった。

彼は外の世界を渡り歩いていたため、自分の息子を教育することができなかった。

＊2　七〇年代に高校進学者が増え、大学進学志望者も急激に増加した。それに合わせて大学の定員数も増やしたが間に合わず、志願者に対する定員の割合は、一九六九年の三九・九パーセントから一九七八年には二三・九パーセントまで落ちた。受験戦争は熾烈化し、また浪人生の数が増加した。

そのまた息子であるチソプは、祖父が何を望んだのかを知らなかった。だが、ユノはそんな彼が好きだった。

「僕はドードー鳥だ」

　チソプはそんなことを言った。ユノはこんなすてきなものの言い方をする人をそれまで見たことがなかったのである。

「先生、ドードー鳥ってどんな鳥？」

「十七世紀末までインド洋のモーリシャス島に生息していた鳥さ。その鳥は、翼を使うことを思いつかなかったんだ。それで翼が退化してだんだん飛べなくなり、全部捕まって絶滅したんだ」

　ユノにとってチソプは、意味のないことは一言も言わない人だった。彼はユノが学校に行っている間、どぶ川のむこうの貧民街で過ごしていたらしい。ユノの家の三階のロフトから、どぶ川のほとりにびっしりと連なった無許可住宅が見えた。れんが工場の煙突も見えた。あるとき、その町で宇宙人に会ったとチソプが言った。ユノは笑った。チソプは根気強い人だった。宇宙人とその家族に会わせてあげようと言ってユノをそこへ連れていった。

　大きな月がどぶ川の真上に浮かんでいた。あちこちの家で小さな子どもが泣いていた。その町はとても変な匂いがした。誰かが川の真ん中へ、小さな木の舟を漕《こ》ぎだしていた。ユノは、酔いつぶれて足元に倒れている人を踏まないように、ぴょんぴょんと五回も跳び上がらなければならなかった。こびとの家はどぶ川の真ん前にある。さざ波が風に吹かれて、こびとの家の狭い庭まで押し寄せ、ぴしゃぴしゃと庭先を洗っていた。こびとはその庭に座って、工具の手入れをしていた。パイプ切断機、モンキースパナ、プラグレンチ、ドライバー、ハンマー、蛇口、ポンプ用バルブ、さまざまな大きさのねじ、T字管、U字管、糸のこなどがこびとの工具だった。すべて金属でできたものばかりだ。

月あかりの下でその工具たちは、こびとにとてもよく似て見えた。その隣でこびとの息子がラジオを修理していた。ラジオが故障して、放送通信高校の講義を受けられなかったからだ。こびとの娘はパンジーの花が咲いている、指尺《ゆびしゃく》*3で二尺ばかりの狭い花壇で、弦《げん》の切れたギターを弾いていた。こびととその子どもたちが使っているものはすべて〈最後の市場〉*4で買ってきたものだった。

こびとの妻は人形工場で働いていた。女の子の人形にスカートをはかせるのが彼女の仕事だ。一日に百体の人形に百枚のスカートを縫《ぬ》ってはかせ、帰ってきて遅い夕食を作る。二合の麦飯を鍋で炊《た》き、その上に皮をむいた六個のじゃがいもを入れる。こびとその家族は狭い板の間に座って夕ご飯を食べていた。麦飯とゆでたじゃがいも、

＊3　指尺の一尺は、手の親指から中指をいっぱいに広げた長さ。
＊4　中古品市場。物品がゴミ捨て場に行く前に最後に集められる市場という意味。

しなびた唐辛子を黒みそにつけて食べている。板の間の隅でチソプは一枚の紙をつまみあげ、ユノに渡した。ユノは「再開発事業区域および丘陵《きゅうりょう》地帯建築物撤去指示」という題名の撤去警告状を、一字一字たどたどしく読み上げた。

こびととその家族は一言もものを言わなかった。あの家この家から、まだ子どもたちの泣き声がしていた。変な匂いも続いていた。

その夜、ユノは勉強が手につかなかった。チソプも本を読まなかった。彼は初めて、月世界の暮らしについて話した。月は純粋な世界で、地球は不純だというのだった。そこでユノは、人間が月を改造したとしても、そこへ移住した人たちは不毛の荒れ地で生きることになるだろうと、本で読んだことを話した。そこの環境は単調で、日常生活は退屈だろう。動きにくい宇宙服を着なければ基地の外に出ることができず、服が少しでも破れたら生命を失う。時計を見間違えても同じだ。時計が狂えば酸素が切れたことに気づかず、死んでしまう。そして三百五十四時間、すなわち地球時間で十四日間も夜が続く——しかしチソプは首を振った。そのときもユノは、知らないことが多すぎた。だから、事実に忠実であればそれでいいと思っていた。チソプは微笑を浮かべて、大気圏外での天体観測について話した。

彼は、月に設置される天文台で働く人は幸せだろうと言った。彼にとって月は、黄金色の別世界だった。地上で起きていることは悲惨《ひさん》すぎる。彼が読んでいる本によれば、地上では時間をあまりにも浪費しすぎているし、約束や誓《ちか》いは破られ、祈りは聞き届けられず、涙は無駄に流され、希望はかなえられない。最も恐ろしいのは、自分の持っている思想ゆえに苦痛をなめることだ。チソプはまたドードー鳥の話をしようとして口をつぐんだ。その夜、ユノは宇宙人が窓の下に来てガラス窓を叩《たた》く夢を見た。れんが工場の煙突に上って紙飛行機を飛ばしているこびとの夢も見た。翌日学校で、どうやって授業を受けたのか思い出せない。

梯子の上でユノはしばらく休んだ。彼は、チソプが家を出ていくところを見なかった。運転手が後部座席のシートについた血を洗っているところは見た。家政婦が玄関の前の歩道のタイルについた血を洗い流しているのも見た。

「売女《ばいた》！」

ユノは梯子の上で独り言を言った。

「良かったわね」

姉さんは、タイルの上の血が水道水で洗い流されていくのを見ながら言った。

「あんたのためにも良かったわ。父さんが帰ってきて追い出したのよ」

「何で？」

「何でですって？」

姉は言った。

「あんたの受験勉強を台無しにしたじゃないの」

「チソプ先生が？　どうしてそういう話になるんだよ！」

「うるさいわね。あんたは何も知らないからそんな口たたくんだわ。あの人は、監獄に入ってたのよ」

「それが僕の勉強と何の関係がある?」

「この血を見なさいよ」

「やめろよ、この売女!」

「まあ!」

「もう二度とあの人の話をするな。男とべたべたすることしか考えてないくせに、知ったような口で何を大騒ぎしてんだよ」

その年の大学入試で、ユノはみごとに落っこちた。A大学の社会系列学部は初めから無理だったのだ。しかし父さんにとっては、何がなんでもA大学の社会系列でなくてはならない。チソプを追い出すと父さんは、専門家を家に招いてユノの勉強を見させた。彼らは入れ替わり立ち替わり自家用車を運転してやってきた。ユノの前で時間をつぶしては、次の浪人生のところへまた車を走らせる。

父さんは何も知らなかった。英語、数学、国語担当の専門家にそれぞれ毎月二十万ウォン、しめて六十万ウォン払っていれば、ユノの学力が目に見えて上がるものとばかり思っていたのだ。法律家らしくもないことだ。父さんは本の中に拳銃を隠していた。彼の秘書が血みどろのチソプを車に押し込んだ後、運転手がチソプをどこで降ろしたのか誰も知らない。撤去作業員たちがこびとの家を北側の壁から壊しはじめたときチソプがそこで何をしたのかも、誰も知らなかった。チソプは血みどろになって帰ってきたのだった。

ユノは、専門家の指導を受けているときからもう落ちることがわかっていた。勉強するのはユノ自身なのだから。ユノはほんとうはB大学の史学科に行きたかった。父さんはユノの背中を一度ぴしゃりと叩いて、男たるもの絶望してはならんと言った。失敗は次の成功のための土台だ、とも言った。

ユノは三階のロフトで暖房機のスチームの音を聴きながら、雪におおわれた野原を見わたした。こびとの町は消えてなくなっていた。ユノは梯子を移して、次の棚を調べはじめた。また「売女」と独りごとを言った。姉さんが今ごろどこで何をしているのかは想像がついた。法律家の拳銃はなかなか見つからない。

ユノは、自分がいつのまにか子どもではなくなったことを知っていた。彼は浪人生活を送っていた。父さんはユノを全く新しい仲間のもとへ押し込んだ。選ばれし仲間たちである。昼は世宗路《セジョンノ》にある予備校で講義を受け、夜は漢江《ハンガン》のほとりにある十階建てビルのてっぺんにある七十坪のマンションで特別講義を受けるのだ。

インギュは知らないことのない子だった。彼は小さな悪魔のようにユノに接近してきた。

「君も入る?」

インギュが言った。

「動物の生態を研究するクラブだよ。カラースライドを二百枚も手に入れたんだ」

「何に？」

「何のことかわかんないな。動物の生態がどうしたって？」

「来てみればわかるさ。来るだろ？」

「考えてみるよ。君、ドードー鳥って知ってる？」

「女の子たちも来るんだぜ」

「ドードー鳥、知らない？」

「いい加減にしろよ。鳥なんか出てこねえよ」

インギュはチソプと正反対の人物だった。彼は日曜日の夜、マンションのリビングに集まった仲間の前で、何かにつけては自分を誇示《こじ》するように大声で騒いだ。日曜日には授業がない。教師は来ない。インギュの父母は、息子の勉強の進み具合を調べるために、一か月に二回、釜山《プサン》から飛行機でソウルにやってくる。家政婦は、若者たちが何をやっているのか知らなかった。女子たちは部屋でコーラを飲んでおり、男子はいちばん端の部屋に入っていった。ユノは、一人の子が小さい箱のふたを開けて鼻を当てているのを見た。その子はひとしきり匂いをかいだあと、ばったりと倒れた。インギュがスライド映写機を操作した。スイッチを入れるとみんなが息を殺した。箱の中にはシンナーが入っていた。他の子がその容器をとりあげてかかえ込み、顔を押し当てた。

インギュの話は嘘ではなかった。天然色のスライドだった。それはデンマーク製で、実に驚くべき写真だった。でもユノは最後まで見ていられなかった。居間に出てかばんを持つと、女の子が一人、ユノに続いて立ち上がった。ユノはエレベーターの中で初めてウニを見た。一同の中でいちばん純真で、無垢《むく》な子だ。

「わかったよ」ユノが言った。

「何よ？　急に」

「君が試験に落ちた理由がわかった」

「言ってみて」

「宇宙人が来たんだ。そいつが君の答案用紙を盗んでいったのさ」

「え！　そうなの？」

ウニは笑いもせずにそう言った。

「だけどその宇宙人、どうして私の答案を盗んだのかしら？」

エレベーターのドアが開いたときも、ユノは黙っていた。ウニが自分の車に向かって歩き出すと、ユノが言った。

「宇宙人は……」

ウニが立ち止まった。

「初めから、僕が落ちるって知っていた」

ウニはちょっと考えて、初めて微笑を浮かべた。そして自分の車の方へ歩いていった。ユノはチソプにウニのことを話したかった。ウニはとてもかわいいのだ。ユノはただウニに会うために予備校に行き、またあのマンションの十階に行っている。そうでなかったら、もうとっくに投げ出していただろうと思う。予備校講師や夜にやってくる専門家たちは、途方もない金を稼いでいる。毎週土曜日には大学講師がやってきた。彼らは選ばれし浪人生たちが何をどう勉強しているか調べ、方向が間違っていればそれを指摘し、新しい方向を提示してくれる。彼らは問題を作る教授が特にどんな分野に関心を持っているか、彼らの出す問題がどんな様式か、これこれの問題はいつ出たかを把握しており、来年度入試にはこんな問題が出るだろうと予測した。ユノは彼らに混じって一年を浪費した。チソプはそこにはいなかった。いたのはウニだけだ。ユノの心は休まらなかった。そこで梯子から下りた。彼は下の階に下りていった。

「おばさん」

彼は家政婦を呼んだ。

「ミスギ[*5]はどこへ行ったの？」

「田舎からお母さんが出てきたんですって。十時までには戻ると言っていましたよ」

「それじゃ、おばさんもお帰りなさいよ。子どもたちが会いたがっているでしょ？」

「こんどにしますわ」

「行ってらっしゃいよ。さっき、姉さんも遅くなるって言ってたから。父さんも遅く[*6]なるか、ホテルに泊まるかでしょう。大変なことがあって毎日会議、会議ですから。

テレビのニュース、見たでしょう？」

「一人で大丈夫ですか？」

だがユノは一人ではなかった。インギュがいた。インギュは小さな悪魔だった。こいつにはほんとうに知らないことがない。彼らは日曜の午後には、照明を落とした酒場に行く。

けたたましい音楽で鼓膜《こまく》が破れそうな酒場だった。インギュはユノが目ざわりだったらしい。それで彼を引きずり込もうとしたのだ。インギュはほかの子たちと同じく、座ったままで踊った。テーブルの下で、向かいに座った女の子たちの膝が触れた。彼女たちは盛んに膝をすりつけてくる。ユノはそこに長居しなかった。向かいの女の子がユノにワインを勧め、インギュがその子をつかまえて耳打ちした。ユノが立ち上がるとその子が追いかけてきて腕を組んだ。女の子はユノの体に自分の体をぴったりくっつけた。ユノはその夜、その子と寝た。チソプがいたらこのことも話しただろう。イこびとの娘はパンジーが咲いている狭い花壇で、弦の切れたギターを弾いていた。

＊5　若いお手伝いの名前。
＊6　朴正熙大統領は一九七二年に維新体制を宣布して維新憲法を制定するとともに、一九七四年以降には反対勢力を抑えるためにたびたび緊急措置を発令し、一般の法廷ではなく軍法会議などにおける裁判や、令状なしの逮捕を認めるなどの措置をとってきた。ユノの父は法律家として、これらの法整備にかかわる任務を負っていたことが示唆されている。

ンギュは満足していた。ユノは街灯のない暗い路地に入って、小さいホテルを利用した。ほかの女の子たちと寝るときも同じホテルを使った。廊下と階段には傷のある赤いじゅうたんが敷いてあった。インギュはユノを仲間に引き入れたと、思った。

「また宇宙人が来るかと思うと怖いわ」

ウニはユノが変わったことに気づいていた。

「また私の答案を盗まないかしら？」

「もうそんな話はやめようよ」

ユノが言った。

「君、僕が何しているか、知ってるだろ？」

「ええ」

「君は大丈夫だよ」

「はっきり言ってよ」

「僕の指、数えてごらん。これだけの女の子たちと寝たんだ」

「知ってるわ」

「君、ドードー鳥って知ってる？　その鳥は、翼を使わなかったんだって。それで翼が退化しちゃったんだ。そのうち飛べなくなって、絶滅した。僕はドードー鳥だよ。かわいそうだけど、君も同じだね。僕らは、大切なものをいちいち裏切ってみせるようなクズどもの中で生きているんだ」

「私が訊いたことに答えてよ。また宇宙人が来て私の答案を盗むかしら？」

「君は平気だってば」

「あなたは？」

「僕は人を探してるんだ。チソプ先生と、その友だちのこびとだよ。君、僕の夢が何だか知らないだろ？」

「そうね、知らないわ。私は何も知らないのよ」

ユノはまた梯子に上って本を引き抜いた。一人ぼっちだった。心は落ち着いている。ウニのことを考えると胸がふさがった。ユノが女の子たちと寝ていることを話したとき、ウニは涙ぐんでいた。ユノが耐えられないのは、インギュがほかの女の子たちと遊びながらウニに恋しているということだ。彼は天然色のスライドを見ているときも、ウニを想っていたのだろう。だが、インギュはウニに手を出すこともできなかった。下司《げす》なインギュは、ウニの父親の地位を勘案《かんあん》して、ことがこじれた場合に自分の父親と自分自身に及ぶ影響を考えたのだ。インギュにちょっとでも純情が残っていたら、ユノは彼を許したかもしれない。

父さんは何も知らなかった。父さんがチソプを追い出したときからユノは道を誤ったのだ。予備試験を何日か後に控え、ユノは専門家から最後のチェックを受けた。誰も予備試験を甘く見てはいない。予備試験は大学入学資格試験であるが、その成績反映度によって、大学別の選抜試験の性格も備えている。A大学も予備試験の成績を三十パーセントも反映させるのだ。

ことは、予備招集[*7]の日に始まった。試験会場はインギュと同じだった。二人は対角線上に座ることになっていた。

「お前、悪く思うなよ」

インギュが言った。ユノは、インギュが真剣な顔で話すのを初めて見た。

「俺、お前とウニがどういう仲か知ってるぜ」

「だから？」

「俺もウニを好きだってこと、知ってるだろ？」

「で？」

「何いばってんだよ。俺がウニを好きでお前らが得すること、一つもないだろ？」

「答えてやろうか？」

「簡単に言うよ。手を引くから、その代わりにちょっと俺を助けてくれ」

「何を？」

「座席表を見ただろ？　明日、俺はお前の斜め後ろに座る。問題の配列は同じだ。だから、腕で問題用紙を隠すな。それで、マークシートに答えを記入する前に正解の選択肢に○をつけてくれ。問題用紙にだよ。腕で隠すな。それ以上のことは頼まないから」

ユノは言葉を失った。こびとの息子は、故障したラジオを修理していた。それは

〈最後の市場〉で買ったものだった。

電話が鳴った。ユノは梯子から下りた。ためらってから受話器を取った。お父様は忙しいので今日はホテルにお泊まりになりますという秘書からの電話だろうと思った。予想は外れた。ウニだった。一瞬、のどがつまった。胸の中から、熱いものがのどを伝ってせり上がってきた。

「もしもし、もしもし」

ウニが言った。ユノは受話器を置いた。そして椅子《いす》にへなへなと座り込んだ。父さんが部屋の装飾に使っている本のうち、まだ半分も調べていない。早く拳銃を探さなくてはならない。また電話が鳴った。ユノは出なかった。ユノは梯子をわきにかたづけてしまい、手が届くあたりの本をでたらめに抜き出した。その中の一冊から拳銃が出てきた。その本は世界史全集の後ろの空間に、何冊かの本と一緒にごく自然に置かれていた。父さんは、本の真ん中をかみそりでくりぬいて、その中に拳銃を入れていたのだ。ごく小さなものだ。ユノは、弾倉に銃弾が入っていることを確認した。「もうすぐ終わる」ユノは思った。

散らかった本をもとの位置に戻し、電気を消す。部屋を出るとき呼び鈴が鳴った。ユノは立ったままその音を聴いた。音はいっこうに止まない。どうしようもない。泣

＊7　予備試験の前に受験生が受験会場に集められ、席順や注意事項を確認する。

きたかった。ウニはとてもかわいい。去年の予備試験の日にも雪が降り、ウニの髪やコートの上に雪が降り積もっていたっけ。ユノはポケットの中の拳銃に触れた。

「五分だけいて、帰ってくれ」

ユノは言った。

「ここ、あなたの部屋?」

ウニが訊いた。ウニは女の子だけの直感で、ユノに母親がいないことを悟った。ウニは窓の外を見ているユノに近づいた。

「心配しないで。私一人よ」

ウニは言った。

「五分たったよ」

「試験はどうだった?」

「帰ってくれよ、ウニ」

「みんなインギュのマンションに行ってるわ。私、あなたはあそこには行かないってわかってたの。どうしてあなたが私を避けるのか聞くまで、帰らないわ」

「帰れよ」

「嫌よ」

「帰らなきゃ殺すぞ」

「好きになさいよ」

「冗談で言ってるんじゃないんだ」

そう言いながら、ユノは拳銃を取り出した。ユノはウニの胸に狙いを定めた。

「そういうことだったのね！」

ウニはとても低い声で言った。

「君は知らないだろ」

ユノが言った。

「僕、インギュの言うとおりにしてやったんだ」

「インギュが何をしろって言ったの？」

「君のことだよ」

「そんな話ならやめて」

「君をあきらめるから、答えを教えてくれって言われたんだ。今日、そのとおりにしてやった」

ウニはしばらくものが言えなかった。

「その銃、しまって」

ウニが言った。

「その汚い銃、お願いだから、かたづけて」

ウニは涙ぐんでいた。ユノは腕をおろした。

「五分たったよ。もう帰ってくれ。そして宇宙人が答案用紙を盗みに来ないか心配するのもやめてくれ。君は大丈夫だよ。僕はあきらめた。インギュも大学には行けない。僕、自分のマークシート用紙にインギュの名前と受験番号を書いたから」

「え！　それじゃどうなるの？」

「ＫＩＳＴ[*8]に行って、コンピュータに聞いてみろよ」

「じゃあ、二人とも不合格？」

ユノは灰のかたまりが崩れるように座り込んだ。彼は銃をウニに渡した。ウニはそれを受け取った。

「僕を撃って」

ユノは言った。

「君が来なかったらもう終わっていたのに。責任とってくれよ。でも、僕はただ死にゃしない。月に行ってやることがいっぱいあるんだ。ここでは何もできないんだよ。チソプ先生が読んでいた本のとおりさ。時間をめちゃくちゃに無駄にして、約束や誓いは全部破られて、お祈りしたって聞き入れてもらえない。ここでなくしたものをあっちで探したいんだ。さあ、迷わないで撃ってくれよ」

ユノはぼろぼろ涙をこぼしていた。彼は、ウニがかまえた銃口を見た。

「じゃあ、私のために一つだけお願いを聞いて」

ウニが言った。

「宇宙人に会ったら、私の答案を盗まないでって伝えて」

ウニの目にも涙がたまっていた。ユノの全身から力が抜けた。

「さあ、撃って」

ウニは拳銃を持ったままコートのボタンをはずした。そしてワンピースのジッパーをおろした。拳銃を机の上に置き、腕をおろすと裸になった。彼女は母親のように近づいてきて、涙でぐしょぐしょになっているユノの顔を胸と両腕で包んでやった。チソプがあの日、こびとの家に行って何をしたのかユノは知らない。そのときこびとと彼の家族は板の間に座って夕食を食べていた。彼らは一言ものを言わなかった。ユノはこの二年間、自分が何を間違えていたのか考えた。しかし何もわからなかった。

＊8　韓国科学技術研究所。

こびとが打ち上げた小さなボール

1

みんなが父さんを「こびと」と呼んだ。彼らの目は正しい。父さんはこびとだった。でも、彼らに見えていたのはそれだけだ。それ以外のことは何も見えていなかったのだ。僕は、父さん、母さん、ヨンホ、ヨンヒ、僕という五人家族のすべてをかけて、彼らは間違っていたと言うことができる。「すべて」とは、僕ら五人の命を含む。天国に住んでいる人は地獄のことを考える必要がない。けれども僕ら五人は地獄に住んでいたから、天国について考えつづけた。ただの一日も考えなかったことはない。毎日の暮らしが耐えがたいものだったからだ。生きることは戦争だった。そしてその戦争で、僕らは毎日、負けつづけた。母さんはあらゆることによく耐えていた。けれどあの日の朝だけは耐えられなかったらしい。

「町内会長がこれを持ってきたよ」

僕は言った。母さんは狭い板の間の隅に座って、朝ごはんを食べていた。

「何なの？」

「撤去警告状ですよ」

「ああ、とうとう！」

母さんは言った。

「家を取り壊せというんだろう？　いよいよ始まるんだね。試練っていうものが」

母さんは食事を中断した。僕はそのお膳を見下ろした。麦飯、黒みそ、しなびた唐辛子二、三個と煮つけたじゃがいも。

僕は母さんのためにゆっくりと撤去警告状を読み上げた。

母さんは板の間の隅に座って黙っていた。れんが工場の煙突の長い影がセメントの塀を越え、狭い庭をおおいつくしていた。町内の人たちが通りで口々に叫び、彼らの間をすりぬけて町内会長が川の方へ歩いていくのが見えた。

母さんは、食べ終えていないお膳を台所へ持っていった。両ひざをまっすぐ立てて座った。そして手を上げ、台所の床を一度打った。つぎにわが胸を一度打った。

僕は幸福洞《ヘンボクトン》の洞事務所へ行ってみた。住民たちがいっせいに群がって、てんでに大声で言い分を訴えている。職員は二、三人しかいないのに、数十人もの人がほとんど同時にまくしたてていた。詮《せん》のないことだった。騒いでどうにかなる問題ではない。

僕は外の掲示版に貼ってある公告文を読んだ。そこにはマンション入居の手続きや、入居を放棄する場合にもらえる移住補助金の金額などが書いてあった。洞事務所のまわりは市場のようにごった返していた。住民と、マンション入居権を取り扱うブローカーがひしめき合い、あっちに固まり、こっちに集まりしている。そこで僕は父さん

楽　園　区

住宅　　444,1……　　　　　　　　　　　　197×年９月10日

受信者　ソウル特別市楽園区幸福洞46番地１８３９　金　ブリ殿

題目　　再開発事業区域および高地帯建築物撤去指示

貴下の所有する表示の建物は、住宅改良促進に関する臨時措置法により幸福３区域が再開発地区に指定されたため、ソウル特別市住宅改良再開発事業施行条例第15条、建築法第５条および同法第42条の規定により、１９７×年９月30日までに自主的に撤去することを命じます。万一上記の期日までに自主撤去しない場合には、行政代執行法の定めるところにより強制撤去し、その費用は貴下から徴収します。

撤去対象建物表示

ソウル特別市楽園区幸福洞46番地１８３９

構造　　　建坪　　　坪

楽園区区長

と弟妹に会った。父さんはハンコ屋の前に座っており、弟のヨンホは、僕がたった今見てきたばかりの掲示板の方へ歩いていくところだった。妹のヨンヒは通りの入り口に駐車した黒い車のそばに立っている。朝早く仕事を探しに出て、撤去警告状が出たと聞いて戻ってきたのだ。誰がこんな日に仕事などする気になれるだろう。

僕は父さんのところへ行き、父さんの工具袋を持ち上げて背負った。ヨンホが寄ってきて、僕の肩からそれをおろして背負った。僕はごく自然にそうさせながら、こっちへ歩いてくるヨンヒを見た。ヨンヒの顔は赤く上気していた。

何人かのブローカーが僕らを取り囲み、マンション入居権を売れと言った。父さんは本を読んでいた。父さんが本を読むのを僕らは初めて見た。表紙にカバーがかかっているので何の本かわからない。ヨンヒが身をかがめて父さんの手を引っ張り、父さんは僕らの顔をじっと見つめてから立ち上がった。「こびとだ」と、初めて父さんを見る人たちが言った。

母さんは、門柱にとりつけたアルミの表札[*1]をはずそうとして、包丁で釘を抜いていた。僕は母さんの手から包丁をとって、反対側の釘を抜いた。ヨンホは、母さんと僕

＊1　ソウル市は六〇年代から無許可建築物に登録制度を導入した。登録をして無許可建築物番号を取得した人に限り、臨時に居住を認めるというシステムである。表札には無許可建築物番号が刻まれており、これがないと移住補助金やマンション入居権を受け取る手続きが行えない。

のやっていることが気に入らないらしい。けれども、僕らの気に入るようなことが起こる望みなどありはしないのだ。無許可建築物番号が刻まれた表札をすぐにはがして大事にしまっておかなければ、あとで困ったことになる。母さんは表札を手のひらにのせ、黙って見つめていた。ヨンヒが、こんどは母さんの手を引っ張った。

「お前たちが失業さえしなけりゃ、こんな心配もしなくて済んだのに」

母さんが言った。

「二十日間で何かすごい名案が見つかるとでも思うかい？　今のうちに一つひとつ片づけておかなくちゃ」

「入居権を売るの？」

ヨンヒが訊いた。

「売るだなんて！」

ヨンホが大声で言った。

「でも売らないなら、マンションに住むためのお金が要るでしょ」

「マンションにも入らないよ」

「じゃあ、どうするの？」

「ここで今までどおり暮らすんだよ。ここが僕らの家だもの」

ヨンホは石段をずんずん上って、父さんの工具袋を板の間に置いた。

「一か月ぐらい前には、まだそんなことを言う人もいたが」

父さんが言った。母さんに渡された撤去警告状を読み終えたところだった。

「市が代わりのマンションを造ったから、それでけりがついたのさ」

「それは僕らのためのものじゃないだろ」

ヨンホが言った。

「金がたくさんなきゃ入れないマンションなんて」

ヨンヒは庭のパンジーの前に立っていた。

「私たちは出ていけないわ。行くところがないもの。そうでしょ、大きい兄ちゃん？」

「誰だろうが、うちを壊しに来る奴はただじゃおかないよ」

ヨンホが言った。

「やめな」

僕は言った。

「あの人たちには法律がある」

父さんの言うとおりだ。もう、けりはついている。

ヨンヒはパンジーのそばで顔を震わせていた。ヨンヒは泣いていた。小さいころから泣き虫だった。そんなとき僕はいつも言ったものだ。

「泣くなよ、ヨンヒ」

「だって、泣けてきちゃうんだもの」

「じゃ、声を出さずに泣きな」

「うん」

それでもヨンヒは原っぱで声を上げて泣いた。僕はヨンヒの口をふさいだ。ヨンヒの体からは草の匂いがし、川のむこうの住宅街からは肉を焼く匂いが流れてきた。それが肉の匂いだということはわかっていたけれど、僕は母さんに訊いてみた。

「母さん、あれ何の匂いだろう?」

母さんは僕の手を握った。そして足を速めながら言った。

「肉を焼いているのさ。うちでもそのうち焼いて食べようね」

「そのうちって、いつさ?」

「さ、もう行くよ」

母さんは言った。

「お前だって一生けんめい勉強すれば、いい家にも住めるし、毎日肉を食べることだってできるんだよ」

「嘘だ!」

僕は母さんの手を払いのけながら言った。

「父ちゃんがいけないいんだよ」

母さんが急に立ち止まった。

「お前、今、何て言ったの？」

「父ちゃんがいけないんだよって」

「ひっぱたかれたいのかい？　父さんは良い方ですよ」

「僕だって、ポケットのある服を着たいよ」

「もう行くよ」

「母ちゃんはどうして僕らの服にポケットをつけてくれないの？　ポケットに入れてやるお金も、食べものもないからでしょ」

「父さんのことをあんまり悪く言うと、ひっぱたくよ」

「父ちゃんは悪党にもなれないんだ。悪党は、金持ちだもの」

「父さんは良い方なんだよ」

「知ってるよ」

僕は言った。

「何百回も聞いたもの。だけどもうだまされない」

「お母ちゃん、大きい兄ちゃんが言うこと聞かないのよ」

ヨンヒが台所の前に立って言った。

「またこっそり肉の匂いをかぎに行ったのよ。私は行かなかったわ」

母さんは何も言わなかった。僕はヨンヒをにらみ、ヨンヒはまた言った。

「お母ちゃん、兄ちゃんが肉の匂いをかぎに行ったたって言ったら、私をぶとうとするのよ」

ヨンヒはなかなか泣きやまなかった。僕はヨンヒの口から手を離した。ヨンヒを原っぱに連れていったのが間違いだった。ヨンヒをぶったことを僕は後悔した。ヨンヒのかわいい顔は涙に濡れ、僕らの服にポケットはついていなかった。

父さんは撤去警告状を板の間の隅に置いて本を読んでいた。僕らは父さんに何も望みはしなかった。父さんはずっと充分に働いてきたのだし、充分に苦労もしたのだ。父さん一人が苦労したのではない。父さんの父さん、父さんのおじいさん、おじいさんの父さん、その父さんのおじいさん——その先も——代々さかのぼって、その人たちは父さんよりもっとひどい苦労をしたのかもしれなかった。

僕は印刷工場で不思議な文書が入った原稿を組版したことがある。その一部を組むために、僕は懸命に手を動かした。「婢　金伊徳ノ生ミシ奴　今同、庚寅生マレ、奴　今同ノ良妻ノ生ミシ奴　金今伊、丁卯生マレ、奴　今同ノ良妻ノ生ミシ奴　徳水、己巳生マレ、奴　今同ノ良妻ノ生ミシ奴　存世、辛未生マレ、奴　今同ノ良妻ノ生ミシ奴　永石、癸酉生マレ、奴　金今伊ノ良妻ノ生ミシ奴　鐵壽、丙戌生マレ、奴　金今伊ノ良妻ノ生ミシ奴　今山、戊子生マレ」

僕はそのときこれが何なのかわからなかった。それを組み終わり、次の版を組んでいるときにようやくわかった。これは奴隷《どれい》売買文書の一部だったのだ。僕は十日間同じ本に取り組んだ。その十日間、僕は父さんと一言も話さなかった。母さんともだ。僕は母さんの母さん、母さんのおばあさん、おばあさんの母さん、その母さんのおばあさんたちが最下層の賤民《せんみん》として何をしてきたのか知っている。母さんはその人たちと一つも違わない。同じように心が休まる日を持たず、同じように体であがなう労働をしてきたのだ。僕らにとって、体で支払う労役は先祖代々の世襲《せしゅう》であり、僕らの先祖は相続、売買、寄贈、供出《きょうしゅつ》の対象だった。

ある日母さんは僕に言った。「お前たちは母親を間違えて生まれてきたんだ。それでこんなに苦労するのさ。父さんとは関係ないんだよ」

母さんは長男の僕にだけそう言った。自分の母さんから聞いたことを僕に伝えたのだ。千年というもの、僕らの先祖はこの言葉を子孫に言い伝えてきた。けれども僕は知っている。父さんも奴隷の息子だった。

ひいおじいさんの代に奴隷制度が廃止された。ひいおじいさん夫婦は何もわかっていなかった。自分たちが解放されたことを後から知った二人は、むしろ主人に「私たちを追い出さないでください」と言うしまつだったのだ。おじいさんは違った。おじいさんは因習から逃れようとした。年老いた主人はおじいさんに家と土地をくれた。だが、それは無駄だった。無知な面ではおじいさんもひいおじいさんと変わらない。ひいおじいさんの代までは先祖たちの経験が助けになったが、おじいさんの代ではそれがもう役に立たなかったのだ。おじいさんには教育もなく、経験もなく、そのために家も土地も失った。

「おじいさんもこびとだったの？」

いつだったかヨンホがそう尋ねた。僕はヨンホの頭をこづいた。ちょっと成長するとヨンホはこう言った。

「なんで、昔のことだからって隠すのさ？　今と別に何も変わらないのに、おかしいよ」

僕は黙っていた。

ヨンヒはハンカチを出してしきりに目元を拭いた。父さんは本を読み続けていた。母さんは、裏の家に住むミョンヒの母さんと話をしていた。

「いくらで売りなさった？」

「十七万ウォンだったわ」

「ということは、市がくれる移住補助金よりいくら多いの？」

「二万ウォンだよ。お宅も、マンションには入れないでしょ？」

「そんなお金があるものですか」

「分譲マンションは五十八万、賃貸なら三十万だよ。それに、どっちに入っても月々あと一万五千ウォンずつかかるんだって」

「みんな、入居権、売ってるの？」

「お宅も急いだ方がいいわ」

母さんは辛そうな顔をして立っていた。ミョンヒの母さんがせきたてた。

「うちは、明日にでも出発する準備ができてるのよ、お宅がお金を返してくれればね。[*2]この家だって、斧《おの》で何度か叩いたらすぐにぺしゃんこになってしまうわ」

ヨンヒの目にまた涙がたまっていた。大きくなってもヨンヒは泣き虫だった。女の子たちは泣き虫だ。僕がヨンヒのそばに寄ると、ヨンヒはかめ置き場を指さした。かめ置き場の土台に、「ミョンヒ姉さんは大きい兄ちゃんが好き」と書いてある。この家を建てたときにヨンヒが、乾く前のセメントを引っかいて書いた落書きだ。ヨンヒが笑った。僕らはあのときがいちばん幸せだった。父さんと母さんが河原から石をかついできて階段を作り、壁にセメントを塗った。僕らはまだ小さくて力仕事はできなかったが、それでも手伝うことがたくさんあった。僕らは何日か学校へ行かずに家造りを手伝い、一日一日が楽しかった。

日に何度も、見知らぬ人たちの一行が町内を巡回した。そのときだけは汚い服を着た子どもたちも泣きやみ、犬までがどなりつける主人の勢いに押され、吠《ほ》えるのをやめて後ずさりした。町じゅうが静まり返り、急に平和になったので、とまどってしま

＊2　こびと一家も離れの部屋を人に貸していた。撤去に伴いその人に出ていってもらわねばならないが、十五万ウォンのチョンセ金（一九ページの注参照）を返すことができずにいた。それをミョンヒの母が立て替えてくれたのである。ミョンヒの家もまた、そのお金を返してもらうまでは引っ越せないので、早くマンション入居権を売れとアドバイスしている。

うほどだった。僕はこの町の匂いを恥じたが、彼らは父さんにおじぎをした。彼らと握手するとき父さんは爪先立っていたが、そんなことはどうでもいい。僕らにはこびとの父さんが巨人みたいに見えた。

「お前、見たか？」

僕が尋ね、ヨンホがうなずいた。

「私も見た」

ヨンヒが言った。

そのとき父さんにおじぎをした人は、どぶ川に橋をかけ、道路を舗装《ほそう》し、この町の建築物を合法化してあげましょうと言った。僕らは大人たちのまねをして、大きく、大きく拍手した。次の人が、さっきの人は橋をかけたり道路を舗装するそうだから、彼には区長選挙に出馬してもらうこととし、自分はこれこれしかじかの国の管轄《かんかつ》の仕事をするので応援を願うと言った。大人たちはまた拍手し、僕らも続いた。

大きくなってからも僕はときどき、そのことを思い出した。この二人は僕の頭に強烈な印象を残したのだ。僕は彼らを憎んだ。嘘つきだったから。彼らはべらぼうな計画をひけらかす。でも僕らに必要なのは計画ではない。計画ならもう大勢の人がたくさん出した。それでも何も変わらなかったのだ。仮に何をなしとげたところで、それは僕らとは何の関係もない。僕らが必要としているのは、僕らの苦痛を知り、それを共にしてくれる人だった。

「あんな人っていないわ！」

　母さんは言った。

「誰のこと？」

　ヨンホが訊いた。

「ミョンヒの母さんだよ。どれだけ助かったかわからない。あの人が十五万ウォン貸してくれたから、離れの人にチョンセ金を返せたんだもの」


「ねえ」

　ミョンヒの母さんが塀ごしに顔を出して言った。

「お金を返してと言ったこと、悪く思わないでね」

「もちろんだよ」

　母さんが言った。

「どうにかするから、心配しないで」

「あのお金はただのお金じゃないんだもの」

「わかってるわ。ミョンヒのことを思い出すと胸が詰まるよ」

　それは僕も同じだった。

「ミョンヒ姉さん」

ヨンヒが叫んだ。

「遊びに来てよ。うちに遊びに来て」

「新しいおうちっていいもんでしょ?」

「うん」

「でも、あんたがかめ置き場に書いた落書きを消さなきゃ、遊びには行かないわよ」

「消せないのよ」

「何で?」

「だってセメントが固まっちゃったんだもん」

「そんなら行かないわ」

ヨンヒはひどくがっかりしたようだった。

でも、僕とミョンヒは会っていた。そのころは土手の右手に林があった。そこに座っていると、木の間から印刷工場の明かりが見えた。工員たちは夜中も働いている。

「あんたが約束してくれたら、言うこときいてあげるわ」

「何の約束?」

僕が訊いた。

「あの工場には行かないってこと」

「ばかだな。行くもんか、あんな工場」

「ほんと？　約束して」

「うん、約束する」

「じゃあ、触っていいわ」

ミョンヒは僕に自分の胸を預けた。とっても小さな胸だった。

「あんたが初めてよ」

ミョンヒが言った。

「私の胸を触った人はあんただけ」

僕は左腕でミョンヒの肩を抱き、右手であの子の胸を触った。胸はまるっこくてあたたかかった。

「誰にも言っちゃだめよ」

ミョンヒがささやいた。彼女の息づかいを耳元に感じる。

「言わないよ」

「弟たちにもよ」

「言わないさ」

「あんたが秘密を守って、さっきの約束も守ってくれたら、したいようにさせてあげてもいいわ」

「ほんとに？」

「ほんとよ」

「今、ほかのとこ、触っちゃだめかな？」

けれどもミョンヒは、会うたびに元気をなくしていく一方だった。あるときは座り込んで、魂《たましい》が抜けたように黙っているだけだった。

「どうしたの？」

僕は心配だった。

「どこか具合が悪いのかい？」

「ううん」

「じゃ、どうしたの？」

「うちでごはんを食べたくないの」

「なんで？」

「もう、嫌なのよ」

「食べなきゃ死んじゃうよ」

「死にたいわ」

「ミョンヒ、僕あの工場には行かないよ。勉強して大きな会社に入るんだ、約束するよ」

「おなかすいた」

小さなミョンヒが笑いながら言った。

「何が食べたい？」

僕が訊いた。ミョンヒは僕の手をとって、一本ずつ指にさわりながら言った。

「サイダー、ぶどう、ラーメン、パン、りんご、卵、肉、お米のごはん、海苔《のり》」

僕の指が一本余った。あのころのミョンヒにはそれで充分だったのだろう。そのミョンヒが大きくなって喫茶店で働き、高速バスのバスガールになり、ゴルフ場のキャディになった。彼女はある日やつれた顔で実家に帰ってきた。それが最後のあいさつになった。母さんは後で、ミョンヒは帰省するたびにおなかが大きかったと言った。ミョンヒは服毒自殺予防センターで息を引き取った。

「やだ！　お母ちゃん！　やだったら！」

毒気に侵されて悶《もだ》えながら、ミョンヒは叫んだ。大人になったミョンヒは最期の瞬間に、幼いころの思い出の中をさまよったのだろう。彼女が残した預金通帳には十九万ウォン入っていた。

「十五万ウォンあるわ」

ミョンヒの母さんが言った。

「これで離れの人たちにチョンセ金を返して、出てってもらいなさいね」

母さんはお金を受け取った。母さんはひとこともものが言えなかった。

「取り壊されることがわかっているのに、新しい借り手が見つかるわけがないでしょう?」

「そうだよねえ」

「だから、何を言われても気にしないで、まずは出ていく人にチョンセ金を返すのよ」

「こんなお金をお借りしてしまうなんて!」

「ミョンヒ姉さんは大きい兄ちゃんのことが好きだったのよ」

ヨンヒが言った。

「兄ちゃんもわかってたでしょ?」

「やめろよ」

ヨンヒはギターを弾いていた。僕はれんが工場の煙突の上に浮かぶ月を眺めた。僕のラジオは故障している。何日間か、放送通信高校の講義を聴くことができなかった。

僕はミョンヒとの約束を守ることもできなかった。中学三年の一学期で学校をやめた。それより上には行けなかった。父さんと母さんは僕が勉強を続けることを望んだけれど、後押ししてくれる力がなかったのだ。よくよく見ると父さんは、同年代の人たちより老けて見える。それに気づいていたのは僕ら家族だけだ。父さんの身長は百十七センチ、体重は三十二キロだ。みんな、父さんの体の欠陥《けっかん》からくる先入観にとらわれて、父さんが年老いたことに気づかない。

父さん自身、人生の終わりに近づいてしまったというあきらめと憂鬱《ゆううつ》に陥っていた。じっさい、歯がだめになり、寝つけない夜が多くなっていた。目も弱っていたし、髪の毛もずいぶん減った。意欲も、注意力や判断力も落ちてしまった。一生を通して父さんがやってきた仕事は五つある。債券の売買、刃物研ぎ、高層ビルの窓拭き、ポンプの設置、水道修理だ。そんな仕事ばかりやってきた父さんが急に、仕事を変えると言い出した。サーカスに入るというのだ。父さんは、初めて会うせむしのおじさんを連れてきていろいろと相談した。初めのうちしばらくはこのおじさんの助手として働くんだという。二人は、舞台でどんな演技をすべきか相談していた。母さんが父さんにくってかかり、僕らも父さんを責めた。父さんはしょんぼりと引き下がり、せむしは茫然《ぼうぜん》と座って僕らを見ていた。せむしは目に涙を浮かべて帰っていき、その後ろ姿はひどく寂しげに見えた。父さんの夢は壊れてしまった。

父さんは重い工具袋をかついで、仕事を探しに出ていった。その日の夕方のことだ。

「お前たち！」

母さんが僕らを呼んだ。

「父さんの声がおかしいんだよ」

「どうしたんです？」

僕が訊いた。父さんは何も言わなかった。

「薬屋に行ってくる」

母さんが土間に下りた。

「みょうばん粉を買ってきてくれ」

父さんは言ったが、その声は尋常ではなかった。舌が口の中で巻き上がってしまったようなしゃがれ声だった。母さんがヒビタン・トローキという薬を買ってきた。

「みょうばん粉は売ってなくて、これはもっと良い薬なんだって。早くこれを飲んでください」

父さんは黙って薬を受け取り、口に入れた。その日から父さんはうまくしゃべれなくなった。舌が巻き込まれて、口の中にくっついてしまうのだという。眠るときには舌を歯で噛んでいなければならなかった。

「父さんは疲れてしまったんだよ」

母さんが言った。

「わかった？　もう、父さんを頼りにしちゃだめなの。お前たちが父さんの代わりに働かなくちゃいけないの」

母さんは泣いた。母さんは印刷工場で「折り」の仕事をしていた。ゴムの指抜きをはめて印刷物を折るのだ。

働くことは怖かった。僕は印刷所の工務部の下働きから出発した。そしてついに、汗を流さずには何も手に入れることはできないことを悟った。ミョンヒは僕に会ってくれなくなった。とても冷たかった。何か月か間を置いて、ヨンホもヨンヒも学校をやめた。するとむしろ気が楽になった。僕らに悪さをする人は誰もいない。僕らは目に見えない保護を受けていたのだ。南アフリカの先住民が一定の区域で保護を受けるように、僕らもまた異質な集団として保護下に置かれていた。僕らは、自分たちがこの区域から一歩も外へ出られないことを知った。

僕は下働き、込め物係、[*3]記号係、[*4]解版係[*5]を経て、整版の現場で働いた。ヨンホは印刷の工程で働いていた。でも僕は、きょうだいが同じ工場で働くのは嫌だった。ヨンホもそうだったので、助手として鉄工所に入り直し、雑用係を務めた。家具工場にも行った。僕は家具工場に行ってヨンホが働いているところを見た。あたり一面がかすむほどのおがくずのほこりと騒音の中で小さなヨンホが働いて

＊3　活版印刷の組版において、文字が印刷されていない字間、行間など空白部分を作る材料（込め物）を扱う仕事。

＊4　文字以外の記号などを扱う仕事。

＊5　印刷後に版を分解し、活字などを所定の保管場所に戻す仕事。

いるのを見て、僕は辞めろと言った。印刷工場の騒音もひどいが、おがくずはない。僕らは死にものぐるいで働いた。工場の中で僕らの手首は太くなっていった。

ヨンヒはそのころ、大通りのスーパーの一角にあるベーカリーで働いていた。きれいな職場だったから、僕らはありがたいことだと思った。だが、良かったのはそれだけだ。ヨンヒはスカイブルーの制服を着て働き、僕らはガラス窓の外からそれを見た。ヨンヒはかわいかった。誰も、ヨンヒがこびとの娘だということを信じない。

何があっても勉強はしなくてはならないと僕は思っていた。勉強なくしてここから脱け出すことはできない。世の中は勉強をする者と、したくてもできない者とにあまりにも厳格に分けられている。ぞっとするほど遅れた社会だ。僕らが学校で習ったのとは正反対に動いている。僕はどんな本だろうと手当たり次第に読んだ。整版から植字工に昇格したあとは、仕事の手を休めて原稿を読む癖《くせ》も身につけた。弟たちに読ませたいと思うものがあれば、校正刷りを別に出し、それを持ち帰ることもあった。ヨンホとヨンヒは僕の言うことをよく聞き、僕が持ってきてやった校正刷りを一生けんめい読んだ。このような努力によって僕らが失うものは何もない。僕は高校入学検定試験を経て、放送通信高校に入学した。

その年の遅い秋の夜、父さんは僕を小さな木の舟に乗せてどぶ川へ漕ぎ出した。

「戻ってきて」

ヨンヒが庭から叫んだ。

「その舟、水が漏るわ」

でも父さんは、川の真ん中へ漕ぎ出した。手を振って止めようとするヨンヒの姿がかすかに見え、僕はどぶ川の水が星の光を受けてまたたくのを見た。舟の中に水がしみ込んできた。丘の上に教会が建設中だったころ、僕とヨンホは真夜中にそこから材木を盗んできた。ヨンヒも寝る前に鉄条網《てつじょうもう》の中に入って材木をとってきた。教会は頑丈だったが、その木で作った僕らの舟には水がしみ込んだ。ヨンヒは父さんが心配だったのだ。僕は泳げた。

父さんは川の真ん中で漕ぐのをやめたが、しみ込んだ水は僕らの足首より上まで来ている。僕は靴を脱いで水をかい出したが、父さんは僕の靴をとりあげて笑った。

「ヨンスや」

父さんが言った。

「昨日来たせむしのおじさんを覚えているか？」

「いつ？」

「昨日」

僕はもう片方の靴を脱いでまた水をかい出したが、父さんが僕の手をさえぎった。

「僕、知りませんよ」

僕は言った。

「知らないふりをしてもだめだ、わしには全部わかってる」

「何がわかってるって？」

それは昨日じゃない、もう三年半も前のことだ。そして、せむしのおじさんにはあのとき生まれて初めて会ったのに、父さんはこんなことを言った。

「あのおじさんとは前にも仕事をしたことがある。ものすごく大きな車輪に乗ったんだよ」

「父さん、何の話をしているの？　そんなことがいつあったんです？」

「お前は長男だ。長男のお前が信じないから、二人の弟妹も信じん」

「母さんも知らないでしょ？」

「なあ」

父さんが言った。

「お前だけは知ってなきゃいかん。母さんは病気なんだ。昨日のせむしのおじさんはまた来る。わしを邪魔するな。ほかの仕事はもう、体がきつくてできない。お前は、わしがいつまでも水道管交換とか、ポンプの取りつけなんかをやっていけると思うか？　高いビルから紐をつたって下りるような仕事もできないよ。もう、無理なんだ」

「父さんは働かなくていいよ、僕たちが働いてるじゃないですか」

「誰がお前らに働けと言った」

父さんが言った。

「お前らは学校に行っていればいい。それがお前らの仕事だ」

「わかりましたよ、父さん」

僕は言った。

「もう靴を返して」

父さんは僕を見つめていたが、靴を渡してくれた。僕は水をかい出した。

「昨日、せむしのおじさんはわしを助けてくれるつもりで来たんだ。明日また来るんだよ。お前らがあのおじさんに会ったこともないだなんて、わけがわからん。わしらは一緒に働いていたんだ、覚えていないか？　わしのやることを力ずくで止めようなんて思うもんじゃない」

「そのおじさんがいつ来たっていうんです？」

「昨日だ」

「父さん、櫓《ろ》を貸してください」

父さんは立てておいた櫓を渡してくれた。僕は何も言えなかった。あのおじさんには初めて会ったと言っても、信じてくれないだろう。昨日じゃない、三年半も前のことだと言ってもやはり信じないだろう。僕は注意深く舟を漕いだ。岸辺に着く前に舟は沈んでしまい、僕は父さんを抱きかかえ、水草の間をかきわけて進んだ。僕らは水に濡れて全身を震わせている父さんを、母さんに任せた。母さんよりも上手に父さんを看護できる人は世の中にいない。

「父さんは病気だ」

僕は言った。

「お黙り！」

母さんが言った。

「いつになったらわかるの！　父さんは疲れていらっしゃるだけよ」

その冬、父さんは家にこもって暮らした。僕は舟を引きずってきて棒杭《ぼうくい》にゆわえた。寒くなると舟を垣根の中に引き入れた。その夜、川が凍った。

夜、ミョンヒの母さんがまたやってきた。

「ねえ」

ミョンヒの母さんが言った。

「もうちょっと待ってみた方がいいわ。入居権の価格が上がりつづけてるんだよ。朝十七万ウォンだったのが、十八万五千ウォンにまではね上がったの。私たち、何も考えずにさっさと売ってしまって、損しただけだったわ」

「そんなに上がったの！」

「一万五千ウォンもよ！」

母さんは昼間外しておいたアルミの表札を紙で包み、撤去警告状と一緒にたんすの中に入れた。

「ヨンヒや」

母さんが呼んだ。

「父さんはどこに出かけたのかねえ？」

「知らないわ」

「ヨンホ」

「さっき黙って出ていきましたよ」

「ヨンヒ、大きい兄ちゃんはどこ？」

「部屋にいるわよ」

「父さんはどこに出かけたんだろう？」

母さんの声は不安そうだ。

「お前たち、父さんを探しに行ってきて」

僕は父さんが置いていった本を読んでいた。それは『一万年後の世界』という本だった。ヨンヒは一日中パンジーの花のそばに座って、弦の切れたギターを弾いていた。僕が〈最後の市場〉で買ってきたギターだ。

放送通信高校の講義を聞くためにラジオを買いに行ったとき、ヨンヒがついてきた。

使えそうなラジオがあった。でもそのとき、ヨンヒがほこりだらけのギターを見つけて弾いてみたのだ。ヨンヒが少しうつむいてギターを弾くと、長い髪の毛に半分隠れた横顔がとてもきれいだった。そのギターの音色はヨンヒにぴったり合っていたから、僕は最初に選んだラジオをあきらめた。もう少し安いラジオと取り替え、ヨンヒが抱えたギターを指さした。

ラジオは故障し、ギターは弦が一本切れてしまったが、そのギターをヨンヒは弾いている。僕は、もう父さんが何を考えているのかわからない。『一万年後の世界』という本を、父さんは川向こうの住宅街に住んでいる若い人から借りたのだ。彼の名前はチソプという。チソプは、明るく清潔な住宅街の三階建ての家に住んでいた。チソプはその家の家庭教師で、父さんと彼の間には通い合うものがあった。チソプの話を僕も聞いたことがある。彼は、この土地で僕らが期待できることは何もないと言った。

「どうしてだい？」

父さんが尋ねた。チソプは言った。

「みんなの心に愛情がなく、欲望しかないからです。ただの一人も他人のために涙を流さない。そんな人たちしか住んでいないのだから、この世界は死んでいるのも同然ですよ」

「なるほど！」

「おじさんはこれまで、働いてきませんでしたか？」

「働いたさ。必死で働いてきた。うちの家族はみんな一生けんめい働いてきたんだ」

「じゃあ、何か悪いことをしたことがありますか？　法律を破ったことがありますか？」

「ないよ」

「じゃあ、お祈りをしなかったんじゃありませんか。心をこめてお祈りをしなかったのでは？」

「祈ったさ、祈ったとも」

「それならなぜ、こんなことになってるんでしょう？　どう見ても何か間違っているんです。不公平じゃありませんか？　もうこんな土地は捨てて、出発するべきですよ」

「出発って、どこへ？」

「月の世界へ！」

「お前たち！」

母さんの声がいっそう不安げになった。僕は本をとじて外へ飛び出した。ヨンホとヨンヒは見当違いのところを探してうろうろしていた。僕は土手に行って、まっすぐに空を見上げた。れんが工場の高い煙突が目の前に迫ってくる。そのいちばんてっぺんに、父さんが立っていた。父さんのほんの一歩ぐらい先のところに月が浮かんでいる。父さんは避雷針《ひらいしん》をつかむと足を一歩踏み出し、その姿勢で、紙飛行機を宙に放った。

2

僕は川っぷちの叢に腹這いになっていた。体じゅうが夜露《よつゆ》に濡れてびしょびしょだ。ちょっと動いても、雑草の葉にたまった露のしずくが体に落ちてくる。僕はこうやって一夜を明かしたのだ。何も見えない。でも、闇は少しずつ後ずさりしはじめていた。最後の夜をわが家で過ごせなかったという胸の痛みが、熱いものになってのどにこみあげてきた。町はまだ深い眠りに落ちている。これ以上ここにいる必要はない。空飛ぶ円盤に乗ってきた宇宙人がヨンヒを連れていったという噂《うわさ》は、根も葉もないものだった。僕は初めからそんな話を信じてはいなかった。

「お前たち！」

母さんが言った。

「こんなことばっかりしてて、どうなるっていうのさ？」

「探してみたけど、いないんだもの」

僕は言った。僕は、取り壊された床屋の空き地で酔っ払いのおじさんと会っていた。

「探したって無駄だよ」

「ほんとにごらんになったんですか？」

「そうともよ、見たと言ったろうが」

酔っ払いのおじさんは、ろれつが回っていなかった。ひどいしゃっくりをしていた。

「ヨンヒを見かけた人はおじさんだけなんですよ。だから、もうちょっとくわしく話してください」

「お前のおやじさんが知ってるよ」

「父さんも知らないんですよ」

「そんなわけないさ、おやじさんが合図を送って円盤を呼び寄せたんだからな」

これ以上聞いてもしょうがない。だが僕はそこにとどまった。

「えらくでっかい円盤だったな。その底から出てきた怪物たちがヨンヒを引き上げてよ、あっという間によ。あとで考えてみたら、空飛ぶ円盤だったんだなあ」

おじさんのしゃっくりは止まらなかった。

「もう結構です」

僕は言った。

「じゃあ、探してみたらいいだろ」

おじさんが言った。

「妹がどこにいるのか探してみろよ。いるわけがねえ。俺はのどが渇《かわ》いて目が覚めたんだ。あんな時間に目を覚ましてるのは俺だけなんだからな。奴らがヨンヒを乗せてあっという間に飛んでいったんだよ。頭がえらくでっかくて、脚はものすごく細いんだ」

「さよなら、僕もう行きますよ」

「俺はまだ行かないよ」

おじさんは言った。

「これを飲んじまってからだよ」

彼は、オンドル仕掛けの上に積んである六組の窓と二組の扉を指さして言った。

おじさんは、前日に屋根からおろしたかわらとポンプ、そしてみそがめ二個を売って、その代価を全部飲んでしまったのだ。すでに町の住民の三分の二以上が家を取り壊してここを立ち去った。僕は叢で体を起こした。川の上空に星明かりがぼやけて見える。あたりがしだいに明るくなってきた。子どもたちの泣き声がする。僕は、ほどけてもいない靴ひもを結び直し、何度かぴょんぴょん跳んでみた。門を開けて兄貴が出てきた。川沿いの道を歩いてくる。両肩が力なく落ちていた。


「元気出せよ、兄貴」

僕は言った。

「元気でどうにかなることじゃないんだよ」

兄貴が言った。

「それじゃ何だ、勇気かい？」

兄貴は昼休みに、食事をせずに僕に会いに来たのだった。僕らは機械室の裏にしゃがんで話をした。

「僕たちは言葉を持たないためにこんな目にあっている。これは、一種の闘いなんだ」

兄貴が言った。兄貴の話し方はかっこよかった。

「僕らは僕らが当然受けるべき最低限の待遇のために闘うべきだ。闘いは常に、正しい者と正しくない者とのぶつかり合いから起こるんだ。僕らがどっち側に属しているか、考えてみろよ」

「わかってるよ」

兄貴は昼飯を食べていなかった。昼休みが三十分しかないからだ。同じ工場で働いているのに、僕らは隔離《かくり》されている。僕らだけではない、工員はみな隔離されていない、仕事以外には何もできなかった。会社の人たちは僕ら一人ひとりの仕事量や思想傾向などを調べ上げて記録している。彼らは昼休みとして三十分くれたが、そのうち十分で食事をして、残りの二十分はサッカーをしろという。だから僕らは狭い庭に出て、やけくそでボールを蹴った。同僚との間に一定の距離を置いたままで汗をだらだら流し、互いに親しくなることもできない。そしてまともな休息もとれないままに働きつづけた。

工場の要求はいつも一方的だった。濁《にご》った空気と騒音の中で、夜中まで働いた。もちろん僕らは、今にも死にそうというわけではない。だが、劣悪《れつあく》な作業環境と、流した汗にとうてい見合わない報酬のせいで、僕らの神経は張りつめどおしだった。だから成長期にまともに成長することができず、発育不良の見本のようだった。会社と僕らの利害は常に相反していた。

社長はたびたび、不況という言葉を使った。彼と彼の右腕たちは、僕らに与えているさまざまな抑圧を隠すためにこの言葉を利用するのだ。でなければ、一生けんめい仕事をすれば労使ともに富を享受《きょうじゅ》できると語った。けれども彼が語る希望は、僕らにとって何の意味もない。僕らはそんなことより、せめて社員食堂のおかずの切り干し大根にまともな味つけをしてくれることを望んだのだ。

変化はなかった。悪くなる一方だった。一年に二回あった昇給が一回に減り、夜間作業手当も大幅に減った。工員も減らされた。一人あたりの仕事の量が増え、作業時間は延びた。給料日には、僕ら工員は言葉づかいにいっそう神経を払った。すぐ隣にいる同僚も信用できないのだ。待遇の悪さについて何か言った者は、誰も気づかないうちに姿を消す。そして逆に、工場の規模は拡大していった。活版《かっぱん》輪転機《りんてんき》が導入され、自動製本機が導入され、オフセット輪転機も導入された。社長は、会社が直面している危機について語った。ライバル社との競争に負けたら閉鎖するしかないと言う。これは僕ら工員がいちばん恐れていることだ。社長とその右腕はそれを知っていた。

考えるだけでも恐ろしい。大きな工場が閉鎖されれば大勢の工員が行き場を失う。小さな工場が採用できる人員数は限られている。仕事にあぶれ、お金を稼げなくなるかもしれない。新しい職場を見つけたとしても、そこにうまくなじめるかどうか。小さな工場や作業場はもっとひどくて、昇給なんかないし、給料が今よりずっと下がってしまうこともありうる。考えただけでもぞっとする。工員の大多数は、まだ幼いというような年齢で入ってきて[*6]、大切な成長期の三、四年間をこの工場で過ごす。習い覚えた技術以外に僕らを守ってくれるものはない。工員は、工場で聞いたこと以外何も知らなかった。誰も、汗を流して手に入れた地歩を失いたくはない。会社の人たちは僕らが考えることを嫌った。働きさえすればそれでいいのだ。大多数の工員が、変化は起こりえないということを認めてしまっている。何ひとつ教え諭してくれる人はいない。大人たちも自分たちの経験を話してくれない。ものごとが、内心こうであってほしいと思う方向とは正反対に動くところばかり見てきたからだ。だから僕らはあまりにも知らないことが多すぎた。社長にとっては幸運なことだ。

＊6　当時は、義務教育である小学校六年間を修了してすぐに工場に入る子どもや、小学校中退で働く子どもも少なくなかった。ヨンヒも中学校には行っていない。

社長の家族は、芝刈り機を押して庭の芝生を刈る。その庭では、手入れの良い庭木が明るい日光のもとですくすくと伸びている。「樹木総合病院」の医者が来てこれらの木を診察していく。僕も通りすがりに樹木病院を見たことがある。看板に、「お宅の木は健康ですか?」と書いてあった。その下に小さい字で「病害虫駆除診断・生理的被害診断・外科手術・健康維持管理」とある。一緒に歩いていたまだ幼い見習い工が「お宅に木はありません。私は健康ではありません」と言い、僕らは腹を抱えて笑った。何がそんなにおかしかったのかわからない。その見習い工はほとんど毎日、鼻血を出していた。

兄貴は上着を脱いで、僕の背中にかけてくれた。叢に立った兄貴のズボンの裾も露で濡れていた。

「ヨンヒを見かけた人は、酔っ払いのおっさんだけだった」

僕は弁解するようにそう言った。

「円盤が降りたところがここなんだって」

「一晩じゅう、何をしてたんだい」

「僕がそんな話を信じたと思う?」

「いいや」

「何かあてがなくちゃ、探すにも探せないじゃないか」

「もう帰ろう」

「兄貴は、ヨンヒはどうして家出したんだと思う?」

「お前たちのせいだよ」と母さんは言った。「お前たちが二人ともぶらぶらしているから出てっちゃったのさ。金もなけりゃ、家もない。みんなお前たちのせいだよ。他の子たちはちゃんと工場に残って働いてるのに、お前たちはなんで追い出されたのさ」

「どこへ行くときも、ちゃんと行く先を言ってたじゃないか? ヨンヒがこんなふうに家出するなんて、わけがわからない」

「がまんできなかったんだろうさ」

兄貴が言った。

兄貴の表情は苦しげだった。兄貴はいつだって僕より考え深かった。知識も豊富だった。学校をやめてからは、前にもましてたくさん本を読んだ。父さんがこびとでなかったら、学者にでもなるような人だったんだ。暇《ひま》さえあれば本を読んでいた。僕は兄貴のために刷り出しを折って持ち帰った。すごく難しいものでも兄貴は頑張って読んだ。お金が入れば古本屋で本を買った。本は兄貴に何だって教えてくれたのだ。兄貴の顔はときどき、苦悩する男、という表情をにじませていた。僕が理解できないようなことをノートに書き写していた。そこには次のようなことが書かれていた。

「暴力とは何か? 銃弾や警察の棍棒《こんぼう》や拳だけが暴力ではない。都市の片隅で乳飲み子が飢《う》えているのを放っておくことも、暴力だ」

「反対意見を持つ人がいない国は災い多き国だ。誰が強いて暴力によって秩序を守ろうとするだろうか?」

「一七世紀のスウェーデンの宰相《さいしょう》、アクセル・オクセンシェルナは息子に言った。『息子よ、世界がいかに愚かさによって統治されているかわかるか?』。事態はオクセンシェルナの時代以来、いっこうに改善されていない」

「指導者が安楽な生活をするようになったら、人の苦痛を忘れてしまう。したがって彼らが使う犠牲《ぎせい》という言葉は、完全に偽善となる。私は、かつての時代の野蛮《やばん》な搾取《さくしゅ》の方がむしろ正直だったと思う」

「ハムレットを読み、モーツァルトの音楽を聴きながら涙を流す(教育を受けた)人々は、隣人が味わっている絶望に涙する能力を麻痺《まひ》させられているか、または奪われているのではないか?」

「ひとつの世代もひとつの世紀も、僕らにとっては無意味に過ぎ去った。世界から孤立しているために、我々は世界に何ひとつ寄与することができず、教えてやることもできなかった。我々は人類の思想に何ひとつつけ加えることもできず……他人の思想からはただ、欺瞞《ぎまん》的な抜け殻や、価値のない縁飾りのようなものを得ただけだ」

「支配するとは、人々に何かなすべきことを与えるということ、彼らをして、彼らの文明を受け入れさせること、彼らが目的もなく、空しく荒廃した人生を堂々巡りしないための何かを与えるということだ」

僕には兄貴が理解できなかった。僕がノートを読んでいる間、兄貴は苦しげな表情を浮かべていた。それこそまさに苦悩する男の表情そのものだったから、僕は笑いがこみ上げてくるのをやっとこらえた。兄貴は僕の無知と愚《おろ》かさを軽蔑しただろう。

「いったい、こんなことを書いて何をしようっていうのさ?」

僕は訊いた。

「ヨンホなあ」

父さんは言っていたものだ。「お前も、兄ちゃんみたいに本を読め」

「何かをしようっていうわけじゃないよ」

と兄貴は言った。

「これは、本を通して自分自身のことを探っているんだ」

「そうか、わかったよ」

あとになって僕は言った。

「兄貴は理想主義者なんだな」

そう言ってしまうととても気分がよかった。僕は、自分も兄貴と同じぐらい成長したってことをわかってほしかった。ほかの子とは違って、難しい言葉も使えるようになったってことを。僕は苦悶《くもん》する理想主義者の顔を見つめた。期待ははずれた。兄貴は怒っていた。僕はそのとき、兄貴がなんで怒るのかわからなかった。僕は自分の愚かさを認めた。僕らはこびとの息子だった。

兄貴は力なく肩を落とし、叢を出ていった。僕は石ころを拾い、川に向かって投げた。音は立たず、水しぶきだけが上がる。僕は庭から石ころを投げつづけた。

「ヨンホ」

母さんが言った。

「その石ころいじりはやめて、洞事務所の前に行ってみて」

「行ってどうするんです？　一時間前は二十二万ウォンだったよ、もっと上がるとでも？」

「それでも行ってみておくれ。二十五万ウォンになったら売ると言いなさい」

僕はまた石ころを拾って、川に向かって投げた。

洞事務所前に人が集まっていた。車も何台か停まっている。ここには二種類の人間しかいない。入居権を売りたい人と、買いたい人だ。売りたい人たちは焦《あせ》りに満ちた表情で、ブローカーの顔色ばかり見ている。みんな栄養が足りていない顔だ。ここには涙の匂いがたちこめている。僕はそれを胸に吸い込んだ。すると誰かが僕の腕に腕をからませてきた。ヨンヒだった。

ヨンヒは陽に赤く灼《や》けた顔を横に振ってみせた。蚕室《チャムシル》*7まで行ってきた帰りだという。マンション建設現場近くの不動産屋の相場も二十二万ウォンなのだそうだ。もうこれ以上粘《ねば》る必要はないらしい。

「小さい兄ちゃん、もう売ろうって母さんに言ってよ」

ヨンヒが言った。

「急に値段が下がってしまったらどうするの?」

「私に売ってください」

一人の女性が言った。

「私は業者じゃありません。自分で住みたいんです。名義変更はできますか?」

「もちろんできます」

僕が言った。

「僕らのところには、表札があります」

「表札ってどんなもの?」

「小さいアルミ板です。無許可建築物番号が彫《ほ》ってあるんです」

「無札というのは何なんですか?　無札は値段が安いけど」

*7　七〇年代当時開発が進んでいた江南地区の南東部に位置する。こびとの町の撤去民のために市が用意したマンションがここに建てられるという設定。

「表札がない家のことを無札というんです。何年か前に無許可建築物一斉調査をしたときに、市が見落として私有地建築物と判断したために、無許可建築物登録台帳から抜けているもののことですよ」

女性は汗を垂らしながら立っていた。彼女がハンカチで汗を拭きながら掲示板を指さす。そこには無許可建築物の名義変更申請の書式が貼ってあった。その下に、取り揃《そろ》えるべき書類の種類が書いてある。

「申請書一通、売渡者印鑑証明書一通、売買契約書の写し一通、隣友保証書一通」

と女性が読み上げた。

「売買契約書だけでいいんです」

僕が言った。

「撤去警告状が出た日より一、二か月前に買ったことにして、そう書けばいいんです」

「それでほんとうに大丈夫?」

「あなたの名前に変更するんだから、マンションにはあなたの名前で入れますよ」

「それは違法行為なんじゃありませんか?」

女性は緊張したようすで立ち、汗を拭いた。

「役所に行って建設課の職員に聞いてみてください」

僕は言った。

「なぜ違法な案件を処理するのかって問い詰めてみてください」

「二十二万ウォンは高いわ。一万ウォンだけでも負けてくれない？」

「おばさん」

　僕は言った。

「取り壊される僕らの家をまた作ろうとしたら、百三十万ウォンぐらいかかっちゃうんですよ。父が一生働いて建てた家です。僕らはそれを二十二万ウォンと交換しなくちゃいけない立場なんです。そこから店子に返すチョンセ金十五万ウォンを引いたら、残りは七万ウォンですよ」

「要するに、二十一万ウォンには負けられないってことなんでしょう？」

　僕は答えなかった。女性は背を向け、ヨンヒが小さなげんこつで僕の背中をぶった。しばらくして、もう一度ぶった。ヨンヒはジーンズをはいていた。ヨンヒはジーンズもよく似合う。僕はヨンヒの顔を見ず、背を向けて歩いた。

「売らずに待っていな」

　車の中から一人の男が声をかけた。

「私が買うよ」

「いくらで？」

「いくらなら売る？」

「二十五万ウォン」

「いいだろう。夕方に行くよ。隣の人が売りたいようなら、安売りせずにちょっとだけ待てと言っておいてくれ」

「ちょっとだけ待て」

父さんは言ったものだ。

「ほんとうのことを言ったために葬《ほうむ》られてしまう人たちがいる。お前たちがそうなろうとはなあ」

僕らはどぶ川の上にかかったセメントの橋の上に立っていた。父さんは欄干《らんかん》の間に両足を入れて座り、酒を飲んでいた。父さんが飲み終わるまで待たなくてはならなかった。橋の向こう側では、正体なく酔いつぶれた酔っ払いがいびきをかいている。父さんのふだんの酒量は、彼の半分の半分にも及ばない。その晩、父さんはいつもの倍量を飲んだのだ。夜がふけて住民たちは明かりを消し、寝床に入っていた。二軒だけに明かりがついている。酔っ払いの家と、うちだった。

僕には父さんが酒に酔って死んでしまうのではないかと思えた。兄貴でさえ、父さんから酒びんを取り上げることはできない。僕は、父さんが最期に目を閉じる日のことを思った。死はすべての終わりだ。坂の上の教会の牧師さんの言うこととは違っていた。彼は人間の崇高《すうこう》さ、苦痛、救いについて語った。僕は、人間が死んだあとにまた別の生が始まるという彼の言葉が理解できなかった。父さんには崇高さもなかったし、救いだってあるわけがない。苦痛だけがあった。僕は兄貴が組版した奴隷売買文書を見たことがある。確かに、父さんだけが苦労したわけではない。父さんと母さんは子どもらがまったく新しい人生を始めることを願った。けれど僕らはもう、最初の闘いに負けてしまったのだ。

僕は自分が死ぬ日のことも考えた。僕は父さんほどにもなれないだろう。父さんと父さんの父さん、父さんのおじいさん、おじいさんの父さん、その父さんのおじいさんたちは、その時代特有の性格というものを持っていた。僕は自分が父さんよりも小さくなったように感じた。僕はとるにたりない道化《どうけ》として生き、目を閉じるだろう。

誰も僕らに仕事をくれようとしなかった。みんな、僕らが工場に入ろうとするのをさえぎった。社長とその右腕たちは、会議室の窓際に立って僕らを眺めていた。彼らが僕らの仕事をとりあげたのだ。

「まあ、もう一度話してみろ」

父さんが言った。

「お前たち二人だけが残った、そういうことだろう？　一緒に仕事を放棄して社長と交渉するはずだった連中がお前たちを裏切って、二人だけが残ったんじゃないか？」

「お酒はやめてくださいよ、父さん」

僕が言った。

「よくやった」

父さんはまたびんを傾けて酒を飲んだ。

「お前たちはよくやったし、その子たちもよくやった」

「僕たち、先に帰りますよ」

「そうだな、帰れ。帰って母さんをよこしてくれ」

「もう来てますよ」

母さんが言った。母さんは酔っ払いの体につまずいてあやうくころぶところだった。

「たいしたもんね！」

母さんは言った。

「二人もいて、父親一人の面倒もろくに見られないなんて」

「黙っとれ」

父さんは空《から》になった酒びんを橋の下に投げた。

「息子たちは今日、えらいことをやったんだ。社長に直談判したんだぞ。この会社をまともにしたいなら、何人か首にする必要があると言ったんだ。そして社長に、あなたがされたくないことを工員に強要するなと言ったんだ。この意味が、母さんはわかるか？　え？」

「父さん、違うよ」

僕が言った。

「僕らは誰にも会えなかったんだよ。話が先に漏れちゃって、追い返されたんです」

「同じことだ！」

父さんが大声で言った。

「社長に会えたら、そう言うつもりだったんだろう？　そうだろう？　答えてごらん」

「はい」

僕は小声で言った。

「聞いたか？　母さん、聞いたか？」

「心配することありませんよ」

母さんが言った。

「この子たちはもう立派な技術者よ。どんな工場へ行っても稼げますよ」

「ばかなことを言うな」

「何がばかなことなの？　転職も悪いことではないわ」

「そんなことはできんのだよ。工場どうし連絡がついている。みんな似たような工場だ。この子たちを雇ってくれる工場はもうないよ。この子たちが今日何をしたか、母さんも知っておかなきゃ」

「やめてください。この子たちが反逆罪でも犯したみたいなことを」

「何だって？」

「行こう」

兄貴は言って、セメントの橋をたったっと渡っていった。橋のたもとで酔いつぶれている酔っ払いを起こしておぶい、よろよろしながら橋を渡るときも、兄貴は倒れはしなかった。この何日間か兄貴はまともに食べていなかったし、まともに寝てもいなかった。舌にできものができ、食欲をなくしていた。夜も頭が冴《さ》えて寝つけなかった。そろそろ、この間の見返りが体に表れはじめていたのだ。兄貴は酔っ払いの家の板の間に彼をおろした。小さな女の子が目をこすりながら出てきて、親父さんをつれていって寝かせた。僕らは路地を出て、夜の空気を思いきり吸った。母さんが父さんをおぶって歩いていくのが見えた。兄貴は背を向け、両手で頭を抱えた。

工員たちはふだんと同じように狭い庭に出て、ボールを蹴っていた。彼らはこっちに顔を向けようともしない。二十分が過ぎると汗をぽたぽた落としながら、作業場に入っていった。

「何だい、これは」

兄貴が独り言のようにつぶやいた。

「夕方になってから、やめたなんて言い出すのはナシですよ」

車の中の男が言った。

「二十五万ウォンなら何も言いませんよ」

僕が言った。その夜、車の男は僕らの町にまだ残っていた入居権をごっそり買い占めた。他のブローカーが二十二万ウォンで買うところを、のきなみ二十五万ウォンで買い上げたのだ。その夜もヨンヒはパンジーの花のそばに座ってギターを弾いていた。ヨンヒはパンジーの花を二りん摘《つ》んで、ひとつはギターに、ひとつは髪にさした。そして身動きもせず、ただギターを弾くのだった。男は父さんにたばこをすすめていた。

「二十五万ウォンで間違いありませんね？」

母さんが訊いた。男についてきた年長の人が、黒いかばんを開けて金を見せてくれた。彼は板の間に座って売買契約書を書いた。母さんが部屋に入り、書類が入った封筒とハンコを持って出てきた。

父さんは契約書の売渡者の欄に「金不伊《キムブリ》」と書いてハンコを押した。年のいった人は、父さんの名前をちゃんと読めなかった。父さんの名前にこめられた胸の痛むような願いの意味が、彼にわかるはずもない。母さんは大切にしまっておいたものを一つひとつ手渡した。包丁の跡がついた表札、朝、さじとはしをおいて母さんに胸を三回たたかせた撤去警告状、家を捨て値で売るために生まれて初めて持ち出した印鑑証明書二通、すでに署名済みの名義変更申請書。何の力もない家族の名前と年齢が順番に書いてある住民登録謄本二通。庭のパンジーの花のそばに座っていたヨンヒがうつむいた。男が金を差し出した。母さんは頭を振りながら後ろへ下がって座った。父さんが金を受け取った。ぴったり三秒間手に持った後、母さんに渡した。母さんはそれを両手で受け取った。

翌朝、ミョンヒの母さんは人を雇って家を取り壊させた。母さんが十五万ウォンを返したからだ。二人の女性は手を取り合ったまま、何も言うことができなかった。狭い路地を縫って業者の車が入ってきて、ミョンヒの家の荷物を載せた。ミョンヒの母さんがチマを持ち上げて涙を拭いた。

「ああ、いったい、情というものは、何なの」

ミョンヒの母さんが言った。

「情が、こんなに汚されてしまっていいの」

その言葉は僕らの目に唐辛子のようなものをすり込んだ。

車は家の前を過ぎていった。父さんは右手を小さく上げた。左手に本を持っている。チソプの本に、父さんの手垢が真っ黒についていた。

父さんとチソプは、僕らには大気圏外を飛んでいる人みたいに見えていた。二人は日に何回も月との間を往復するらしかった。

「生きていくのが辛すぎる」

父さんは言った。

「だから、月に行って天文台の仕事をすることにしたんだ。わしの仕事は望遠レンズの見張りだよ。月にはほこりがないから、レンズの掃除は必要ない。それでもレンズを見張る人間は必要だ」

「父さん、そんなことができるとほんとに思っているの？」

僕が言った。

「お前は今まで何を勉強してきたんだ？」

父さんが言う。

「ニュートンがあの重要な法則を発見してからもう三世紀がたってるぞ。お前も習っただろう？　小学校のときに習っただろう。それなのに、宇宙の基本法則をまったく知らない人間みたいなことを言うじゃないか」

「だけど、誰が父さんを月に連れていくんです？」

「チソプがアメリカのヒューストンにあるジョンソン宇宙センターに手紙を出したんだ。そこの管理人のロス氏が返事をくれるだろう。いずれ、宇宙計画の専門家たちと一緒に月に行くことになるんだ」

「その本、返してください」

僕が言った。

「それと、あの人の言うことを信じないでね。あの人は気がふれているんだ」

「この本の写真を見ろ。これはフランシス・ベーコン[*8]で、こっちはロバート・ゴダード[*9]だ。当時の人々が気狂いだと後ろ指をさした人だぞ。この人たちがどんな業績を残したか、知っているかい？」

「知りません」

「お前が学校で受けたのは、死んだ教育だな」

「とにかく、その本を返してくださいよ」

「お前たちは、わしがこの星で最後まで苦労して、かさかさに干からびて死ねばいいと思ってるんだろう？　辛い仕事にのたうちまわって死ぬように祈ってるんじゃないか？」

「もう、好きなように考えたらいいですよ」

「お前たちはどうして、チソプに何も教わろうとしないんだ？」

「いったい何を教わるんです？」

「ロス氏から返事をもらう前に見せてやるものがある。チソプに言って、鉄のボールを打ち上げてみせてやろう」

「いなかった？」

「うん」

「探し出せもしないのに、夜中じゅうどこへ行ってたの?」

僕は石ころをつまみ、また川へ向かって投げた。母さんもくたびれ果てて、もう何も言えなかった。兄貴が母さんの背中を押して門の中へ入っていった。静かな朝だ。百軒あまりの家が取り壊されて、残ったのは何軒かにすぎない。僕らだって、ヨンヒさえ家出しなかったら昨日出発していたはずなのだ。撤去日を延ばしたのにほかの理由はない。

幸福洞での最後の何日かは、僕らにとって悪夢のようだった。僕らはヨンヒを探してかけずり回った。だが、ヨンヒを見た人はいなかった。ヨンヒはかばんも持たずに家を出た。持っていったのは弦の切れたギターと、二りんのパンジーだけ。僕はもうちょっと大きい石ころを拾って投げた。こんども音は立たない。さざ波が水草を押して波紋を広げていく。

チソプが床屋の空き地を抜けてまっすぐ歩いてきた。手に牛肉の包みを持っていた。父さんが扉の前まで出ていき、彼の手をとって家に入れ、台所にいる母さんに牛肉を手渡した。台所に煙がたちこめている。兄貴が焚き口の前に腹這いになって火を焚き

＊8　イングランドの哲学者、思想家。帰納法の創始者であり、学問における実証の重要性を問いて近代科学の礎を築いた。

＊9　アメリカの科学者、ロケット研究家。一九二六年に初の液体燃料ロケットを打ち上げるなど、ロケット工学草創期に重要な実験・研究を行ったが、生前は評価を受けられず失意のうちに死んだ。

つけていた。兄貴は涙を拭いて立ち上がり、焚き口に木をくべた。母さんは外に出て涙を拭《ぬぐ》った。僕らはこの何日間か、ミョンヒの家の廃材を割って使っていた。兄貴がミョンヒの家の居間の戸の枠を折って焚き口に入れた。兄貴の体から煙の匂いがする。父さんが乾いた咳《せき》をした。

父さんもチソプも黙っていた。チソプは父さんに貸していた本を読んでいた。父さんは、彼が監獄にいたと言っていた。父さんによれば、悪いこともしないのに監獄に行ったのだという。彼は板の間に座り込んで本を読んでいる。兄貴と僕はセメント塀のそばに立って外を眺めた。家が全部取り壊されたので、洞事務所がすぐ前に見える。そのむこうに明るい清潔な住宅街が見える。その右手はスーパーマーケットがある大通りだ。ヨンヒが一時働いていたベーカリーが見えた。兄貴と僕がガラス窓ごしに見たヨンヒは、ほんとうにかわいかった。誰もヨンヒがこびとの娘だとは信じなかった。

僕らはとうとう、ヨンヒを探し出すことができなかった。

台所から肉のスープが煮える匂いがしてきた。肉の焼ける匂いもする。母さんがお膳を下ろして布巾で拭いた。洞事務所の前に人々が立っている。ハンマーを持った人たちだ。彼らは、自分で壊した家々の空き地を横切ってわが家の方へ向かってくる。僕は門を閉めた。母さんがお膳を整えた。兄貴がお膳を持ってきて床に置いた。兄貴は僕のことを心配していた。その必要はなかった。彼らが僕の頭にハンマーを振りおろしたとしても、僕は黙っていただろう。父さんがまずはしをとり、その隣でチソプもはしを持った。母さんは板の間の隅に座ってスープを飲んでいた。兄貴と僕は飯をスープに入れた。扉を叩く音が聞こえる。僕らは身動きもせず食べ続けた。ヨンヒは今ごろ、どこで、どんな食卓に向かっているのだろう。僕らには知りようもない。僕らの食卓には、先祖の代から流れ流れてきた時間の束が載っていた。それを押さえつけて刀を入れたら、血と、涙と、そして弱々しい笑い声や乾いた咳があふれ出てきたことだろう。門を叩いていた人たちが家を取り囲んだ。彼らがわが家のセメント塀を壊しはじめた。まず塀に穴があき、それから崩れ落ちる。ほこりが舞い上がる。母さんが僕らの方に向き直った。僕らは黙って食事を続けた。父さんが、牛肉の焼いたのを兄貴と僕の茶碗に入れてくれた。彼らはもうもうとほこりの上がるセメントのがれきの向こうに立って、僕らを見守っていた。中へは入ってこなかった。立ったまま僕らが食べ終わるのを待っていた。母さんが台所に入っていき、おこげ湯[*10]を持ってきた。父さんとチソプがおこげ湯を飲んだ。飲み終わると、母さんがお膳を持ち上げた。僕らがまず降りていき、閉めておいた門を開けた。母さんがお膳を持って外へ出ていった。兄貴が布団といくらかの衣類を包んだ包みをかついで、後に続いた。ハンマーを持った人々は、壊れた塀の向こう側から黙って僕らを見つめている。僕らは、母さんがまとめておいた荷物を一つひとつ外へ引きずり出した。母さんが台所へ入り、ざる、包

＊10　ご飯を炊いた釜にお湯を注いで、おこげを溶かした湯。食後に飲む。

丁、まな板などを持って出てきた。最後に父さんが出てきた。工具袋をかついでいた。ハンマーを持った人々の前に、紙とボールペンを持った男が立っていた。その人が父さんを見た。父さんは右手を挙げて家を指し示し、そして家に背を向けた。ハンマーを持った人々が家の破壊を開始した。いっせいに、家にとびつくようにして叩き壊していく。母さんは後ろを向いて座り、家が崩れ落ちる音だけを聞いていた。北側の壁を叩き壊すと屋根が下りてきて、屋根は崩落《ほうらく》しながらもうもうとほこりを巻き上げた。後ろに下がっていた人たちが残りの壁にとりかかる。すべてが終わった。とても簡単だった。彼らはハンマーを置いて汗を拭いた。男は紙に何かを書き込んでいる。チソプが、持っていた本を父さんに渡すと男の方へ歩み寄った。

「今、何をなさいましたか？」

チソプが尋ねた。男は何秒かしてその意味を理解した。彼は言った。

「三十日までに撤去することになっていたでしょう？　期限が過ぎているんですよ。行政代執行法によって撤去作業を行いました。これ以上お話することはありません」

男は後ろを向こうとした。

チソプは口早に言った。

「今、あなたが何を指揮なさったのかご存じですか？　便宜上五百年としましょうか。千年とも、それ以上といってもいいのですが。今あなたは、五百年かけて作った家を壊してしまったんです。五年ではありません、五百年です」

「五百年って何のことです？」

男が訊いた。

「わかりませんか？」

チソプが訊き返した。

「もういいかげんにして、どいてくださいよ」

「あなたが罠《わな》を仕掛けたんです。あなたでなければ、あなたの上司たちが。百世帯以上の人々がここに生活の基盤を持っていることを知らなかったのですか？　罠を仕掛けたんですよ。行って、私にやられたとお言いなさい」

まさかと思っていたのだろう、男は振り返る暇もなかった。チソプの拳は男の顔面にまともに入り、男は両手で顔をおおってつんのめった。両手の間から血がしたたり落ちた。よろけた男をチソプがまた殴り、男はばったりと前に倒れた。僕らが止めるすきもなかった。ハンマーを持った人々も同じだった。彼らはあわてて群がってきて、チソプに飛びかかった。たくさんの人がいっぺんに彼を殴り、こづき、踏んだ。次は兄貴と僕の番だっただろう。だが、父さんが僕らの腕をつかんでいた。

「かまうな」

父さんが言った。

「ものが言える人たちに任せておけ」

兄貴と僕は父さんに腕をつかまれたまま見ていた。ことは簡単に終わった。男は立ち上がり、チソプは死んだように地面に倒れていた。人々がチソプを起こして立たせた。突然、母さんが体を震わせて泣いた。チソプの顔は血に濡れていた。血が頭から顔へと流れ落ちる。彼らがチソプを引き立てていった。来たときと同じようにまっすぐに、空き地を突っ切って。彼らが洞事務所の前を過ぎて大通りの方へ行くのが見えた。父さんが振り向き、持っていた本を兄貴に渡すと、彼らの方へと歩いていった。父さんの小さな影法師が父さんの後をついていく。僕はもう、それ以上のことには耐えかねた。眠気が僕に襲いかかり、僕は壊された門の扉を引き出してその上に腹這いになった。陽射しを背中に感じながら、僕はゆっくりと眠りに落ちていった。世界の何もかもが異常だった、ただ僕ら一家とチソプを除いては。いや違う、父さんとチソプもどこか異常だった。僕は陽射しの中で夢を見た。ヨンヒがパンジーの花を二りん、工場の廃水の中へ投げ込んでいた。

3

居間のふくろう時計が四時を打った。こんなに長い夜を明かすのは初めてだ。一晩に比べたら、今までの私の十七年間はなんて長かったことか。でも、大きい兄さんが教えてくれた、わが家の先祖が代々重ねてきた年月に比べたら、十七年なんて何でもない。先祖代々の年月だって大したことはない。父さんは月に行って天文台の仕事をすると言っていた。月からは、かみのけ座もはっきりと見える。チソプの本によれば、かみのけ座の星雲は五十億光年のかなたにあるそうだ。五十億光年と私の十七年では比較にならない。千年なら砂の何粒ぐらいにはなるかもしれない。五十億光年といったら、私にとっては永遠だ。永遠を感じるなんて、どうやったってできっこない。でも、永遠と死に何か関係があるなら、私は死を通してそれを少しは理解できるのかもしれない。

死について考えるとき、いつも思い浮かぶひとつの情景がある。それは砂漠に続く地平線だ。日暮れどき、砂まじりの風が吹いている。一本の線になった地平の果てに私が裸で立っている。足を少し開き、腕を胸に引き寄せて。半分うつむいているので、髪の毛が胸をおおう。目を閉じて十数えると、私の姿は消えて、ない。灰色の地平線だけが残り、そこに風が吹いている。これが私の考える死だ。こういう死が永遠と関係のないわけがない。

私たちの生活は灰色だった。家を出て初めて、私は自分の家を外から眺めることができた。灰色に染まった私の家と家族は何かの模型のようだった。みんなが額《ひたい》をつき合わせて食事をし、額をつき合わせて話をしている。声が小さいので私には聞き取れない。父さんよりも小さく縮んだ母さんが台所に行きかけて、空を見上げていた。その空までが灰色だった。

私は私一人の独立を夢見て家を飛び出したのではない。家を出たところで、私が自由になれるはずがなかった。外から眺めたわが家は無残だった。

二人の兄さんと同様、私も学校をやめた。やめる直前に読んだ副読本にこんな話が出ていた。「水、水、どこを見ても水ばかり、けれど一滴も飲めはしない」。船をなくした老水夫が海を漂流しており、彼は水の真っただ中にいるのにのどがからからだったのだ。灰色に染まった小さな家と、その中で縮こまっている家族たちを覗き見たとき、私はこの老水夫を思い出した。私たちは彼にそっくりだった。

私はベッドから起き上がった。ベッドが揺れたけれど心配はない。彼はぐっすり眠っている。私は万一の場合のためにもう一度薬びんのふたを開け、タオルを当てて振った。そのタオルで彼の口と鼻を軽く押さえ、十数える。初めてこの人と会ったときのことを思い出した。彼は、年長の人が売買契約書を書いている間、私の隣に立っていた。父さんが名前を書いてハンコを押しているときも、私の隣に立っていた。撤去警告状が出た日に私が洞事務所の前に走っていったときから、彼は私を見ていた。母さんが大切にしまっておいたものを取り出したとき、彼は私のそばを離れた。彼は振り向きざまに右手をおろし、その手が私の胸のあたりをさっとかすった。母さんが両手で金を受け取っていた。誰も私が出ていくのを見なかった。私は泣き声が出そうになるのをやっとこらえていた。

どぶ川沿いの路地を抜けて洞事務所の前に行った。昼間あんなに押し寄せていた人たちがもう、一人もいない。彼の車は掲示板の前に停まっていた。私は車の前に立って彼を待った。彼は人々に囲まれて大声で話しながら下りてきたが、私を見ると棒立ちになった。年長の人が彼に黒いかばんを渡し、彼は人々を帰して、私の方へ歩いてきた。

「俺を待ってたのか？」

彼が訊いた。私はうなずいた。

「なぜ？」

「うちのもその中にあるんですか？」

私は黒いかばんを指さして訊いた。

「この中にあるだろうね」

「それでついてきたんです」

「で、どうしたいのだい？」

私は言葉を失った。

「どうするんだね？　俺はもう行かなくちゃならないんだが」

「それは、私の家です」

私はやっとのことでそう言った。彼は私を見下ろした。

「今は違う」

彼が言った。

「俺が金を払って買ったんだ」

彼はキーを取り出し、車のドアを開けた。黒いかばんを中に入れ、車に乗り込んだ。私は手のひらで窓ガラスを叩いた。彼が反対のドアを開け、私は車に乗り込もうとした。そのときになって初めて、私は自分がギターを持ってきていたことに気づいた。彼がギターを受け取って後部座席に置き、洞事務所の前でターンして走り出した。私は体を斜めに倒して隠れた。

「ちゃんと座りなさい」

彼が言った。車は幸福洞を抜け、楽園区からも出た。彼は運転しながら私の顔を見た。赤信号で止まったとき、私の髪からパンジーの花をとって香りをかいだ。その小さな花を、彼は左の胸ポケットにさした。

「俺の家は永東《ヨンドン》*11だ」

彼が言った。

「ちょっと行ったら降ろしてやるから、うちへお帰り」

「嫌よ」

私が言った。

「もう、うちはないんですから」

「じゃあ、どうしようっていうんだ？　このかばんを強奪でもするつもりか？」

「するかもしれないわ」

「いいだろう」

彼が言った。

「お前に仕事をやる。俺の言うことをよく聞け。でなければ追い出す。実は前からお前を見ていたんだ、かわいいからな。でも、どんなときでも俺に『だめよ』と言うな。そうすればお前に、俺が雇っている誰よりもたくさん金をやる。よく考えて決めるんだな」

考えてみる必要などなかった。大きい兄さんは、あの家を作るのには千年の歳月がかかったと言った。私はその意味がよくわからなかった。それはもちろん大げさだった、けれども嘘ではない。

母さんは私が十七歳になると、昔から伝えられてきた、女が知っておくべき家庭と家族への義務について、それとなく教えようとした。純潔でなくてはならないということも、口がすりへるほど強調した。母さんにしてみたら、娘が夜、寝床で男の子について考えることすら許せなかったのだ。私が家を出てからやったことを知ったら、母さんは首をくくるだろう。

彼は私に親切にしてくれた。まず服を作ってくれた。しかも、一度に何着も。私は彼のためにおしゃれをしなくてはならなかった。彼のマンションは永東にあり、事務所も永東にあった。私はその事務所で、住宅に関する新聞記事を切り抜いてスクラッ

＊11　当時急速に開発が進んでいたソウルの江南地区の中心地のひとつ。

プブックに貼りつけた。毎日、その仕事だけをやった。住宅に関する記事がないときには一般記事を読んで暇をつぶした。新聞には毎日、彼の会社の広告が出ていた。「蚕室はみんなの関心の的。蚕室マンションに関するご相談なら今すぐお電話くださ い。ウナはあなたの誠実な不動産案内者です——ウナ不動産」。分譲住宅の広告も出ていた。「新千戸大橋、蚕室地区、江南一路沿いの急速発展地域。夢いっぱいの住宅を廉価《れんか》で分譲中です。この機会をご利用ください——ウナ住宅」。

彼は恐ろしい人だった。二十九歳にして、できないことはなかった。私の町で買い取った入居権などむしろ少ない方で、再開発地区の入居権のほとんどを買い占めているらしかった。永東一帯でもたくさんの土地を手に入れていた。

彼の家はお金持ちだった。今自分がやっているのはちょっとした訓練にすぎないんだと、私にも言っていた。ゆくゆくは父親の会社に入って、もっと大きな仕事を動かすべき人だったのだ。彼は夜、マンションに帰ってくると実家に電話した。電話線の向こうには彼の父親がいる。父親に自分の仕事を報告して意見を求めるとき、彼はほとんど「気をつけ」の姿勢で立っていた。電話が終わると部下たちが整理した台帳を一つひとつ点検する。彼は、私の町で買い上げたマンション入居権を四十五万ウォン以下では売らなかった。そんなこととは想像すらしなかった。私は、買い上げ価格に一、二万ウォン上乗せする程度だろうと思っていたのだ。彼が部屋で仕事をする間、家政婦は食事の用意をし、彼が食卓につくのを待った。彼の母親がよこした家政婦だ。

彼は家政婦に給料とは別にお金を渡していた。私のことを家族に言わないよう、口止めしたのだ。家政婦は私が来た翌日から別のところで寝泊まりしていた。

私は最初の約束どおり、決して彼に「だめよ」と言わなかった。彼に「だめ」と言える人は誰もいない。私はまったく別世界の人と暮らしていたのだ。私たちは出生のときからして違っていた。私のうぶ声は悲鳴みたいだったと母さんは言う。私の最初の呼吸は地獄の火にあぶられた熱風のようだったのかもしれない。私は母さんのおなかの中で、充分な栄養をもらうことができなかった。彼の誕生はあたたかさに包まれていた。私の最初の呼吸は傷口に酸《さん》を流し込むのと変わらなかった、でも彼の最初の息は安らかで甘やかなものだっただろう。育ってきた環境も違っていた。彼には選択肢がたくさんあった。私も二人の兄さんも、与えられたもの以外何も持ったことがない。母さんは私たちにポケットのない服を着せていた。彼は成長するにつれてどんどん強くなり、私たちは成長すればするほど弱っていった。

そんな彼が私を求めた。求め、また求めた。私は毎晩裸で寝た、そして毎晩夢を見た。夢の中で兄さんたちは別の工場に就職して働いていた。父さんは一日に何度も月と地球を行き来していた。そして夢うつつの中で、私は母さんの声を聴いた。

「ヨンヒ、お前、家を出て何をしているの？」

するとと私が答えた。

「彼の金庫の中にうちのマンション入居権が入っているの。それをいちばん下におろしたわ。まだ売られていないのよ。転売される前に取り出して持っていくからね。金庫の番号は調べてあるのよ」

「誰がお前にそんなことをしろと言ったの？　早く起きて服を着なさい」

「だめよ、母さん」

「うちは城南《ソンナム*12》に引っ越すことになったんだよ。早く起きなさい」

「だめよ」

「お前のひいおばあさんの妹は、真っ裸の死体になって水利組合の堰《せき》に引っかかっていたんだよ。どうしてか、わかる？　ご主人様と寝たからだよ。ご主人の奥様が、こらしめのために殺したんだよ」

「母さん、私はそんなんじゃないわ」

「同じだよ」

「違うわよ」

「同じさ」

「違うわ！」

「お前はもう、身を持ち崩したね。まだ若いのに、そんなにあれが好きだなんて」

「そうよ、大好きよ」

「このあばずれ女！」

身もだえして目をさますと、夜中だった。彼は深い眠りに落ちていて、目を覚ましそうになかった。私の体からは彼の精液の匂いがした。彼は私のことが好きだった。小娘の私に惚《ほ》れ込んでいた。私のことが好きでたまらなかった。だから私は道徳的に苦しむことはなかった。

私は彼の金庫からわが家のものを持ち出した。金庫には金と拳銃とナイフが入っている。私は金とナイフを取り出した。私は月の天文台の下にうずくまっている父さんの姿を想像した。父さんはもう、五十億光年のかなたにあるかみのけ座の星雲を見たかもしれない。五十億光年といえば、私にとっては永遠だ。永遠について私に言えることなど何もない。一晩が私には長すぎた。私は彼の顔からタオルをはずし、薬びんのふたをしめた。私にはまたとなくありがたい薬だった。初めての日、この薬が苦しむ私の体に麻酔をかけて眠らせてくれたのだ。だから私は、あの最初の晩、彼がどんな表情をしていたか見ていない。私は手さげかばんを開けて中のものを確認した。全部そろっている。服を着た。頭がくらくらする。ドアを開けて居間に出た。振り向いて彼を見ることはしなかった。私が持っていかなければならないものは、もうない。家を出たときに着ていた服もかかとのすりへった靴も、大きい兄さんが買ってくれた弦の切れたギターも、もうこの家になかった。私は深呼吸して玄関のドアを開けた。外に出て反対に押すと、ドアが閉まって自動的に鍵がかかった。

＊12　ソウルに隣接する京畿道城南市。撤去民の定着先として開発され、一九七三年に市に制定された。

夜明けまでにはまだ時間があった。私はマンションの前でタクシーを拾った。タクシーはライトをつけて、人気のない永東の街を走っていった。めまいがして、私は目を閉じた。第三漢江橋を渡るとき、私は車を止めた。ドアを開けて外に出ると、すがすがしい外気でもうろうとした頭がしゃっきりする。私は欄干につかまり、夜明けのほのかな光をちらちらと映しながら流れていく河の水をのぞき込んだ。運転手も降りてきて、欄干にもたれて立った。その姿勢でたばこを吸いながら私を見た。空が白みはじめている。

父さんが寝込んでしまった真冬の間、母さんは飯場《はんば》で働いていた。あのころ母さんが朝、家を出るたびに目にしていた朝焼けの色を私は今、初めて知った。じゃり採取船から鋭い金属音が聞こえてくる。私が乗ったタクシーは、南山《ナムサン》トンネルを抜けて市内を横切っていった。罪人たちはまだ眠っている。[13]この街に慈悲は売っていない。

私は楽園区で降りた。街や路地を歩いて時間をつぶした。最後に喫茶店に入ってお茶を飲んだ。お茶を飲みながら、父さんのハンコが押された売買契約書を出して破った。私たちが小さかったころ、このあたり一帯は野菜畑だったのだ。私はお茶を飲み終わり、野菜畑をつぶして作られた舗装道路を歩いていった。もうこれ以上時間つぶしをする必要はない。私はまっすぐに幸福洞事務所を目指した。洞事務所は朝から混み合っていた。私が列の後ろに立ったのを建設課の職員がちらっと見た。彼は仕事の手を止めて私を穴のあくほど見つめた。

「こびとの娘じゃないか？」

職員たちが声をひそめて言う声が私にも聞こえる。私はしゃんと立って順番を待った。ハンコを押す音、表札が落ちる音、笑い声が聞こえる。私はうちの表札を取り出した。母さんがつけた包丁の跡が指先でもわかる。私の番になった。

「どうしたんだね？」

建設課の職員が訊いた。

「家が引っ越したことは知ってるかい？」

「はい」

私は答えた。

「撤去確認証が要るので、来たんです」

「撤去確認証？　どうして？」

彼は理解できないという表情をした。

「入居権は売ってしまっただろ？　なのにどうしてそんなものが必要なんだ？」

「あのセダンの男が買っていったよな」

隣の職員が言った。私は何秒か黙って立っていた。

「おじさんはどっちの味方なんですか？」

＊13　南山には「国家安全企画部」があり、多くの人々が政治犯とされ、収容されていた。

私は言った。

「マンションに入るべきなのは、私たちの方よ」

「そりゃそうだけどな」

職員は隣の人を見た。彼らは首をすくめた。

「書類は持ってるか？」

職員が訊くと、もう一人の人が言った。

「書類？　当事者が入居するんだから、警告状と表札さえあればいい。それを持っているなら、私たちが言うことは何もないよ」

「持ってきました」

私は表札と撤去警告状を差し出した。二人がそれを受け取り、台帳と照らし合わせた。横の男の人が表札を大きな箱に投げ込んだ。その中にはたくさんの表札が入っている。わが家の表札が軽いブリキ音を立ててその上に落ちた。建設課の職員が用紙をくれた。私はそこに書き込んでいった。

父さんの名前、住民登録番号、生年月日、無許可建築物発生年度を書き込むとき、私の手は震えた。字がちゃんと書けない。体が弱っているからかしら。大きい兄さんが言うとおり、私は小さいときから泣き虫だった。涙で前が見えなくなり、しばらくの間手を休めてからまた書いた。そして撤去確認願を職員の前に差し出した。

「撤去日時はわかりません」

<table>
<tr><td rowspan="2">番号</td><td rowspan="2">458</td><td colspan="4" rowspan="2">既存無許可建築物撤去確認原本</td><td>処理期間</td></tr>
<tr><td>即時</td></tr>
<tr><td rowspan="3">申請者</td><td>姓名</td><td>キム・ブリ</td><td>住民登録番号</td><td>123456-123456</td><td>生年月日</td><td>1929年3月11日</td></tr>
<tr><td>住所</td><td colspan="5">ソウル特別市楽園区幸福洞46番地1839</td></tr>
<tr><td>本籍</td><td colspan="5">京畿道楽園郡幸福面幸福里276番地</td></tr>
<tr><td rowspan="3"></td><td>撤去された建物の位置</td><td colspan="5">ソウル特別市楽園区幸福洞46番地1839</td></tr>
<tr><td>区分</td><td colspan="5">家屋所有者（○）　賃借者（　）</td></tr>
<tr><td>撤去日時</td><td colspan="2">197×年　月　日</td><td>無許可建築物発生年度</td><td colspan="2">196×年5月8日</td></tr>
<tr><td colspan="2">用途</td><td colspan="5">マンション入居申請用</td></tr>
</table>

上記事実を確認願います。

197×年10月7日

申請者　キム・ブリ

上記事実を確認する。

197×年10月7日

楽園区　幸福第1洞長

と私は言い、職員は私をじっと見つめて訊いた。

「どこかへ行ってたの？」

私は答えなかった。彼は、一九七×年十月一日と書き込んだ。

「引っ越し先も知らないのだろう？」

「はい」

「何も聞いていないかい？」

私は脚の力が抜けていくのを感じ、机の角につかまってやっと立っていた。横の男の人が職員をぐっと押し、職員は、〈上記事実を確認する。〉の横に小さなハンコを押して、それを奥にいる所長に渡した。私は列の外に出て額をおさえた。全身に微熱があった。奥の方で所長が立ち上がり、手招きをして私を呼んだ。彼は「幸福第一洞長」の職印を書類に押し、それを渡す前に私を窓ぎわに連れていった。所長は大通りのむこうのぶどう畑の下の町を指さした。

「上から三軒めの家だよ」

彼が言った。

「あそこのおばさんを訪ねてお行き。ユン・シネさんだ。前から父さんのことを、よく知っていなさる。一日に何度も、ここまでいらしたんだよ。あんたのことを探してだよ」

「私も前に、お目にかかったことがあります」

私は言った。

「区庁に寄ってから、住宅公社に行かなきゃならないんです。その用事が済んだら行ってみます」

「そのおばさんが全部話してくれるだろう」

所長が言った。

「親切な方だよ」

「ありがとうございます」

あいさつをして外へ出た。所長と話している間、職員たちが私を見ていた。彼らは私に何か言いたがっていた。ここにはもう、いっときもいられない。

大通りに出て私はタクシーを拾った。スーパーマーケットの前を通り過ぎるとき、ベーカリーが見えた。ほかの子たちが、私のやっていた仕事をしている。振り向いたら、私たちの町があったところが一望できただろう。私はこらえた。今はとても振り向くなんてできない。区庁での手続きはわりと簡単に終わった。私は住宅課に行き、撤去確認証を渡して入居申請をした。区庁の階段をおりていくとき、激しいめまいを感じた。私はまるで何年も別のところで暮らしてきたよそ者のように自分を感じた。

私をこんなに弱らせたのは彼だ。私は家を出てから、ゆっくり眠ったためしがない。私は母さんのおなかの中にいたときも、生まれてからも栄養が足りなかった。家を出てから彼と向かい合って食べた食事はいつも豪華だった、でもその栄養は私の体に蓄積されなかった。精神的な圧迫のせいだけではない。彼は私においしいものを食べさせてくれたが、そこから得たエネルギーを再び私から奪っていった。最後の夜を一睡もせずに明かしたことも悪かった。どこでもいいから横になりたかった。早く用事を済ませて、シネおばさんの家に行かなくては。シネおばさんが私を家族のところに連れていってくれるだろう。

私は夜明けに来た道をもう一度戻っていった。南山トンネルを抜けて第三漢江橋を渡った。原野の中に建った彼の会社のマンションが見える。私はかばんを開けて、中に入った彼のナイフに触れてみた。象牙《ぞうげ》の柄の上の部分に、小さな球のような金具がついている。それを押せば刃が飛び出すことを私は知っていた。

住宅公社の入り口で私は車を降りた。大勢の人が公社の正門に向かって歩いていく。私は急いでそれに加わった。じっと立っているだけなのに、押されて前へ進んでいく。私はみんなに押されて庭の中へ入った。白い建物が陽射しを反射して目にまぶしい。お祭りの日のようだった。何か所かにテントまで張ってある。私は申請用紙をくれるところへ行って並んだ。

私の順番が来ると職員は、市の受付証を見せるようにと言った。私は列から出て、マンション賃貸申請書の内容を読み下した。賃貸条件の中には「申請者と入居者は同一人物でなければならず、第三者に賃貸したり、賃貸権を債権の担保として提供することはできない」という箇所もあった。この条文はもう、死んでいる。死んでいる申請書に父さんの名前、住所、住民登録番号を書き込んだ。また手が震える。脚の力も抜け、その場に崩れそうになった。

書き終えた申請書を持って私は次の列に並んだ。この列には、再開発地区にもともと住んでいた住民は私しかいない。それなのに、列の前にいる職員は全員に「買ったものですね？」と質問する。知っていてわざわざ訊くのだ。皆、すぐには答えられない。

「買ったものですね？」

職員は私にも訊いた。

「ええ、買いました！」

体の具合さえ悪くなかったらそう答えただろう。不親切で感じの悪い男の人だった。私は体がしんどくて何も言えなかった。

職員が申請用紙、市の受付証、住民登録謄本を綴《と》じ込んだ上に認め印をグッと押した。それを受け取って振り向きかけて、私は身を隠した。列の反対側に回って、ビルのすぐ前をのぞき見た。ほかでもない、彼が自分の車の前に立っていたのだ。健康そのものに見えた。私は弱った体を隠して、彼が出ていくのを待った。もし彼と鉢合わせしたら殺そうと思った。彼は今まで一度も死ぬことについて考えてみたことなどないだろう。苦痛というもの、絶望というものについても何も知らないだろう。空っぽの食器がぶつかり合う音も、手、足、ひざ、そして歯が寒さに耐えかねてぶつかり合う音も聞いたことがないだろう。彼に求められるたびに裸で受け入れながら飲み込んでいた私のうめき声も、聞いていなかっただろう。彼は、赤く灼けた鉄で人間に烙印《らくいん》を押す側の人だ。私はかばんを開けてナイフに触れた。彼が手を振るのが見えた。ビルの中から一人の男が出てきた。彼が男を迎え、握手をして、一緒に車に乗り込んだ。彼の車は人々を散らして住宅公社から出ていった。また涙が湧いてきた。あの人はあまりにも多くを持ちすぎている。

私は人々について業務課に行った。そこでも列に並んだ。額に手をあてて、順番を待った。

「具合が悪いんですか?」

私の番になったとき、職員が訊いた。

「大丈夫です」

そう言いながら、私は持ってきたものを渡した。職員は私の書類を確認して受け取り、領収証に申請番号を書き入れ、経理課へ行ってお金を支払うようにと言った。一人の女性が水をもらってきてくれた。私は水を飲んだ。経理課の人たちは何も尋ねなかった。金額を確認して、領収証にハンコを押してくれた。

「終わったわ!」

私は言った。

みんなが私を見た。

気づかれたのだろうか？

住宅公社のビルを背にして私は出てきた。そして、どうにか道で倒れることなくシネおばさんの家までたどりついた。おばさんの家の呼び鈴を押すとき、かつて私たちの町だったところを見た。うちが、隣の家が、あの町が、なかった。土手もなくなっていた。れんが工場の煙突もなくなっていた。坂道もなくなっていた。こびととこびとの妻、その二人の息子、一人の娘が暮らしていた痕跡《こんせき》はそこにはなかった。広い空き地だけがあった。

シネおばさんが娘さんの名前を大声で呼びながら出てきて、私の体を抱え込んだ。私は「こんにちは」のあいさつすらまともに言えなかった。おばさんは前にもこんなふうに、けがをした父さんを手で支えて、抱き起こしてくれたことがあった。おばさんと娘さんが、私を部屋へ連れていって寝かせてくれた。娘さんが水でしぼったタオルを持ってきてくれて、おばさんは私の服をゆるめてくれた。母さんみたいだった。おしぼりで顔も手足も拭いてくれて、ふかふかの布団をかけてくれた。

「ありがとう、おばさん」

私は言った。

目を開けているのもやっとだった。

「さ、何も言わないで」

おばさんが言った。

「お医者様を呼ぶからね。今日は何も話さなくていいのよ」

「大丈夫です」

そう言うと、ひとりでに目がとじていく。

「私、ろくに寝ていないんです。寝れば大丈夫です」

「それじゃ、おやすみ。ぐっすり寝なさいね」

「私、取られたものを取り返してきたんです」

「よくやったわ！」

「手続きも、済ませたんですよ」

「がんばったのね」

「うちの引っ越し先、ご存じでしょう?」

「もちろんよ」

「洞事務所の所長さんに会ったんです」眠りから半ば呼びもどされて私は言った。

「シネおばさんが全部話してくださるって、所長さんがおっしゃったの」

「ほかには何も言っていなかった?」

「何かあったんですか?」

「ひと眠りしなさい。寝てから話そうね」

「お話を聞くまで、寝られそうにないわ」

私は眼を開けた。娘さんが板の間へ出ていった。すぐに門の開く音がした。病院へ医者を迎えに行くところだった。

おばさんが言った。

「あなたが出ていってから、みんながどんなに探したか、わかる？　あなたのお母さんが、取り壊されたおうちの跡に立ってらしたのがこの窓からも見えたわ。そうこうしてるうちに、次はお父さんが行方不明になってしまったのよ。城南に引っ越さなくてはならないのに、お父さんが見つからない。長々と話すことはないわね。お父さんは亡くなったの。れんが工場の煙突を壊した日にわかったの。煙突の中に落ちて亡くなっているのを、撤去作業員の人たちが見つけたのよ」

そうして――私は起き上がることができなかった。目を閉じて、何も言えず、横たわっていた。傷ついた虫のように倒れて、息ができなかった。私は両手で胸を打った。取り壊された家の前に立っている父さん。小さな父さん。深手を負った父さんをおぶって坂道を帰ってくる母さんが見える。父さんの体から血がぽたぽたとしたたり落ちる。大声で兄さんたちを呼ぶ私。兄さんたちが飛び出してくる。私たちは庭に立って、空を見上げる。真っ黒な鉄のボールが、見上げる頭上の空を一直線につんざいて上っていく。父さんがれんが工場の煙突の上に立ち、手を高くかかげてみせる。母さんが板の間にお膳を運んでいく。

医者が門を開けて入ってくる音が聞こえ、おばさんが私の手を握った。ああああああ　という嗚咽《おえつ》がゆっくりと、私ののどを伝って、せり上がってきた。

「ヨンヒ、泣くな」

大きい兄さんが言った。

「頼むから泣くな。人に聞こえるよ」

私は泣きやむことができなかった。

「兄ちゃんはくやしくないの？」

「泣くなっていうのに」

「お父ちゃんをこびとなんて言った悪者は、みんな、殺してしまえばいいのよ」

「そうだ。殺してやるよ」

「きっと、殺して」

「うん。きっとな」

「きっとよ」

陸橋の上で

都心の中心街を歩いていくとき、シネは頭がどうかなりそうだった。見えるのは人、ビル、車ばかり。街は排気ガス、人々の体臭、ゴムが焼ける臭気でいっぱいだ。しばらく休んであたりを見回すことさえ難しい。歩道は人であふれ返り、車道は車であふれ返っている。身の置き場がない。数秒でもいいから立ち止まって憂鬱をまぎらわせようにも、そんなすきまがない。

病院へ行くところだった。下の弟が入院していたのだ。まだ四十歳にもならないのに、ろくにものが食べられず、眠れなくなってしまった。弟は初め、内科ばかり受診していた。胃が悪く、消化不良を起こしていたから。だが、医者に行ってもなかなか回復しなかった。六十三キロあった体重が五十一キロまで減ったので、シネの夫が彼を精神科に連れていった。弟を診た医師たちは入院を勧めた。幸いなことに、医師の一人は弟の大学の同期だった。弟をよく知っている人物だ。信頼できる医師に出会えて、シネはホッとした。弟は順調に回復した。

シネは陸橋の急な階段を上っていった。陸橋を渡りきる前にシネは立ち止まり、人に押されないように端に寄って欄干をギュッとつかんだ。弟の友だちの会社のビルが見える。彼のいちばんの親友だった子だ。シネは弟とその友だちの気性をよく知っていた。二人はとてもよく似ていた。シネが小さいころに流行《はや》ったヒーローは、専制君主に対抗する物語の主人公だった。十歳違うとはいえ、弟が成長するときも同じだっただろう。しかし弟とその仲間の大学生活は不幸だった。大学は何かにつけて閉鎖になった。そのため、今や昔話になってしまったが、夕闇迫る午後の講義で、フランス革命の誘発原因と税制の関係について、コツコツと靴音を立てて歩きながら語る教授の背中を見る、などという体験もできなかったのである。幸いに弟とその友だちは、小さな部屋で、他の学生たちが頭が痛くなるといって敬遠するような本を読み、たばこをふかして論争にふけった。

二人にとってこの社会は怪物だった。それも、恐るべき力を思いのままに行使できる怪物だ。二人は自分たちを、水の上に浮いた油のように感じていた。油は水に溶けない。しかしこの比喩《ひゆ》も適切とはいえない。ほんとうに怖いのは、二人が認めようが認めまいが、自らも大きなかたまりに飲み込まれて転がっていくという事実だ。

弟はその日の午後、李舜臣《イスンシン》将軍[*1]の銅像が見える市民会館前のベンチに座っていた。

*1　李舜臣将軍は朝鮮時代の将軍で、文禄・慶長の役において朝鮮水軍を率いて日本軍と戦い活躍した国民的英雄。その巨大な銅像はソウルの中心部、光化門広場にある。

弟は四番めのベンチに座って友だちを待っていた。ベンチの前にある十五個の公衆電話ブースは七〇三番から始まり、七一七番で終わる。弟は七一二番のブースに入り、友だちに電話した。

「まだかかりそうかい？」

弟は言った。

友だちは何秒か黙っていた。

「どうしたんだ？」

「そっちに行くから、ちょっと待っててくれ」

「なあ、まだ仕事が終わらないんだったらゆっくりでいいよ。忙しければまた後にしよう」

「そこにいろよ。今日会いたいんだ」

「じゃあ、待っているよ」

「待っててな」

友だちが電話を切った。弟は七一二番のブースを出た。そのとき弟は、この息がつまるような都市の重い空を支えて立っている李舜臣《イスンシン》将軍の銅像を見ただろうか。弟はさっと振り向いた。野蛮な後世の人間たちが、将軍を排気ガスの中に据《す》えつけて拷問を加えている。弟は四番めのベンチに座って友だちを待った。

友だちは土曜の午後の人波にもまれ、押されて打ち上げられてきた。そして弟のべンチの隣に座った。ちょっと見たところ、二人は他人どうしのようだった。二人はまだ大学生だったころにも、こんな姿勢で座っていたことがある。そのときも弟と彼は、教授会館の前のベンチに知らぬ者どうしのように座っていた。学生たちの意志をあらわす唯一の方法であるデモが、よく訓練された組織と新しい鎮圧技術によって弾圧されはじめたころのことだ。今は都合よく忘れているとしても、かつてそんなことが起き、私たちはそれをやり過ごして生きてきたのである。反対の意志を持つ人たちの口は封じられた。そのとき弟と弟の友だちは、同じ考えを持つ学生たちと集まってはしょっちゅう討論していた。彼らは彼らの考えを文章にして、学校新聞に載せることにした。弟と弟の友だちが原稿を書いた。しかし夜を徹して書いた原稿は、主幹《しゅかん》の手によって突き返された。彼は、この種の文を新聞に載せることは恐ろしい罪であり、たとえ載せてやったとしてもこれを書いた者は苦痛を味わうことになるだろうと言った。彼は教授だった。

「いったい君たちの望みは何だ?」

彼は単刀直入に問うた。

「望みは何だ、言ってみろ」

「私たちの文章を読んでくださいましたか?」

弟が言った。

「うるさい!」

主幹が机をたたいた。

「君たちがまたもや混乱を起こそうとしていることはわかっている。秩序が戻ってきそうだと思ったら、また始まった」

「それは間違いです」

友だちが言った。

「間違い？」

「間違いです」

「どんなふうに？」

「始まったのではなく、終わっていなかったのだということです」

「おい」

彼の声は思いのほか低くなった。

「何を企《くわだ》てている？」

低い声で彼が言った。二人はお互いの顔を見つめた。低い声に気圧《けお》されて若者たちはややまごついた。黙っていると、大人はまた叫んだ。

「混乱だ！」

大声を上げて教授は言った。

「君たちが求めているのは混乱だけだ。君たちは自分で自分の大学の門を閉めているんだよ」

「それは事実です」

弟が言った。

教授は弟を凝視《ぎょうし》するばかりだった。

「彼らが入れないように、鍵をかけようとしたのです」

「そのことではないよ」

「僕らには歩哨《ほしょう》を立てることはできないですから」

「出ていけ！」

彼が叫んだ。

「原稿を返してください」

弟の友だちが言った。

「だめだ」

彼が言った。

「こんな文章を書いた動機を言うまでは返せないね」

「反対意見が存在することを伝えるべきだと考えたからです」

弟の友だちが言うと、

「君は？」

と弟に聞いた。

「同じです」

弟が言った。

「これは、いかんよ」

彼が原稿を指さした。

「これは不穏《ふおん》文書だ。そうと知っていて書いたのだろう?」

「穏当文書とはどういうものですか?」

「知っていて書いたんだろう!」

「私たちは、反対意見を述べることのできない国は災い多き国であると学びました」

「誰が反対意見を述べてはならんと言った?」

「先生はそれをご存じでしょう」

彼はしばらく黙っていた。

原稿を押しやりながら言った。

「我々が話したところで、解決できることは一つもない。何事かを計画し、実施するのは我々ではない。それをやる人間は別にいる。この原稿は君たちが望むから返してやるが、新聞に載せないからといって私を恨んではいけない。私が君たちから聞くべきは恨み言じゃないよ、感謝の言葉だ。こんな文章を載せたからって何にもなりはしない。さあ、持って行きなさい」

「行こう」

友だちが言った。

外に出た弟と友だちは、満身創痍《まんしんそうい》となった原稿、色鉛筆でずたずたに引き裂かれた自分たちの思想を読み返して悲しんだ。シネもその文章を読んでみた。たいした文章とはいえなかった。読んでいくうちにシネは内心、何度か笑ってしまった。二人は原稿用紙二十枚前後の中に、彼らが知っていることを全部ぶちまけていた。何を主張したいのかよくわからないところもあった。それでも主幹は、色鉛筆でずたずたに線を引いていた。「見えない力が平和裡《へいわり》の変化を妨害している」という部分では、どれだけ力を入れたのだか、何枚もの原稿用紙が重なったまま破れていた。彼の指先からは明らかに殺気が放たれていた。弟と弟の友だちは恐ろしい憤怒に触れて、女学生会館の方へと走っていった。

二人は女学生会から謄写版《とうしゃばん》を借りてきて、シネの家で徹夜した。何か秘密の任務を帯びているかのように、板の間の下の地下室で作業をした。練炭が積んである地下室の一隅で、白熱灯に照らされながら謄写版のローラーを押した。翌朝二人は食事もせずに出ていった。手刷りの新聞を一束ずつ持って出かけたのだ。彼らはそれを学生たちに配布した。学生たちは身をすくめてすたすたと歩き去った。

「おい」

気づかないうちに、そばに主幹が来ていた。

「私はあの原稿が、君たちの手によって処分されることを願った。それなのに今になって、後ろから刺されるとはね。もう言うことはないよ。だが、若者たちの考え方が変化しつつあることは知っておくべきだな。君たちはこの堅苦しい、味気ない謄写版の文章を読んでくれる学生がはたして何人いると思うのかね？　前のデモのときと同じように君たちについてきてくれているか？　見ろ、これを読みたいといってやってくる学生はいないじゃないか。もうやめて講義室に行きなさい。ちょっとは事態を正確に判断したまえ。明日から、このところのデモで延期になっていた試験をやるんだぞ。戦いには敵が必要だ。君たちの敵は誰だ？　日光かい、月光かい。でなけりゃ影法師か？」

「違います」

友だちが言った。

「違うだろうさ」

彼が言った。

「僕ら自身です」

弟が言った。

彼は笑った。

「たいがいにしろ」

彼が言った。

「たいがいにして、隣の家でも覗いてみるんだな」

これは明らかに偽善者の言葉だ。だが、彼は正確に見抜いていた。同じ考えを持ち、しょっちゅう討論していた学生たちも、そのときもう二人の味方ではなかった。当時の二人のことを思うとシネはつい笑ってしまう。大声でスローガンを叫んでいた連中が軍隊に入ったあと、いくつかの法律が新しく作られ、学生たちはキャンパスでポーカーを始めた。彼らは遅ればせながら、トランプ遊びの楽しさを知ったのだ。弟と弟の友だちは、時代遅れで場違いなところに立っていた。残ったのはどうやら二人だけだった。彼らはもはやいかなる希望についても語ることができなかった。

主幹の観察は正確だった。しかし、正確さすなわち正しさというわけではない。弟と弟の友だちはその朝、彼の偽善的な言葉を聞いた後、徹夜で刷った謄写版の新聞を小わきに抱えたまま教授会館の前のベンチに黙然《もくねん》と座っていた。シネの考えでは、このときもう二人は手負いであった。

二人はベンチから立ち上がれなかった。彼らは自らが属する社会に対して、すみやかに、きわめてすみやかに判定を下さなくてはならなかったのだ。二人は空腹で、また眠かった。それでも弟と弟の友だちは、自分の時代、社会、そしてその中での自分の役割について考えていた。弟と弟の友だちはそのときほんとうに、真摯《しんし》だった。

「これだけははっきりしてる」

やがて友だちが言った。

「みんな、ぐるになっていくんだ」

「何でだろう?」

弟が訊いた。

「そのわけはね。みんなぐるになって、麻痺していくからさ」

「そうだ。麻痺だ」

弟が言った。弟は友だちに同意した。彼は声をひそめ、顔を曇らせた。

「コウモリが来るよ」

友だちが言った。

友だちは主幹をコウモリと呼んだ。主幹の祖父は、日本の韓国支配のために働いた。彼の父がやったことも似たようなものだ。図書館に行けば今も、彼の父が書いた「人間　イ・ギブン[*2]」という文章が載った新聞を読むことができる。彼はある学生と話をしながら歩いてくるところだった。すでに二人に背を向けた学生だ。弟と弟の友だちは遅まきながら、二人だけが取り残されたことを知った。目立って声が大きかった者はみな軍隊に行った。弟と弟の友だちは黙って座っていた。ちょっと見には、互いに知らぬ者どうしに見えた。

李舜臣将軍の銅像が見えるベンチに座っていたときも同じだった。初めのうちしばらくは二人とも黙っていた。土曜の午後の人波が弟と弟の友だちのかたわらを流れ過ぎていく。ベンチの前の公衆電話ブースもすべて人で埋まっていた。二人の気分はたいそう憂鬱だった。楽しめることは、なかった。二人は今も多くの人が致命的な疾病《しっぺい》にかかって、癒《い》えていないと考えていた。

あの日、友だちはしばらくして口を開いた。

「僕は脅迫《きょうはく》され、誘惑されているんだ」

彼の表情は固かった。顔を上げる様子が、やけに深刻そうだった。

「なんで?」

弟が訊いた。友だちはぐっと近づいて座りながら言った。

「コウモリのせいだよ」

「コウモリ?」

「もう忘れたのか?」

弟は驚いたように尋ねた。「だってあの人は大学にいるのに?」

「あの人が僕を脅迫するんだ」

「どこで?」

「新聞を見ればわかるよ。今や彼は大物だ」

「あの野郎!」

弟が叫んだ。

電話の順番待ちをしていた人たちが振り向いて二人を見ていたが、すぐに何でもな

＊2　李起鵬。政治家。李承晩政権のもとで不正選挙によって副大統領になったが、一九六〇年の四月革命によって李承晩が失脚すると一家無理心中した。悪徳政治家の典型のように考えられている。

いというように向き直った。

「まあ、驚くようなことじゃないけど」

そう言う弟の表情も友だちに似てきた。

「あの人らしい選択だよな？」

「もちろんそうだ」

「で、どんな脅迫を受けてるんだ？」

「僕を、自分に近いポストにつけたいっていうのさ」

沈鬱《ちんうつ》な声だった。弟は言葉を失った。友だちは言った。

「彼が僕を呼び出したときは耐えられなかったよ。でも課長の方が驚いて、急いで行けと言うんで彼の部屋に行った。みんなうらやましそうに見ていたよ。でも僕は、赤いカーペットが敷いてある彼の部屋のすぐ前で、心のドアを固く閉めて、あの人は雲の上にいる偽善的な日和見《ひよりみ》主義者で、僕たちを踏みにじった権力の手先なんだってことしか考えていなかった。彼は笑ってたよ。僕の手を握って振りながら言うんだ、『過ぎたことだが、私は大学にいるときから君が立派な青年だということは認めていたんだよ、もちろん君の弱点もよく知っているがね。過去の話はやめにしよう。来週からここの隣の部屋で働いてくれ、いいね』。わかるだろ？　そうすれば僕をバックアップしてやろうってことだ」

このとき友だちは、ほんの一瞬、弟が初めて見るような表情を浮かべた。

「要するに、ぐるになれってことだな」

友だちが言った。

「君に利用価値があると思ったんだな」

こんどは弟が言った。

「学校で僕らを苦しめた人が、外の社会では違うってことはないよな？」

「ないね」

「彼は君の何が欲しいんだろう？」

「忠誠心だろう。自分にないものが僕にあると思っているのかもしれない」

「でも、わからんな」

弟が言った。

「なぜ彼の言葉を今になって誘惑と感じるんだい？　脅迫っていう言葉もおかしいけど、誘惑はもっと変じゃないか？　そんなことを誘惑と感じるんなら、今までの君は何だったんだい？　そんなことなら、昔のことだけど、前に出て叫ぶ必要もなかったし、隠れてこそこそすることもなかったし、徹夜で謄写版を刷る必要もなかったじゃないか。君は書いたじゃないか、先人たちは、不正と富の偏在から目をそらせるために、偽善的で無根拠な希望を振りかざして純粋な精神を曇らせるようなまねはしなかったって。君は、どんなに良い社会が成立したとしても、次世代のために批判と抵抗をやめてはならないって書いただろ。君は、僕たちが真に恥じるべきは貧しさではないって言ってきたよね。それなのにどういうことなんだ。いったい、君の言う誘惑って何？」

しかしもう遅かった。土曜の午後の人波はしだいにふくれ上がり、そこに座っていると弟は息が詰まりそうだった。弟はわかっていなかった。友だちを信じていた。

「変だね」

重い声で友だちが言った。

「僕は、自分の思想をちゃんと花咲かせることもできずにしおれていく花みたい」

「だめだよ」

弟は急に立ち上がった。

「こんなところに座って話してるからいけないんだ。場所を変えよう」

「僕が、みんな麻痺しているとかどうだとか言ったの覚えてるかい？」

「うん。そのとおりだと思ったけどね」

「でもあのときも、まさかって首をかしげる人たちもいたんだ」

「誰にでもよく効く生化学剤のようなものがなきゃいけないな。それを僕らが作らなくちゃ」

「だけどね、僕も不安だらけなんだ。耐えられないよ。僕はコウモリが来る前から、職場の同僚たちに脅迫されてきたんだ。これからの身の処し方を考えると不安だ。これが、僕個人としては最大の不安なんだ」

シネから見れば、このときの二人もまだ子どもだった。二人はその日、人波に埋もれて地下道に下り、そこを抜けて武橋洞《ムギョドン》*3に行った。そして飲んだ。べらぼうに飲んだ。人でいっぱいだった。弟は酔いつぶれた。酒場だけは、二人が憎む人々からの占領を免《まぬが》れていた。そこは二人にとって最後の空気穴だった。

「僕は許せない！」

友だちが言った。

「みんな、一寸先も見えずに引っ張られていくこの麻痺の中で、くたばっちまえ！」

シネが見るところ、弟と弟の友だちは生まれつき気性がとても似ていた。だけど、と陸橋の欄干をつかんだままシネは思った。誰が、彼を殺したのか？

友だちは変わってしまった。初めのうち弟は、彼は気力が尽きて倒れてしまったんだろうと言っていた。しかし弟は長い間、彼に会うことができなかった。会ったところで、もう話すこともない。彼は二人に最初の傷を負わせたあの人物の隣の部屋で働いている。失った希望をとり戻そうとあがくのはもうやめたのだろう。彼は冷暖房設備を備えた大きな家で、手に入らぬものはないという暮らしをしている。楽園の一種を手に入れたということになるのだろう。その楽園はいつも暖かかった。高価な絵が飾られていた。やがて、妻子のための車も持つだろう。しかしシネが彼のことを考え

*3　ソウル市中区にある飲み屋街で、若者やサラリーマンの憩いの地であった。

るとき、幸福という言葉は思い浮かばなかった。子どもたちはあまりにも早く老いて、死ぬ——麻痺の中で。シネは陸橋の階段を下りながら思った。弟の友だちはほんとうに、彼が酒場で言ったとおり、自分で自分を許していないのだろうと。

弟は病室のベッドで眠っていた。看護師が、出ていくとき指を口にあてた。弟の枕元には写真が一枚置いてあった。弟の妻が持ってきた子どもたちの写真だ。子どもたちが写真の中で笑っている。他の何よりも人間を弱くさせる者たちが、何も知らずに笑っていた。

軌道回転

三年めをユノは静かに過ごした。二年めの十二月と翌年の一月が苦しかったが、それだけだ。父さんさえああでなかったら、あの二か月も静かに過ごせただろう。父さんはユノが二回めの予備試験に落ちた理由を知ろうとした。ユノは黙っていた。一回めの予備試験の成績は二六七点で、その年の最低合格点は一九六点だった。足切りラインを七一点も上回る成績で合格したユノが翌年は落第した理由を、父さんは知るよしもなかった。後にすべてを知ったとき、父さんは青筋を立てて怒った。息子の落第を反抗と受け取った。

そんな父さんをユノは気の毒に思った。だから父さんにぶたれてもよけなかった。腹を立てた父さんは針金で息子を殴った。父さんはこの何か月か、よその国の古くなった法律の本を取り出してはアンダーラインを引いていた。父さんがどんな仕事をしているのかユノは知っていた。四本束ねた針金が空を切ってユノの体に巻きつき、姉さんが声を上げて泣いた。秘書が時間を知らせにこなかったら、息子の体に大きな傷を残してしまうところだった。父さんは鞭《むち》を置いてホテルに行った。彼ら法律家たちは、ホテルで重要な会合を持つのだ。姉さんがユノの服を脱がせると、肉の中まで食い込んだ下着が血に濡れていた。ユノは三日間、昼も夜もこの痛みから逃げられなかった。

間違っていたのは父さんの方だ。最初からユノを、まったく違う階層の人間として育てようとしたからだ。息子をA大学の社会系列学部に押し込もうとしたのは彼の特権意識ゆえのことだ。ついに二か月後、父さんはユノにどうするつもりかと問うた。ユノは最初と同じように、B大学に行って歴史を学びたいと言った。今の実力ならB大学には充分行けるのだから、予備校はもちろん、個人指導も一切受けないと。予備校の講師や個人指導の教師たちのことを思うと吐き気がした。ユノにかけていた父さんの期待はこのとき崩れ落ちた。彼は淡々と手を引いた。腹を立てもしなかった。壊れてしまった夢に、火まで放つ必要はないと思ったのだろう。

父さんの要求と期待を押しのけてしまうと、ユノは自由になった。三年めの三月と四月は、『労働手帖』という小冊子を読んで過ごした。その中には、勤労基準法、勤労基準法施行令、勤労安全管理規則、労働組合法、労働組合法施行令、労働争議調停法、労働争議調停法施行令、労働委員会法、労働委員会法施行令、国家防衛に関する特別措置法、ウンガン[*1]紡織《ぼうしょく》 団体協約、ウンガン紡織労使協議会規則、ウンガン紡織

＊1　架空の工業都市の地名であり、大企業グループの社名でもある。仁川をモデルとしている。

支部運営規程などが入っていた。ユノは引っ越したばかりの町でこの本を読んだ。とても明るく清潔な町だ。父さんが幸福洞の三階建ての家を売って、北岳山《プガクサン》の山裾の森の中にあるこの平屋建ての住宅に引っ越すと言ったとき、姉さんは最初、足をドンドン踏み鳴らして嫌がった。しかし秘書についてその家を見に行ってきてからは、逆に引っ越しの日を心待ちにしていた。塀がはりめぐらされた町だった。入り口に警備員室があり、警備員が車を停めて町に入る人たちの身元を確認する。別世界に来てしまったような感じだ。通りは清潔で、家々は絵のようだ。このお屋敷町に徒歩で出入りする者は一人もいない。

春になるとこの町は花の香りでいっぱいになる。八重桜、つるばら、ライラック、白もくれん、朝鮮山つつじ、がまずみ、花ずおうなどの花が咲くのだ。虫たちがブンブン羽音を立てて飛び交う。この町では、過去が立てる物音を耳にすることは一切なかった。雨上がりの光景は言葉にならないほど美しい。そこでユノは小さな魂がしきりに身もだえする音を聞きつけることがよくあったが、息をひそめて暮らしていた。

『労働手帖』はたいそう良い本だった。

「それ何の本?」

「え?」

「その本」

「これは、本じゃない」

「じゃあ何？」

四月も終わりに近づいたころ、隣の家の女の子が話しかけてきた。その子は真っ赤な自家用車にもたれかかって、ユノを穴があくほどじっと見ていた。ユノは何も答えなかった。女の子はみんな同じだ。予備校の講師や個人指導の教師たちと同じように、考えるだけでも吐き気がしそうだった。彼女たちと寝て、終わったあと、良かったという記憶が一つもない。いつも泣きたいような気がするばかりだった。だが、隣家の女の子はユノの前にさっと寄ってきて、小冊子をひったくった。その子が冊子の題名を読み、目次に目を通すのをユノは見た。キョンエというこの子は、高校二年になったばかりの十七歳だ。すばやく目次を読み、最初のページを開き、勤労条件の遵守《じゅんしゅ》、平等な処遇《しょぐう》、暴行の禁止、中間搾取の撤廃、公民権行使の保証といったゴシック体の文字を読んでいく。『労働手帖』をめくるキョンエの顔は紅潮《こうちょう》していた。

この子が顔を赤らめた理由をユノは知らなかった。彼女は目にもまぶしい真っ白なセーターとパンツを身につけていた。あとでわかったことだが、そのとき彼女の祖父は死にかけていた。キョンエの服は体にぴったり沿っていた。次に会ったときにはワンピースを着ていた。キョンエはユノに会いに、家まで訪ねてきたのだ。

「セルの集まりがあるの」

キョンエがいきなり言った。

ユノは訊いた。

「何だって？」

「セル」

「セルって何？」

「Cell …… Cell Technique[*2]――知ってる？」

「うん、知ってる」

ユノはキョンエの顔をうかがいながら訊いた。

「それで、どうして僕に会いに来たの？」

「お兄さんを招待しようと思って」

「僕を？　どうして？」

「討論会のテーマが『十代の労働者』だから」

「人選ミスだね。僕が話せることは何もない」

「じゃあ、なんで『労働手帖』を持ってるの？」

「ウンガンには行ってたことがあるんだ、そこで手に入れたのさ」

「労働者に会ったんでしょ？　そうでしょ？」

こんどはキョンエがユノの顔をじっと見つめて訊いた。顔をそむけて避けることもできただろう。しかしユノは知らず知らずのうちに、この十七歳の女の子に惹《ひ》かれていた。そのときキョンエの祖父は死にかけていた。キョンエの祖父は大富豪だったが、最期の息を大きくついて目を閉じた。命の結び目はあっさりとほどけ、町は濃厚な花の香りに浸った。屋根の上に大きな花輪をのせた車たちが集まってきたからだ。花輪の正確な数はわからない。姉さんが、花の匂いに耐えられないと言って窓をきりきりと閉めて回った。ソウルじゅうの花屋が全部品切れよと、姉さんは言った。

その夜、父さんは法律家仲間たちと地下のホームバーで酒を飲んでいた。彼らはまずキョンエの家に寄ってからここへ来たのだ。誰もキョンエの祖父の手を握ることはできなかっただろう。ユノは英語の勉強をしていた。うんざりするような数学も勉強した。それから窓ぎわに行って、庭のつるばらごしにキョンエの家を見た。黒い服を着たキョンエが家の前に立っていた。彼女はしおれた花に触れていた。ユノは、キョンエのおじいさんの体もそろそろ匂いを放ちはじめているだろうと思った。だが、翌日会ったキョンエはかぶりを振った。おじいさんの体は絶対に腐らないのだという。彼女はユノを真っ赤な自家用車の中に引っ張り込んで、葬儀社の人たちが徹夜でやりとげた仕事について話してくれた。彼らは凄腕《すごうで》の技術者だった。

「理解できないわ」

キョンエが言った。

＊2　カトリック系学生運動の一つの運動手法。セル（細胞。小グループ）に分かれ、社会の多様な現実に対して福音の力で働きかける活動様式で、もともとはフィリピンのカトリック教会で導入されたという。背景には、一九六〇年代以降、アジア・南米地域で広まった「解放の神学」（社会正義の実現、貧困問題の解決などに向けて具体的に行動する教会を目指す）の流れがある。

「私だっていつかは死ぬでしょ。そしたら土に埋められるでしょ。私が埋められて土になったあとも、おじいちゃんは今と同じ姿でお棺《かん》の中に寝てるのよ」

「君のおじいさんは王様だね」

「独裁者よ」

「泣かなかったの？」

「どうして私が泣かなきゃいけないの？　誰も泣かなかったわ。大人たちは今、けんかしてるわ」

「なんで？」

「後継者になりたがって」

「どこに行けばいいんだったっけ？」

「学生会館」

二人が到着したとき、学生会館の売店の前には生徒たちが立っており、みんなでキョンエを取り囲み、彼女の手を握った。男子生徒たちは休憩室で女子生徒を待っていた。女子たちが入ってきたときある子は電話をかけており、ある子はキャンディーの販売機の前で小銭を探しており、ある子はかばんを開けて、中に入れてきたろうそく、聖書、『信仰のための対話』という学生用テキスト、自分用のコップなどを点検していた。男子側の幹事が事務室から地下の聖堂の鍵を持ってきた。みんな彼について降りていった。ユノは建物の玄関の上に「自由・正義・平和」と、休憩室の受付の上の壁に「Pax Romana」と書いてあるのを読んだ。キョンエがユノを案内した。

二十段の階段を下りていくと、木の十字架が見えた。ユノは、キョンエが左の壁の前に近づき、聖水を指につけて十字を切るのを見た。キョンエは「主よ、この聖水によって私の罪を洗い清め、悪魔を追い払い、悪《あ》しき思いを取り払ってくださいますように」と祈《き》禱《とう》文をとなえた。その日生徒たちは、地下の聖堂で「十代の労働者」というテーマで三十分間の討論を行った。ユノはじっと座って聞いていた。キョンエは目が合うたびに微笑を浮かべてみせた。彼女の肩ごしに、聖体を収めた聖ひつ、大理石の祭壇《さいだん》の中の天蓋《てんがい》が見えた。半ば開いたカーテンの間から真っ赤な明かりが漏れてきた。生徒たちの声が高くなった。みな熱心に自分の考えを述べていたが、それは影法師をつかもうとするようなことだった。そして彼らはユノの名を呼んだ。

「お兄さん！」

キョンエが叫ぶと生徒たちが笑った。

会長が言った。

「指導の先生が出席できなくなったため、ハン・ユノ先輩をお迎えしています。今からお話を聞きたいと思います」

「皆さんの先生が出席できなくなった理由[*3]を先ほどお聞きしました」

＊3　教師は、「十代の労働者」という討論テーマのために参加を見合わせたことが示唆されている。

ユノが言った。

「おっしゃりたいこともなかったでしょうね」

生徒たちが笑った。

「先生はたいへん恥じておられたことでしょう」

生徒たちはまた笑った。

「私も恥じています。しかし驚いたことに皆さんは恥を知らないようですね」

「どういうことですか？」

女子生徒が訊いた。

ユノは言った。

「皆さんは十代の労働者の問題をめぐって三十分間も討論しました。よく知らないことについて、知ってるようにね。十代の労働者について罪の意識なく語れる人はわが国にいません。私も、同じですけど。私は幸福洞に住んでいたとき、ある方の紹介でこびとのおじさんに会いました。その方は一生苦労をされた末に亡くなりました。その方の息子さんと娘さんは工場地帯に行って働いています。彼らは面倒で骨の折れる仕事をしています。彼らの幼い同僚たちは、自分自身を表現するすべがなく、どうしたら人間的な待遇を受けることができるのかも知りません。現場の仕事が彼らの成長を妨げています。上の人たちが毎日とんでもない生産計画を立てるので、労働者たちは機械を動かしつづけるしかありません。幼い労働者たちは、完全に機械のリズムに合わせて生活しています。思考も感情も機械に持っていかれてしまいます。学校で習ったのを覚えているでしょう？　彼らには、落下する物体や、巻いたぜんまいが持つような機械的エネルギーが作用するのです。私には、皆さんのように十代の労働者について話したり、労働、義務、自然権などという言葉を使うことはできません。そして皆さんのように、彼らを助けましょうなんて言うこともできません。皆さんの感想は、彼らにとって何の助けにもなりません。こびとのおじさんの子どもたちと、その幼い同僚たちが経験したことを見て感じたことがあります。一九七×年、韓国は罪人だらけだということです。罪人でない人はいないのです」

ユノは話を止めて、ギターの音を聴いた。男子生徒が隅の方でギターを弾きはじめたのだ。

「続けてください」

女子生徒が言った。

「小さい音で弾きなさいよ」

ほかの女子生徒が、ギターを弾いている男子生徒に言った。それは悲しい曲だった。その音色は銀河系の星々を思い起こさせた。ユノは小さな星々が運行するさまについて考えた。キョンエは一言も言わず、ユノだけを見つめていた。ユノは死んだこびとの息子と娘が経験したいくつかの実例を挙げて話を終えた。こびとの長男は自動車組み立て工場でドリルの仕事をしていた。次男は研磨《けんま》の仕事を、娘は紡織工場で機械の見張りをしていた。長男は今、仕事ができない状態にある。

しかし生徒たちはユノの話をまともに理解できなかっただろう。彼らの関心をひきつけ、理解させるためには、『労働手帖』を最初から最後まで読んでやらなければならず、労働者がどんな待遇を受けているか一つひとつ挙げてみせなくてはならず、現場で起きていることを具体的に説明してやらなければならず、あの都市の空の色を微に入り細を穿《うが》って描写し、彼らの食卓や寝床についても話してやらなくてはならない。雇用者と被雇用者の力がアンバランスであり、分配もまたそうであることを説き、労働運動の歴史をひもとかなければならず、窮屈《きゅうくつ》な寝床で故郷の夢を見て目を覚ましてもじっと耐えている少年少女労働者の表情について、話してやらなければならない。ユノはあきらめて話を打ち切ってしまった。生徒たちは次のプログラムを待っていた。せっかちな男子生徒の何人かは、最初からユノの話は聞きたくないという態度を見せていた。

キョンエが近づいてきて、代わりに謝った。

「気にしないで」

キョンエが言った。

「ほかの子たちはお兄さんのことが好きよ。飲みものを持ってこようか？」

「いいよ」

ユノは言った。

「僕、もう帰るよ」

「なんで？」

「僕のいるようなところじゃないからさ」

「お兄さんを好きな子たちをがっかりさせないでよ」

「そんな子、いないよ」

「いるわ！」

「うっとうしいから出たいんだ」

「みんなが罪人だと言ったよね？　それなら、どこに行ったって全部、監獄でしょ？」

男子生徒たちが立ち上がり、椅子の後ろ側に下がった。女子生徒たちは椅子を一つずつ空けて離れて座った。二人の子が、アルミの皿に折りたたんだ紙を入れてみんなに回した。生徒たちはそれを一枚ずつ取った。

「キョンエのパートナーは今日のお客様ね」

ある女子生徒が言った。

「お兄さんが私のパートナーよ」

キョンエが言った。

「討論会のテーマは誰が決めたの？」

ユノが訊いた。

「なんで？」

「許せないから」

「私は喪中《もちゅう》よ」

「君が自分の自由を売ったのなら、許せるけど」

「おじいさんの体は腐ってないわ。明日がお葬式で、私は喪中なの。私をいじめたらいけないのよ」

ユノは聖ひつの横のマリア像を見た。男子生徒は、紙を広げてそこに名前が書かれたパートナーを探していた。女子生徒が横の席に来て座る。喜ぶ子もいればがっかりする子もいる。そして彼らはテーブルの上に準備しておいたものを置いた。五層になったカラフルなお餅《もち》、ハンバーガー、お菓子、果物、そして飲みものはミルクとコーラ。一人がコーヒーを沸かすために、ドアの左側のコンセントにコーヒーポットのプラグを差し込んだ。

生徒たちの準備は完璧だった。彼らは小型のプレーヤーとレコードまで持ち込むことに成功していた。ギターは問題にならなかった。もうずっと前から、ギターは合同の集まりに持ち込んでよい必需品として公認されていたからだ。女の子たちはろうそくに火をともした。男の子たちが電気を消した。生徒たちはテーブルを囲んで座り、準備されたものを食べたり飲んだりした。みんなとてもハッピーだった。

「ままごとみたいでしょ」

キョンエが言った。

「ごめんね。でも、すぐに帰っちゃだめよ」

「なんで引きとめるんだ？」

ユノは自分にぴったりとくっついて座っているキョンエに訊いた。

「お兄さんが好きだから」

キョンエが低い声で言った。

「自由テーマだったら、お兄さんに討論に入ってもらえなかったでしょ」

「君は気の毒な子どもたちを利用したんだね」

「お兄さんの話はすばらしかった。私、感動したわ」

「君は、気の毒な子どもたちを売って、君自身の神様まで冒瀆《ぼうとく》したんだ」

「そんなこと言わないでよ」

キョンエは横目でにらんだ。

「みんな静かにして」

女の子が言った。

「さあ、いいわね？」

男子生徒がギターを弾いた。ユノに小さな星々の運行を想像させた、あの生徒だ。その子はギターを弾き、「風だけが知っている……」[*4]と歌った。その子のパートナー

＊4　ボブ・ディランの「風に吹かれて」の一節。

がろうそくを移動させ、コーラを飲むのをユノは見ていた。せっかちな男子生徒はもう次のプログラムに進みたがっていた。その中の一人が外へ出た。生徒たちは歌を合唱していた。

「聞こえる？」

中から一人の子が訊いた。

外に出ていた子が入ってきて、ドアを閉めて言った。

「聞こえないよ」

「レコードかけて」

「もう踊るの？」

「違うよ」

男子側の幹事が言った。

「ゲームの番だよ」

「お兄さんも入って」

「僕は見物させてもらうよ」

「見てらっしゃい」

キョンエが言った。

「きっと参加するから」

生徒たちはテーブルを壁ぎわに移動させた。ユノは、反対側の壁にかけてある「十字架の道行き」の十四枚の絵と書写本を見た。生徒たちがゲームを始めた。彼らは大声を上げ、大声で笑った。男子は上着を脱いだ。汗をかきはじめた何人かの女子も、じゃまくさい上着を脱いだ。カウントダウンゲームが始まると、キョンエがユノの隣に来て座った。キョンエはユノの両手の間に自分の小さな手を重ねて入れた。男子たちもパートナーの手を両手の間にはさんだ。生徒たちは目を閉じた。司会者が「ぴったり十五秒後に立ってください」と言い、二つのろうそくを消すのをユノは見た。残った三つのうち一つが、キョンエの顔にかすかな光を投げかけている。男子が起立しはじめたが、ある子は早すぎ、ある子は遅すぎた。十五秒という短い時間は錯覚を起こさせやすい。司会者は、誤差が大きかったカップルを小さな椅子の上に立たせた。椅子に上った生徒たちはまともに立っていられず、椅子から落ちた。女子が男子を押してしまうからだ。互いに抱きつかないと狭い椅子の上でぐるぐる回ることはできない。男子がろうそく一個を消してしまい、二人の女子が残った二つのろうそくを手で守った。ユノは生徒たちが椅子に上る音を聞いた。

「お兄さん、上って」

キョンエが言った。

「僕に命令しないでくれ」

ユノが言った。

「お兄さんも一回ぐらい私に命令してみてよ」

「命令することなんかないよ」

「考えてみてよ」

「じゃ、拷問台に寝かそうかな」

キョンエが黙って手を差し出し、ユノはその手を握って椅子に上った。キョンエはユノの両手を握って腰の後ろにあてがい、指を全部組ませた。そして自分の腕をユノの背中に回して胸を抱いた。ユノが両腕に力をこめるのを感じながらキョンエは椅子から足を上げ、二人は椅子の上を小さな軌道に沿って回った。他の子たちは椅子もろとも倒れた。

「もういいわ」

キョンエが囁《ささや》くように言った。

ユノはキョンエを放してやった。

「すてきだったわよ！」

一人の女子生徒が低い声でキョンエに言った。その子のパートナーが、残ったろうそく二つのうち一つを消した。別の子がレコードをかけた。生徒たちは音楽を聴きながら自分の相手と話しはじめた。みんな、このときを待っていたのだ。最後のろうそく一つが一方の壁と天井に光を投げかけていた。生徒たちは、このろうそくだけは消さなかった。レコードからは、女性歌手が「ある夏の日　池の中で二匹のフナがけんかして　一匹は水に浮き　その体が腐ると水も腐り　池には何も住めなくなった……」[*5]

と歌う声が聞こえた。ユノは壁にもたれかかった。キョンエはしばらくの間、頭を上げなかった。ユノが腕に力をこめたときの感じがまだ残っている。葬儀社の人たちは凄腕の技術者だった。しかし彼らも、死んだ祖父の感覚細胞だけはどうすることもできなかったろう。キョンエの祖父は一生、あまり高次元の感覚は使わずに済ませた人である。

　ユノはキョンエの顔を上げさせ、約束を守りなよ、と言った。私をどうするつもり、とキョンエが訊いた。拷問台に寝かせていためつけるんだよ、とユノは言った。私が何か悪いことをしたの？　君もそろそろ自分の罪を白状しなくちゃ。いいわ、お兄さんの好きにしたらいいとキョンエは言った。ユノはキョンエを立たせて、服を脱ぎなと言った。どうしちゃったのお兄さん、とキョンエが言う。生徒たちはプレーヤーを止め、ユノとキョンエを取り囲んだ。ユノがキョンエのワンピースの首のところをつかみ、その手をぐっと下へおろすと、キョンエは悲鳴を上げて顔をおおった。生徒たちは笑った。キョンエは服が破れて体が露出したと錯覚し、羞恥心《しゅうちしん》に唇をキュッと噛んだ。ユノはキョンエの両手を紐で縛るまねをした。拷問吏《り》としては、丸裸にした罪人を垂直の拷問台に吊《つ》るしたいのだった。私には何の罪もないわよ、とキョンエが言

＊5　シンガーソングライターのキム・ミンギが作詞作曲し、女性フォークシンガーのヤン・ヒウンが歌った「小さな池」を指す。歌詞にさまざまな風刺がこめられているのではないかとして話題になった。

った。女子生徒が声を上げて笑う。ユノはキョンエを椅子の上に上らせ、手を上げさせた。キョンエの体が紐で縛られ、吊るされたというわけだ。自白するまで吊るしておくんだよ、とユノが言った。生徒たちには退屈な遊びの始まりのように見えた。そこでまたプレーヤーを回し、中断していた話を続けた。キョンエはうなだれると、その姿勢でユノにむかって倒れていった。ユノはキョンエを抱きとめて床に寝かせた。キョンエは家の前に立てられた花輪のことを考えた。花はしおれつつあった。拷問吏はキョンエをまっすぐに寝かせた後、両腕と両脚を縛って杭につないだ。ユノはその杭を回すまねをした。

「叫んでごらん」

ユノが言った。

「君の腱と肉が裂けるよ」

「全然痛くないわ」

キョンエが言った。

「さっきは、立ってるのが嫌だったから気を失ったまねをしたのよ。今は全然平気だわ」

「君に自白させてあげよう」

ユノは、見えない四本の杭を三回ずつ回して締めた。正確な記録が残っていないためにはっきりしないが、昔の地下牢の拷問室はこの瞬間、悲鳴で満たされただろうとユノは思う。唇は痙攣《けいれん》し、肉が裂け、血が流れただろう。ユノはキョンエの胸の上に手を載せた。

「君の心臓はもう破裂するよ」

静かに言った。

「君が自白しなかったら、また回すよ」

「私は平気」

キョンエが言った。

「自白することなんかないもの」

「君は気の毒な子どもたちを売ったんだ」

「その話は嫌だわ」

「あの子たちを利用して、僕を呼び出しただろ」

「嫌だったら」

「さあ、話してごらん」

「私、こびとのおじさんなんて知らないもの」

「ウンガン紡織は？」

「そう言うと思った」

キョンエは言った。

「それは、おじいさんの会社よ」

「おじいさんは何を持ってた？」

「たくさんの会社、たくさんの工場、きれいな島、郊外の農場、プール、ホームバー、エスカレーターのあるお屋敷、たくさんの機械、たくさんの車、たくさんの乳牛……」

「わかった。じゃあ、君の罪を言って」

「私は罪人」

キョンエが言った。

「たくさん罪を犯したわ。でも変ね、一つも言えない」

「生活全体が罪だからだよ」

ユノはまた見えない杭を回した。

「痛いわ、お兄さん」

初めてキョンエが言った。

「ほんとに心臓がドキドキしてきた」

「君の罪を言ってごらん」

「お兄さんちが隣に引っ越してきて、嬉しかった。私は最初からお兄さんが好きでした。私はベッドでお兄さんのことを考えていました。これが私の罪よ」

「君のベッドは毎日あったかいだろ？　この冬は、樹齢五十年のくぬぎの木まで凍りつくほど寒かったけど、君の部屋の温度は何度だった？」

「知らない」

「君は冬でも半袖《はんそで》の服を着て暮らしているだろ？　お風呂に入りたければいつでも、部屋についたお風呂に入れる。君は寒さや空腹で目が覚めたことなんかないだろ？　だけどウンガン紡織工場に通っているこびとのおじさんの娘がどうだったか、知っている？」

「知らない」

「工場の食堂で、麦の方が多いごはんと酸っぱいキムチ、干した大根葉のスープを飲んで暮らしているよ。寮の部屋の温度は零下三度だったんだって。あんな貧弱な食事をして、あんなひどい寝床で、ろくに眠れずに暮らしているこびとのおじさんの娘がどんな扱いをされているか、知っている？」

「知らない」

「あそこでは人間が安い機械みたいに扱われているんだ」

「そんなこと言われても、わからない」

弱々しくキョンエが言った。

「わからせてあげる」

ユノが立ち上がろうとすると、

「嫌よ、お兄さん！」

キョンエが叫んだ。

「十七歳の女の子が隣の家の男の子のことを考えるのは罪じゃない」

拷問吏が言った。

「私、知らなかったのよ」

キョンエが言った。

「それが君の罪」

ユノが言った。

「知らずにいた人たちすべての罪だ。君のおじいさんは恐ろしいほどの力を思いどおりにふるってきた。今ぐらい、大勢の人が一人の要求に従って働いたことは、これまでなかっただろうな。君のおじいさんはあらゆる法律を無視した。労働強要、精神的・身体的自由の拘束、賞与と給与、解雇、退職金、最低賃金、労働時間、夜間及び休日勤務、有給休暇、年少者の使用なんかだ。今言った不当労働行為のほかに、労組活動の抑圧、職場閉鎖脅迫なんかについても違法事例が数えきれないぐらいある。僕、こびとのおじさんの娘が読んでいた本を見たんだ。君のおじいさんが言ったことがそこに書いてあったよ。今は分配のときじゃなくて、蓄積のときなんだって。そして君のおじいさんは亡くなった。誰に、いつ、どうやって分けてやるの？　君のおじいさんは、死んだこびとのおじさんの息子と娘と、あの幼い同僚たちに与えるべきものを何も与えなかった。そして君はそれを知らなかったんだろ？　知らなかったから、休暇にはおじいさんが所有してる美しい島に行って過ごして、真っ赤な自家用車に乗って、毎日、肉や新鮮な野菜が並ぶ食卓について、あったかいベッドで男の子のことを考え、その子を引っ張り出すために気の毒な子どもたちを売ったんだろ？　君はそろそろ自分自身で、自分の罪から抜けだすべきだ。今までは君たちのためにこびとのおじさんの息子や娘や、その幼い同僚たちが犠牲を払ってきた。今からは彼らのために、君が犠牲を払う番だよ、わかる？　家に帰って大人たちにそう言いな」

だが、キョンエは何も言わなかった。ユノはキョンエを見やった。キョンエは嘔吐《おうと》していた。キョンエは顔をそむけて、食べたものを吐いていた。ユノはハンカチを出して彼女の顔に当ててやり、見えない四本の杭からキョンエを放した。生徒たちは踊っていた。

　生徒たちはずっとがまんしていたのだ。彼らの体からは熱気が出ていた。ユノはキョンエの体をかかえ、ろうそくの下まで歩くのを支えてやった。女の子たちがコーヒーを入れてくれた。キョンエはコーヒーを飲みながらユノを見て笑った。拷問吏は今や、肩を落として首を振った。生徒たちが踊っている間、キョンエは座っていた。そのあとで壁にもたれて座り、何か書いた。キョンエはその日地下の聖堂を出る前に「聖トマス・アクィナスよ、われらのために祈りたまえ」と祈った。

　三年めのその年、ユノは静かに過ごすことができた。父さんはA大学の社会系列学部についてもう何も言わなかった。彼はほんとうに淡々と手を引いた。キョンエと一緒に町に戻ってきたとき、雨が降っていた。しおれた花々が雨に濡れて立っていた。キョンエの祖父は、初めから幸福な死を望むことのできない人だった。

自宅に入っていったキョンエが雨の中に飛び出してくるのをユノは見た。キョンエは紙を一枚ユノに手渡すと身をひるがえした。赤い自家用車の運転手が黄金色の傘をさして追ってきた。キョンエが書いた祖父の墓碑銘《ぼひめい》を、ユノは読んだ。

「たやすく怒りに身を任せ、恐ろしく強欲であった者ここに眠る。金と権力への欲望によって彼は死んだ。生涯を通じて一人の友もなく、わが国の経済発展のために大きな業績を残したと自負したが、国民生活の内実に寄与したことはひとつもなかった。彼が死んだとき、誰も泣かなかった」

キョンエは翌日、黒い服を着て祖父の葬儀を見守った。キョンエはまだ幼かった。ユノも同じだった。しかしユノは、大学に入ったらキョンエと結婚しようかと思った。三年めを過ごしながら、ユノは自分たちの課題を思い浮かべた。愛情、尊敬、倫理、自由、正義、理想、がそれだった。

機械都市

その年の七月と八月は、なみはずれて蒸し暑かった。三十年ぶりの猛暑《もうしょ》だという記事が新聞を埋め尽くしていた。国全体がカサカサに干上がり、発火してしまいそうだった。だがユノ個人は安泰《あんたい》だった。父さんが設置させた冷房機が雑音ひとつ立てず冷気を吹き出していたから。ある日突然、すさまじい量感をもってせり上がってきたあの都市のことがなかったら、ユノは快適に受験勉強を続けることができただろう。だが、ウンガン市がユノの頭の中に暗い絵となって残っていた。

死んだこびとの息子と娘がそこで働いている。ユノにとってウンガンは小さな惑星の表面の一部にすぎなかったが、こびとの息子と娘はその暗い表面にへばりつき、機械のひしめく作業場で汗を流してようやく生きていた。仕事はたやすく見つかった。優れた技術を持っていたからではない。機械は人の手を借りずに動かせないからだ。こびとの息子と娘はすでに多くの試練を経てきた。似たような者の集団の中で最低水準の暮らしをしている限り、彼らが表立って目立つようなことはなかった。

死んだこびとも、金属でできた工具を使っていた。晩年の彼はパイプ切断機、モンキースパナ、プラグレンチ、ドライバー、ハンマー、蛇口、ポンプ用バルブ、T字管、U字管、ねじ、糸のこなどを工具袋に入れて背負って歩いた。こびとの町からはとても変な匂いがした。

ユノは足元に倒れている酔っ払いの体を踏まないように、ぴょんぴょんと五回も跳びはねながらこびとの家に行った。こびとの妻は麦を洗って鍋を火にかけ、皮をむいたじゃがいもを入れた。ユノにとっては大学に行くことが最大の問題だった。この浪人生はそれまで、不公平というものについて一度も考えたことがなかったのである。彼は貧困を意味するPovertyを、時事用語としてのみ理解してきた。そのため、PovertyというとPopulationとかPollutionが思い浮かび、忘れないようにこれらを3Pと暗記した。学校で、予備校で、グループ教室で教えられたのはこういったことだ。教室で子どもたちを殺しているのも同然だ。

こびとはどぶ川に面した庭に座り、彼の工具を手入れしていた。ユノは彼の死を、一つの世代の終わりと考えていた。ユノは女の子たちと寝るときも、こびとの死のことを思った。女の子たちはそれを嫌がった。

「お願い」

一人の子が言った。

「頼むからこびとの話をしないで」

「なんで?」

「虫を思い出すのよ」

「虫じゃない、人だ！」

「それでも、やめてよ」

女の子は裸で横になっていた。

「虫は君の方だよ」

ユノが言った。

だがウニは違った。彼女はこびとの話を聞くとしばらく、黙って座っていた。とてもかわいい子だ。

「変ね」

ウニが言った。

「考えたことが、言葉にならないのよ」

「何を考えたの？」

「私よくわからないのだけど、みんなして、その人の取り分を横取りしたのじゃない？」

ウニは注意深く、そう言った。ウニは二年めの浪人仲間の中でいちばん純真で、無垢な子だった。

ユノが三浪生活を始めたとき、ウニは大学に入学した。大学の第一印象はあまり良くなかった。ウニはユノを訪ねてきて、ただ黙って座っていては帰っていくことがよくあった。この何か月かの間、大学がウニに与えたものは自由だけだ。それは、大学の時間割に合わせて家を出た瞬間から父母の干渉を受けないというだけの奇妙な自由である。運転手は大学の正門が見える二百メートル手前の通りにウニを降ろして帰っていく。学生たちはウニを見るとまず彼女の父親を思い浮かべた。ユノの道徳基準によれば、ウニの父親も尊敬されるべき人物ではない。学生たちはウニの前ではお天気の話さえしなかった。彼らはウニを警戒し、彼女の前では自分たちを被害者のように感じた。ウニの父親は法律家として、ユノの父親よりさらに大きな役割を担《にな》っている。したがって学生たちの反応は正しかったのだ。法律家たちは誰にも知られぬ場所で極秘に集まり、多くのことを決めるのだから。ユノがこびとの息子や娘の話をするとウニは耳を傾け、ひたすら聞き入った。

　ユノはウニに影響を与えつつあった。ウニも、黒い機械でいっぱいのウンガンについて考えた。

「あなたのせいよ」

　ウニが言った。

「私はすっかりあなたの思いどおりだわ」

「違うよ」

　ユノは言った。

「君に何か強要したこと、一度もないだろ」

「強要はしなかったわ。でも、求めたでしょ」

「僕が？　何を？」

「私を」

だが、それはウニも同じだった。

「僕が君をどうしたと？」

ユノが聞いた。

「そうじゃないけど」

ウニが言った。

「私は、ほかの人とはどうにもなれないのよ」

「僕は違うよ」

「あなた、そう言ってたわね。だから私は泣いたのよ。私はあなたとでなきゃ嫌だったの」

それはユノも知っていた。知っていてほかの子たちと小さなホテルで寝ていたのだ。街灯もない暗い路地の中のホテルには、傷のある赤いカーペットが敷いてあった。女の子たちと寝たあと、ユノはいつも絶望した。心の奥底からだ。途方もなく愚かなことをしたように感じ、自分の存在さえ否定したくなった。目の前の女の子と同じくらい、自分も愚かに思えた。ユノはもう少し早くウニとの愛を育てるべきだったのだ。

その年の夏、ユノはウニと結ばれようと決心した。ウニだけは自分のことをわかってくれる。ウニは、ユノが労働運動家や社会活動家になるのではないかと考えていた。ウニは決して、ユノを単なる三浪生とは見ていなかったのだ。だからウニにとっても、死んだこびとの息子と娘が働くウンガン市は、巨大な体積を持って迫ってくる存在だった。ユノはウンガンのことを思うと、ひとりでに自分が縮こまってしまうように感じた。

ウンガンは大きく、その内部は複雑だ。ウンガンの人々が自分たちの都市について語るとき、にわかに理解しづらいことの一つが「窮屈だ」という言葉だ。ウンガンはソウルから遠くない西海の半島部に位置し、三方が海なのだが。

ウンガンの人々は満潮時、まず海面の動きに目を止める。海面は日に二度ずつ上下し、ウンガン全体が地球外の天体の力で動かされているかのように感じられる。ウンガンの面積は百九十六平方キロメートル、人口は八十一万人だ。わが国の主要都市と比べて面積も広く、人口もほどほどだ。それでも「窮屈だ」とウンガンの人々が言うのは、彼らの気質に、またはその生活に、外部の人たちには見えない深い懐疑《かいぎ》心があるためではないかと思える。このことは、統制の厳しさとは関係ない。秩序維持のための個人の活動制限に不満を持つ人は、ここには一人もいない。真の社会学者ならば、このような社会の現実、構造、性質、変動をきちんと解明してくれるのかもしれない。しかし我々の時代においてしばしば見られるように、自らの責任をまっとうしている人は多くない。見ようによっては、ウンガンは見捨てられた都市である。

教育庁、市庁、警察署、税務署、裁判所、検察庁、港湾《こうわん》管理庁、税関、商工会議所、文化院、刑務所、教会、工場、労働組合などがそこにはある。労働者が工場で何をしているかは簡単にわかるが、これらの機関や団体、会合の人々が何をしているかはさほど簡単にはわからない。

ウンガンの人々は、ソウルの人が島に行こうとして波止場に詰めかけるのを目にする。ソウルの人は、ふだん食べられない貝やカニを獲りに島に行く。ウンガンの人々はそれを、なんて間抜けなんだろうと思って見ている。ソウルの人は海に浮かんだ廃油を見ようともしない。そのとき風は海から陸へ向かって吹いている。ウンガンにおいて、風向きよりも重要なものはありえない。ウンガンの人々はそれをあまりにも遅れて知った。

子どもたちは学校で、一八八三年の開港以来、国際的貿易港として、また産業都市として発展してきたウンガンの歴史を学ぶ。ウンガン工業地帯は金属、陶磁器、化学、油脂《ゆし》、造船、木材、板ガラス、繊維《せんい》、電子、自動車、製鋼《せいこう》業が盛んであり、特に板ガラスでは韓国随一の存在であることが教科書に載っている。また、潮の干満《かんまん》の差が九メートルに及ぶため、閘門《こうもん》式のドックを設置して不便さを解消してきたことも。

市街地は丘陵が多く起伏に富み、東西に伸びた中央部の丘陵によって南北に分かれている。工場地帯は北側にある。無数にそびえ立つ煙突から真っ黒な煙が上がり、工場内では機械が稼働している。労働者たちはそこで働いている。死んだこびとの息子と娘もそこで働いている。そこの空気には有毒ガスと煤煙《ばいえん》、そして粉塵《ふんじん》が混じっている。すべての工場が、生産量に比例する量の黒褐色・黄褐色の廃水と廃油を河川に吐き出している。上流から流れてきた工場廃水は他の工場の用水として再利用され、再び吐き出されて流れ下り、海に入る。ウンガンの内港は腐り果てて澱《よど》み、工場周辺の生物はゆっくりと死につつある。

ウンガンにももちろん花は咲くが、この地の春は、冷たく乾燥した北西の季節風が、熱く湿った南東の季節風と入れ替わる季節にあたる。南東の季節風が、海上の高気圧帯から、夏の暑さを追い立てつつやってくる。

夏から初秋にかけて訪れる台風は、ウンガンを通過して内陸に向かう。そしてまた、冷たく乾燥した季節風が冬をかりたててくる。

冬になればウンガンにももちろん雪が降るが、労働者は雪が積もったところを見ることができない。どんなに寒くても河川が凍結《とうけつ》することはなく、雪は住宅地の方にだけ積もる。

ウンガンの風は、昼間は海から陸へ、夜は陸から海へ吹く。風は工場地帯の有毒ガスと煤煙を海と内陸に追いやる。だが五月のある夜、ウンガンの人々は風が突然向きを変えたことを知った。風は海向きにも陸向きにも吹かず、工場地帯の上空にとどまったかと思うと、すぐに住宅地目がけて吹きつけた。その風は起伏のある市街地の丘陵を越え、住宅地一帯に腰を据えたあと抜けていった。風向きが変わったことに最初に気づいたのは、ちょうど眠りにつこうとしていた幼い子どもたちであった。大人たちは、子どもたちが突然呼吸障害を起こすところを目撃した。

子どもを抱いて病院にかけつけた大人たちは、悪臭のためにまともに息をすることさえできなかった。目が痛み、のどが焼けるようにひりひりした。耐えられなくなった人々が通りへ飛び出した。市街地や住宅街では靄《もや》がたちこめ、街灯が見えなかった。大混乱が起き、瞬時にして秩序は崩れた。泥棒やごろつきどもは、夢にも思わなかったチャンスをつかんで暴れ回った。市民は住宅地を抜け出し、市の中央部に続く国道の方へと避難した。九時から夜中の十二時までの三時間にすぎなかったが、ウンガンの人々は、自分たちが大きな恐怖の前に丸裸でさらされていることを悟って震え上がった。彼らは短時間にさまざまな不安を体験した。正確に言いあてた人はいなかったものの、彼らは自分たちが、ウンガン史上前例のない生物学的悪条件の中で生きていることを知ったのだ。翌日、彼らは問題を解決しようと考えた。しかしすぐに大きな壁にぶちあたり、力なく引き下がった。ウンガンを動かす人はソウルにいたのである。ウンガンの人々は、必要なら集会を開いたりデモをすることができるだろうと信じていた。後にそれが不可能だとわかったとき、彼らはあいた口がふさがらなかった。

ユノの父親は恐ろしい仕事を手がけていた。ユノはいつもそのことを意識していた。

無数の工場を動かす経営者たちも、経営者を動かす人々もソウルにいる。彼らが工場の機械を稼働させるために必要なのは、ただ物理的な力だけだ。彼らはその力の一部を使ってウンガンの公害汚染度を測定し、発表した。ウンガンの人々は寝る前に風向きを確認する。風は、こびとの息子と娘の働く工場地帯のガスと煤煙を内陸へ、海へと掃き出す。ウンガンの人々の考えはそこでおしまいだった。一日あたり十万トンあまりの廃水を海に吐き出す工場地帯で働く労働者については、考えなかった。工場地帯にとどまった風が再び住宅地に吹きつけない限り、彼らが深い眠りから醒《さ》めることはないだろう。彼らは、労働庁ウンガン中部地方事務所の労働監督官が四人だという事実を知る必要もない。その四人の監督官が、千か所あまりの事業所を管轄している。一人で、二百五十人ではなく二百五十か所の事業所を担当しているのだ。

こびとの息子と娘はそこで働き、そこで暮らしている。初めてウンガンに着いたとき、こびとの長男は、自分たちの生活がこれ以上悪くなることはありえないと思っていた。彼はユノに、ウンガンに着いた最初の日は、労働者教会の事務室で夜明かしをしたと話した。そこで彼は、労働者教会の人たちが労働者を対象に行ったアンケート資料を見た。

こびとの長男は、貧困五八・一パーセント、人間的な待遇をしてくれる職場七一・六、常に疲労している五九・八、ほとんど全員がそうだ三九・一、ちょっと難しいだろう三三・五、とうてい無理だ三・八というパーセンテージを何度も確認した。そして、「とうてい無理だ」と答えたわずかな人々の挫折《ざせつ》と疎外《そがい》感を思った。

「そのときにはもう、仕事だけしているわけにはいかないってことはわかっていたん

就業動機 (%)

貧困	家庭不和	都市への憧れ	友人の勧誘	その他
58.1	15.1	12.4	11.7	2.1

希望する職場環境 (%)

賃金をたくさんくれる職場	人間的な待遇をしてくれる職場	技術を学べる職場	その他
8.4	71.6	19.1	0.9

作業疲労度 (%)

常に疲労している	疲労しているときもあり、していないときもある	特に疲労していない	疲労していない
59.8	33.8	5.7	0.7

労働組合の幹部たちは会社の手先だと思うか？ (%)

ほとんど全員がそうだ	若干そうだ	まったくそうではない	よくわからない
39.1	28.3	19.2	13.4

わが国で一生けんめい働いて節約すれば、良い暮らしができると思うか？ (%)

そう思う	ある程度そう思う	ちょっと難しいだろう	とうてい無理だ
41.3	21.5	33.5	3.8

だ」

　こびとの長男は言った。

「どうして？」

　ユノが訊いた。

「それは質問になってないな。僕がウンガン自動車に入った日、七人の組み立て工が追い出されたんだよ」

「追い出された？　解雇されたってこと？　その人たちは何かミスをしたの？」

「何も」

「労組がなかったんだな、そうだろ？」

「あった」

「労組があるのにそんなことが可能なのか？　労組の幹部は何をしてたんだ？」

「使用者のために働いているんだ」

「それで労組なのか？」

「それが労組なんだ」

「その人はもっと不幸になっていくわね」

　これは、ウニの言葉だ。

「君は、自分が幸せだと思う？」

　ユノが言った。

「彼も守るものを持つべきだな」

「そうよ！」

ウニが声を上げた。その夏、ウニの望みは一つしかなかった。ユノはそれを知っていた。こびとの長男が何を望んでいるのかも、ユノは知っていた。けれどこびとの息子と娘のためにユノがしてやれることは一つもない。工場の機械は精密だが、この社会は非効率と危険と異様な慣習と監視に満ちていた。こびとの長男にとってはすべてが、写真でしか見たことのない蒸気機関のように真っ黒にしか見えなかった。

こびとの次男がウンガン電気に入って初めてやった仕事は、鉄の手押し車に鋳物を入れて運ぶことだった。三か月間、訓練工として働いた。研磨の仕事をすることになったとき、組合の総務が紙を一枚渡した。

「でも、彼は加入しなかったんだ」

ユノが言った。

「その人も幸せになれないでしょうね」

「彼は、使用者に何を要求すべきか知ろうとして本を読み始めた。そして、信用できる仲間たちに、組合を脱退しろって言ったんだ」

「どうするつもりだったの？」

「新しい組合を作ることが夢だったんだよ」

「妹さんはどこで働いているの？」

「ウンガン紡織」

「ヨンヒは元気でいる？」

ユノが妹の近況を尋ねたとき、こびとの長男は首を横に振った。

「休んでいるんだ」

彼が言った。

「会社から解雇通知が来たもんだから」

「理由は何？」

「上司の言うことを聞かないからって。でも大丈夫だよ。組合の子たちがちゃんとしてるから」

ユノはこびとの長男が笑うのをそのとき初めて見た。ユノは彼と長話はできなかった。彼は忙しかった。後になって彼が知ったのは、大衆の前に姿を現さない何十人かの人が、わが国の国民の経済生活を実質的に支配しているということだ。巨大工場を稼働させ、ウンガンの内港ドックに入ってくる六万トン級の貨物船に製品を積載させているのは、彼らなのだ。

「だめだ」

こびとの長男は後に言った。

「僕らにできることは何もない」

「僕らって誰？」

「僕と弟や妹、それからウンガンで働いている人たちだ」

「君の望みが大きすぎたり、焦っているってことは、ない？」

ユノが聞いた。

「君にはわからないよ」

こびとの長男は振り向きもせずに言った。父さんが設置させたアメリカ製の冷房機は、ほんとうに雑音ひとつ立てずに冷気を吹き出す。その年の七月と八月は、なみはずれて暑かった。ウンガン工業地帯の機械たちは、その夏もずっと動いていた。ユノはあまりにもわかっていなかった。こびとの長男はウンガンで働きはじめてから何度となく泣いた。何度となく脅迫され、暴行され、病院にも入院したし、拘留《こうりゅう》までされた。彼の顔は見違えるほどやつれ、二つの目だけがひときわ大きく見えた。彼は自分の理想のために苦しんでいた。

「僕の夢は単純なんだよ」

彼は力なく言った。

「わかっているよ」

ユノが言った。ユノをじっと見ながら、彼は言った。

「組合の総会や代議員大会ひとつ、まともに開けない。何もかも一方的だ。法律通りにやれることが、ひとつもない。ずっと負けっぱなしだった。同僚に対しても面目《めんぼく》ない。僕がやったことは、彼らを苦しめただけだった」

「その人たちは君を理解してくれるよ」

「君は?」

「理解してる」

「僕を理解しているなら、助けてくれ」

「どうやって?」

こびとの長男はユノの背中に手を重ねた。

「僕を君んちに連れてってくれ。君の部屋にじっとしているだけだから。折を見て出ていくから」

「いったい何をするつもりだ?」

「彼に会いに行く」

「彼って、誰?」

「ウンガングループの経営者だ。君んちの隣だってこと、知っている」

「その人に会って何を話すんだ?」

こびとの長男はユノの背中から手をおろした。

「話すんじゃない」

彼が言った。

「殺すんだ」

「おい!」

ユノが叫んだ。

「人を殺して解決になるもんか、君は理性を失ってる」

「いいよ」

彼は低い声で言った。

「誰の助けもいらない。一人の力でやる」

「それは君自身を殺すのと同じことだよ、いったい誰のために死のうっていうんだ?」

「僕は誰のためにも死にはしないよ」

「それじゃ?」

「やめよう」

「彼に会いたければ、ブラジルに行け」

ユノは怒りを抑えながら言った。

「彼は十七歳の娘を連れてブラジルで休養中だ。サントスのリゾート地に行って、その人の名前を大声で叫んでごらん」

「戻ってくるまで待たなきゃな」

こびとの長男が言った。

「彼を殺さなくちゃいけないから」

そして、背を向けた。

こびとの長男を助けるためにできることは、ユノには何もなかった。ユノが助けてやれるのは、ウニだけだった。ウニはユノを求めている。ウニはユノを訪ねてきては、黙って座っていて帰っていくことがよくあった。ユノは街灯のない暗い路地の中のホテルにウニを連れていった。そのホテルには、傷のある赤いカーペットが敷いてあった。

ユノは人差し指をウニの唇にあてた。ウニは両の掌《てのひら》を広げて目にあて、指の間からユノを見た。ウニを抱くと、ウニのワンピースがかさかさと衣ずれの音をたてた。裸のウニがユノの顔を両手で包み、胸にあてた。ユノが両腕に力をこめると、ウニは深く息を吸い込んだ。しかしそれも、空しいことだ。ユノは正しさの壁にぶちあたっていた。もう終わりにしよう。ウニを抱いているユノの頭の中に、真っ黒な機械たちがぎっしりと詰まったウンガン市が、せり上がってきた。

「団体を作らなくては。あの人一人の力ではだめだ」

その日ホテルを出ながら、ユノはそう考えた。

ウンガン労働者家族の生計費

僕はヨンヒの話をちゃんと聞いてやらなかった。ヨンヒは、ドイツのハストロ湖のそばにあるというリリパット村の話をしたのだった。ちゃんと聞かなくても悲しい話だ。死んだ父さんのことを考えるといつも涙が出そうになる。リリパット村は国際的なこびとの村だ。さまざまな国のこびとたちがそこに集まって暮らしている。背丈が七十八センチで、世界一小さいトルコ人の男性も最近そこに移住したそうだ。リリパット村の人口は増える一方だ。リリパット村以外のところでは、こびとが暮らすにはすべてのものの規模が大きすぎ、不便で危険なのだ。

こびとたちにとってリリパット村ほど安全なところはない。家や家具はもちろん、日用品の大きさもこびとに合うように作られている。そこにはこびとの生活を脅《おびや》かすいかなる種類の抑圧も、恐怖も、不公平も、暴力もない。権力は賛同者に少しずつ分《し》かち与えられており、恐ろしい法律を作る人もいない。リリパット村に専制を布く者はいない。大企業もなく、工場もなく、経営者もいない。さまざまな国から集まったこびとたちは、自分たちの大きさに合わせて世界を縮小させたのだ。彼らは選挙を行った。国籍を問わず、熱意をもって投票に参加し、マリアンヌ・サルーを村長に選出した。女性村長の身長は一メートルだ。自分たちだけの村を作ることを熱望していたこびとたちは、小さな力を集めてこびとの村を作ったのだ。ヨンヒは興奮した声でその話をした。僕は、その村のこびとたちは革命家だと思った。彼らはもう、出産についても心配しなくていい。巨人たちに混じって暮らしていたころはあまりにも不幸だったのだ。

今、リリパット村のこびとたちは、自分たちの特殊医療問題、社会心理的問題、そして財政問題などを討議している。解決すべき問題点はいくつかあるが、「我々はきわめて幸福だ」とマリアンヌ・サルー村長は語った。

「幸福」とヨンヒは書いた。ヨンヒは死んだ父さんのことを考えていたのだ。僕はヨンヒの目に涙がたまっているのを見た。父さんはリリパット村のようなところで暮らすべきだった。誰も「ほら、こびとだぞ」なんて言わないところ。ハストロ湖の近くで暮らしていたら、父さんはあんなに早く死にはしなかっただろう。

「殺された父さん」ヨンホはそんな言い方をした。僕はそれをいさめることができなかった。深い、真っ暗なれんが工場の煙突の中のことを考えると息が止まりそうになる。父さんの体は小さく、苦痛は大きかった。父さんの身長は百十七センチで、体重は三十二キロだ。ウンガンで暮らしはじめたころ、僕は父さんの夢をしょっちゅう見た。父さんの背丈は五十センチぐらいに思えた。その小さな父さんがとても大きなスッカラク[*1]を引きずっている。青く緑青《ろくしょう》を吹いた真鍮《しんちゅう》のスッカラクだ。頭上にはぎらつく太陽が照りつけている。そのスッカラクは父さんには重すぎた。だから父さんは真夏の陽射しの中で汗だくになり、激しくあえいでいた。疲れきった父さんは自分より大きなスッカラクを置いて休み、それからスッカラクの中に入って横になった。陽射しを受けて熱くなった真鍮のスッカラクの中で、父さんは眠ってしまった。僕はスッカラクの端を持って父さんを揺さぶった。父さんは目を開けない。父さんの体がスッカラクの中で縮んでいく。僕は泣きながら父さんのスッカラクをつかんで振った。

　母さんが言った。

「心配しなくていいんだよ」

　母さんは僕の髪の毛を指ですきながら言った。

「家長だなんて思わなくていい。そうすれば夢も見なくなるだろうさ。父さんが亡くなったから責任重大だなんて、決して思うんじゃないよ」

「僕、家長だなんて思ったこと一度もありませんよ」

　僕が言った。

「いいや」

　母さんが言った。

「お前は気づいていなくても、心のどこかにそんな気持ちがあるんだよ」

　母さんの言うとおり、僕の心のどこか隅っこにそんな気持ちがあったのだろう。父さんはいつも僕に言っていたから。

「なあ、お前は長男なんだぞ」

父さんは僕を見上げてそう言っていた。

「わしにもしものことがあったら、お前が一家の柱だ」

「ヨンスや」

母さんが言った。

「私もまだ働けるし、ヨンホもヨンヒもすっかり成長したんだ。お前が決めたら、私たちはお前を信じてついていくよ」

ウンガンはリリパット村とはまったく異なる都市だった。ヨンヒはそのために胸を痛めた。ウンガンに来た。ここではあらゆる命が苦しみもだえていたから。僕らは生き延びるためにウンガンに来た。父さんが亡くなってしばらくの間、僕らは生きることを止めてしまっていたが、それを再びウンガンで再開させたのだ。

僕は、命ほど抽象的なものはないと思っていた。触ることも見ることもできないのだから。だがそれは、父さんが僕らにくれたものだ。中学で習った生物学用語を借り

＊1　韓国のスプーン。柄が長く、先のボウルの部分が浅いか、平たいもの。

るなら、父さんは自分にそっくりなものを複製して種族を増やし、そして死んだ。母さんは、父さんは生命が集まる別の場所に帰っていったのだと言う。父さんの体は、火葬場でひと握りの半分ほどの灰に分解された。母さんはその灰を受け取ってさえ、誰もが死んだら完全に無になるという事実を信じようとしなかった。僕らは半握りの灰を流れる水の上にまき散らした。ヨンホと僕は涙をこぶしで拭いながら泣いた。


「宿題、終わったか」

父さんが訊いた。

「ううん」

僕はものさしを使って、先の尖った三角形を描いていた。

「宿題、やりなさい」

「これが宿題なんだ」

父さんは、僕が描いた絵をのぞき見た。

「食物連鎖のピラミッドだよ」

僕が言った。

「何に使うもんだ？」

「生態系を説明する絵なんだ」

「説明してみろ」

「いちばん下の緑色のところが植物で、一段階め。植物を食べる動物が二段階め。植物を食べる動物を捕まえて食べる小さい肉食動物が三段階、そしてそれを捕まえて食べる大きな肉食動物が、いちばん上の四段階だよ」

「ヨンホや」

父さんが言った。

「お前も兄さんみたいに説明できるか？」

「できないよ」

ヨンホが言った。

「兄さんみたいにはできない。でも僕、僕らはいちばん下だってことを知ってるよ。僕らにはとって食う相手がいない。だけど僕らの上には、僕らをとって食おうとしてるのが三段階もいる」

「ゆっくり休んでもらわなくてはね！」

母さんが言った。

「これまでほんとうに辛い仕事をたくさんしていらしたんだ。父さんも、これでやっと楽になれる」

「休まなきゃいけないのは、母さんですよ」

僕が言った。母さんは半握りの灰を包んでいた白い紙を水の上に浮かべた。僕らは水べに座って、流れる水を眺めた。父さんは無になった。風が吹いていた。陽射しはあたたかかった。鳥が何羽か母さんのそばを飛んでいた。僕は地すべりで崩れ落ちた土手を見た。ヨンホと僕はほとんど同時に泣くのをやめた。父さんの死は、僕らの生命維持活動のあり方を変えてしまった。ウンガンにやってきた僕らは、息をするにも神経を研ぎ澄ました。初めのうち僕らは、まるで乾物《かんぶつ》の豆のように息をひそめて、そっと生きていたものだ。

まず、ヨンホがウンガン電気の第一工場に入った。ヨンヒはウンガン紡織工場に入った。二人が職場を見つけたのを確認してから、僕はウンガン自動車に入った。三きょうだいが同じくウンガングループの系列会社の工場に、訓練工として入ったのだ。僕らがついたのは、死んだ父さんとはまったく違う仕事だった。僕らは、大工場の機械を動かす大勢の労働者の一人にすぎなかった。それも、まだ技術を身につけていない訓練工だ。僕らはこの集団の中でも最下層に属していた。ともあれ僕たちは大工場で働くことになり、工場から遠くないところに住まいを見つけることができた。分相応に、僕らは貧民窟《くつ》に住んだ。僕らの仕事は単純労働だった。ヨンホは鉄の手押し車に鋳物を載せて運び、ヨンヒは訓練センターで教育を受けながら、作業場につながる中央通路を清掃する。僕の仕事は、乗用車の組み立てラインで働く人たちに小さな部品を運んであげることだった。一台の乗用車は数えきれないほどたくさんの部品でできている。熟練工たちはけんめいに働いていた。組み立てラインの人たちは、僕を一つの補助機械のように見ていた。工場長にとっては労働者全員が機械だった。

奇妙なことかもしれないが、技術の進歩や革新について一度も考えたことがなかったら、僕はもっと早くあの工場を辞めていただろう。最初の何日か、僕は驚くべき技術に魅了された。鋳造《ちゆうぞう》工場、鍛造《たんぞう》工場、熱処理工場、板金《ばんきん》工場、熔接《ようせつ》工場、工作機械工場、手仕上げ工場、塗装《とそう》工場などを順ぐりに見学したあと、僕は組み立て工場で働きはじめた。シリンダーブロックを作る鋳造工場の熱気と色彩が僕を興奮させた。しかし僕がほんとうに働きたかったのは、工作機械工場だ。僕は旋盤《せんばん》を習いたかった。作業をしているときの自動旋盤はまたとなく美しい。僕が見た旋盤はそのとき、タイヤのエアバルブのねじを削《けず》っていた。工具台が主軸の回転をリードスクリューに伝え、バイトが工作面にらせんを描いて小さな可愛いねじを削り出す。僕がその前に立っていると、主軸台から流れてきた機械油がオイルファンに流れ落ちた。僕にはそれが汗のように見えた。旋盤工はバイトの移動速度を調節しながら新入り訓練工の肩をポンと叩いた。僕は工作機械工場を出るとき、いつか自分の旋盤を持とうと決心したものだ。

ヨンホの場合も僕と似ていた。ヨンホは研磨の仕事をやりたがっていた。回転機加工班にある研磨機の話を僕にしてくれた。研磨も高度の精密作業だ。精密度千分の五ミリ以内の作業を続ける機械工たちを前にして、ヨンホは圧倒された。父さんには力がなさすぎた。二人の息子を工業学校に入れることもできなかった。

時代が父さんに拷問を加え、父さんを押しつぶした。こびとの父さんは、経済的な拷問にうちかつことができなかった。工業学校を出ていたら、僕らは最初から技能工として働くことができただろう。

でも僕は運が良かった。一か月も経《た》たないうちにピストル型のハンドドリルをもらったのだから。自動旋盤に比べたら笑われてしまうようなものだが、しかし母さんは喜んだ。母さんは僕が組み立て工場の機械工になって、あの立派な乗用車の製作に携っていると思い込んだのだ。僕は母さんに、工場で何をやっているかは説明しなかった。僕は乗用車のシートの後ろについているトランクに穴を開けているだけだった。ドリルで穴を開けたあと、プラスのねじを差し込んで締めるのが僕の仕事だ。それにはピストル型の工具を二種類使う。一つで穴を開け、もう一つでねじくぎとゴムパッキンを入れるのだ。熟練工たちは僕を「二挺《ちよう》拳銃の男」と呼んだ。そして僕は初めて、機械によって縛られるとはどういうことかを知った。これはこびとの長男にとって実に驚くべき体験だった。コンベアによるオートメーションが僕をがんじがらめにした。機械が作業の速度を決めるからだ。僕はトランクの中に上体を押し込んで、二つの作業を同時にやらなくてはならなかった。トランクの鉄板にドリルを当てると、僕の小さな工具はパンパンと音をたてて跳ねる。穴を一つ開けるたび、僕の上体はがくがくと震えた。僕はねじくぎとゴムパッキンを口いっぱいにくわえて働いた。穴を開けるや否や、口にくわえた部品を取り出してはめていく。

毎日、昼食の時間を知らせるブザーが僕を救ってくれた。午前の作業があと少しでも続いたら僕は倒れていただろう。「二挺拳銃の男」は昼食もまともに食べられなかった。舌が真っ赤に腫れ上がり、口からゴムと鉄の匂いがした。水でうがいをしても匂いは消えない。大きな食堂に行って順番を待ち、食事をもらうのだが、はしを持つ僕の手は震えが止まらなかった。干した大根葉とさんまを入れた汁を半分ぐらい飲むだけで、飯も半分しか食べられなかった。毎日、僕の前に出てくるのは、ぼそぼその麦飯と、塩味だけの簡素なキムチを入れて二種類のおかずだけ。でも、食事の質が良かったとしても僕は食べられなかっただろう。工具室の助手が、僕が食べ終わるのを待っていたからだ。彼には全量でも足りなかったのだ。残した飯を押してやると彼は笑った。残りの時間は工場の屋上に上って過ごした。屋上に上ると海が見えた。汚い海だ。ウンガンの内港はいつも、腐った海水で澱んでいる。港湾管理庁所属の小さな清掃船が一艘《そう》、港内の浮遊物を回収していた。そのとき、酸化鉄製造工場から吐き出された有毒ガスが僕のいる屋上を通過した。僕はガスの中に座って、ぶるぶる震える体の神経を鎮《しず》めた。

屋上からは、ヨンヒが働く紡織工場も見えた。ヨンヒも今では青い作業服を着て白い作業帽をかぶっている。ヨンヒは生産部の織布《しょくふ》課で働いていた。帽子には訓練工のマークがついたままだったが、やっている仕事は一人前の工員と変わらない。ヨンヒは一分間に百二十歩も駆けずり回っていた。ヨンヒが小走りで動き回る間も、機械は轟音《ごうおん》をたてて動きつづける。機械も故障を起こせば死ぬ。でなければ勝手に作動してしまう。ヨンヒは止まった機械を直し、異常動作を起こした機械の糸巻きをほどいて正常に戻す。ヨンヒに与えられた昼食時間は十五分しかなかった。織布課の労働者たちは、順番を決めて一人ずつ走って食事をしに行き、走って戻ってくる。その間はリーダーが糸巻きを見張っていてくれる。ヨンヒも順番が来るとリーダーに糸巻きを任せ、中央通路を通って食堂に走っていった。僕が食べたのと同じ食事をヨンヒも食べていた。ヨンヒは時間に追われてあたふたと食事をし、また走って現場に行き、機械の間を駆けずり回った。ヨンヒは一時間に七千二百歩も歩いていたことになる。

作業場の室内温度は摂氏《せっし》三十九度だった。織機が吐き出す熱気のせいで、ヨンヒの体温はいつも高かった。蒸し暑い夏のウンガンの最高気温といえども摂氏三十五度である。織機の騒音も恐ろしいことこの上なかった。騒音の測定単位はデシベルだ。正常な状態がゼロデシベルで、五十デシベルあると会話ができない。ヨンヒの作業場の騒音は九十デシベルを超えていた。織機が一斉に稼働する騒音が、汗まみれの小さなヨンヒに襲いかかった。ヨンヒは眠りから醒めては泣いた。母さんに知られないように泣いた。でもヨンヒはまだ幼すぎて、自分を束縛しているくびきが何なのかについては思い至らなかった。そんなヨンヒがある日、自分たちの組合事務所に行って『労働手帖』をもらってきた。仕事が終わると労働者教会に行くようになった。教会は北部の工場地帯の中にある。牧師は汚い服を着ていた。彼はひどい近視だった。牧師は凹レンズごしに若者たちを見た。ヨンヒは労働者に混じって歌を歌った。

上る朝日はわれらの動脈
夜明けの鐘《かね》が地軸を回す
休まず生産する永遠の建設者
ああ　われらは労働者

ヨンヒは家でも、ごく低い声でこの歌を歌った。ヨンホと僕はヨンヒの変身ぶりを黙って見守った。

母さんはいつも、二人の息子が危険なことに巻き込まれないかと心配していた。ソウルの幸福洞で暮らしていたころに、あまりに苦労をしたからだ。二人の息子が工場から追い出されたために味わった苦痛が忘れられなかったのだ。

父さんはセメントの橋の上に座り、酒を飲んでいた。

「子どもらが今日、よその子にはできないことをやったよ」

酒を飲みながら父さんは言った。

「社長に、あなたがされたくないことを労働者に強要するなって言ったんだ」

「心配することはないわ」

母さんが言った。

「うちの子はどんな工場へ行っても稼げますよ」

「ばかなことを言うな」

父さんが言った。

「工場どうし連絡がついている。この子たちを雇ってくれる工場はもうないよ。この子たちが今日何をしたか、母さんも知っておかなきゃ」

「やめてください！」

耐えられないというように母さんは言った。

「子どもたちが何か間違ったことをしましたか？　何で反逆罪でも犯したみたいに言い立てるんです、罪を犯したのは向こうでしょうに」

母さんの言うことは正しい。それは父さんもよく知っていた。しかし苦しんだのは僕らだった。母さんは同じことが二度と起きないようにと願っていたのだ。ヨンホと僕は母さんの言うとおりにしようと約束した。母さんは、ヨンヒの心配はしなかった。自分たちの組合支部長が失踪《しっそう》したといってヨンヒが他の組合員と一緒に探し回っていても、心配しなかった。ヨンヒの意識が目に見えて変化し、使用者を批判する激しい言葉が書かれたビラの束を持ち歩くようになっても心配しなかった。問題は僕だったのだ。僕は、ヨンホとの約束を守れなかった。

二度めの月給をもらった日、僕は支部長に会いに組合事務室に行った。

「これ、僕の月給袋です」

僕が言った。

「どうしたんだい？」

支部長が訊いた。四十歳ぐらいに見えた。

「この二か月間、毎日九時間半ずつ働きました」

「それで？」

「一時間半の時間外勤務手当が入っていないんです」

「君だけかい？」

「違います」

「それならいい」

支部長はたばこを吸いながら言った。

「もう行きなさい」

「支部長さん」

僕は言った。

「支部運営規程を見てください。九条の二によれば、使用者の不当行為に対して保護要請をする権利が僕にはあります」

「何が使用者の不当行為なのかね？」

「残業手当を支給しないのは、勤労基準法四十六条違反です。支部協約二十九条でも、八時間を超える残業については、勤労基準法によって通常賃金の百分の五十を加算して支給することとなってます」

「ありがたいことだね」

支部長が言った。

「誰も、私のところへ来てそれを教えてくれた者はいなかったよ。言いたいのはそれだけかい?」

「僕は今、本工として働いています。ハンドドリルの仕事をしていますが、本工です」

「それで?」

「でも、月給は助手の金額と同じなんです」

「で、何かほかにも言いたいことはあるかい?」

「会社は勤労基準法二十七条と団体協約二十一条に違反しています」

「不当解雇のことかい?」

「組み立てラインだけでも七人が正当な理由なく解雇されました」

「そんなことがあるか!」

支部長は指で机の端っこをトントン叩いた。

「不当解雇があるはずはないんだ」

「でも、あったんです。組合が黙っていたらこんなことがずっと続きます」

「会社から解雇事由通知が来るだろう」

「それと」

僕はまた言った。

「これは僕が新聞から切り抜いた記事です」

「私もその記事は見たよ」

支部長が姿勢を正して言った。

「会長さんが社会福祉のために毎年二十億ウォンを拠出するという記事だろう？　恵まれない人々のために毎年巨額のお金を喜捨《きしゃ》されるということだね。すでに福祉財団の理事陣が決定したことだ。立派なことじゃないか？」

「でも、労使間協議のときに会社側に思い出してほしいんです」

「何をだね？」

「そのお金は組合員のものだってことをです」

「どうして？」

「誰一人、労働に見合った報酬をもらっていません。賃金が安すぎます。その二十億ウォンの中には、僕が受け取るべき正当な金額から削られた分も入っています」

「それはいい指摘だね」

「本来受け取る権利がある労働者に与えないでおいて、今さら誰かのためにお金を出すというのは、理解できません」

「君の言うとおりだ。欺瞞行為だ」

「組合でそのお金を守り、組合員に返さなくては」

「そうだよなあ」

支部長は言った。

「ほかに言うことはないか?」

「ありません」

僕はその後さらに三日間、ウンガン自動車の「二挺拳銃の男」として働いた。その三日間がたたって、僕は寝ている間も鼻血を出した。僕の小さな工具はしょっちゅう故障した。削りかすが詰まって刃がこぼれてしまうのだ。工具室に走っていって別のドリルと交換してもらったが、結果は同じだった。残した飯を押してやるたびに笑顔を見せた工具室の助手は、もう笑わなかった。班長は僕をひどくせきたてた。僕はオートメーションの速度についていけなかった。ぶるぶる震える体で立ち尽くし、それをじっと見ているしかなかった。手をつけられない作業物が目の前に押し寄せてくる。やっとのことで仕上げたものも、検査工程で不良品として引っかかってしまう。うまく流れていた仕事が突然、行き詰まってしまった。三日めに僕は陰謀《いんぼう》に気づいた。力を合わせようとする貧しい人々の努力を、富裕な人々がぶち壊そうとしていた。支部長は会社側の人間だった。彼は労働者のためには何もしなかった。

僕は解雇者名簿に名前が載る前にウンガン自動車を辞めた。僕の名前はまだブラックリストに載っていなかった。僕はウンガン紡織に移った。そこで僕は雑役夫として働いた。母さんは何も言わなかった。ヨンホもだ。ヨンヒは労働者教会で会った自分の組合の常務執行代議員に僕の話をしてくれていた。

そのころ、僕は母さんの家計簿を見た。

豆もやし　五〇ウォン
しょうゆ　一二〇ウォン
塩さば　一五〇ウォン
「統一」印の麦　三、八〇〇ウォン
ヨンヒのTシャツ　九〇〇ウォン
向かいの家の子の交通事故見舞　二三〇ウォン
アミの塩辛《しおから》　五〇ウォン
部屋代　一五、〇〇〇ウォン
ヨンホの同僚の退職送別費　五〇〇ウォン
道に迷っていたおばあさんに　一四〇ウォン
防犯費　五〇ウォン
政府米　六、一〇〇ウォン

ヨンスこづかい　四五〇ウォン
頭痛薬　一〇〇ウォン
白菜　二二〇ウォン
じゃがいもと鶏もつ　一一〇ウォン
歯痛薬　一二〇ウォン
さんま　一八〇ウォン
塩　一〇〇ウォン
練炭　二、三二〇ウォン
小麦粉　三、八二〇ウォン
ヨンヒの工場の友だちが来て　三八〇ウォン
ラジオ修理　五〇〇ウォン
恵まれない隣人募金　一五〇ウォン
豆腐　八〇ウォン

母さんの家計簿は、こんな内訳でぎっしり埋まっていた。僕はウンガンでの生存費について考えた。生活費ではない。生き延びるための生存費だ。僕ら三きょうだいは工場で、死にものぐるいで働いた。だが僕らのもらうお金は、僕らの生産貢献度に見合っていない。その年、四人家族の都市労働者の理論上最低生計費は八万三、四八〇ウォンだった。母さんが確認した三きょうだいの総収入額は八万二三一ウォンだ。しかし保険料、国民貯蓄、互助会費、労働組合費、厚生費、給食費などを差し引くと、母さんの手に入るのは六万二、三五一ウォンにしかならない。この金を稼ぐために僕らは死力を尽くし、母さんの不安は消えることがなかった。

右の奥歯　一、五〇〇ウォン
左の奥歯　一、五〇〇ウォン

僕は家計簿を閉じた。母さんが二本の奥歯を抜かなかったら、僕らはその月、三、〇〇〇ウォンを文化費として使えたはずだった——家計簿どおりならば。結局僕は、ヨンヒの話に耳を傾けることになった。リリパット村ではこんなことは決して起きないのだろう。そうして僕は、もう一つのリリパット村について考えはじめた。

過ちは神にもある

僕が思い描いていたのは、ごく単純な世の中だ。父さんが夢見たのより単純なものだ。月へ行って天文台の仕事をするのが父さんの夢だった。その夢がかなったら、父さんは五十億光年のかなたにあるというかみのけ座の星雲を見ることができただろう。しかし、気の毒な父さんは何を成しとげることもできないまま死んだ。その体は火葬場で、一握りの半分ほどの灰に分解された。ヨンホと僕は水べに立って、母さんが灰をまくのを見て泣いた。この瞬間、こびとの父さんは無機物となり、無となった。父さんは命を得た瞬間から苦労しつづけた。父さんの体が小さかったからといって、命の量まで少なかったわけがない。父さんは死ぬことによって、自分の体より大きかった苦痛から抜け出した。

父さんは子どもたちにまともに食べさせることができなかった。学校にもちゃんとやれなかった。僕らの家に新品は一つもなかった。充分な栄養もとれなかった。僕らは栄養不足によるさまざまな症状を経験してきた。たんぱく質の不足は貧血、むくみ、下痢《げり》を引き起こす。父さんは必死に働いた、死にものぐるいで働いたが、人間らしく生きる権利は持たずじまいだった。だから晩年の父さんは時代を恨んだ。父さんの時代の特徴の一つは、権利を認めず義務ばかりを強制することだ。父さんは経済的・社会的生存権を求めたが、傷をいやすことができぬまま、れんが工場の煙突から墜落した。

しかし父さんは心のあたたかい人間だった。父さんは愛に望みを託していた。父さんが夢見た社会は、みんなに仕事があり、誰もが働いた代価で食べて、着て、子どもに教育を受けさせることができ、隣人どうし愛情を持ってつき合いながら暮らせる世界だった。その世界の支配者はぜいたくをしないんだと父さんは言った。彼らにも人間の苦痛を知る権利はあるのだから、というのだ。そこでは誰も豪華な暮らしを望まない。父さんによれば、過剰な富の蓄積はすなわち愛の喪失なのである。愛のない家には日の光も届かず、風も吹いてこないし、電線も水道管も切れてしまうのだそうだ。そんな家の庭では、花も咲かず木も育たない。虫も飛んでこない。蝶々《ちようちよう》もいない。

父さんが夢見た世界で強く求められるのは愛情なのだ。みな、愛情によって働き、子どもを育てる。愛情によって公平さを保ち、雨を降らせ、風を吹かせ、それが小さなキンポウゲの花にも吹くようにしてやる。しかし父さんが思い描いた世界も理想社会ではない。愛を持たない人々を罰する法律を制定しなくてはいけないというのが、問題だった。法で規制しなくてはならないのなら、この世と変わらない。僕が夢見た世の中では、誰もが自由な理性によって生きていくことができる。僕は父さんが夢見た世の中から、法の制定という公式を取り除いてしまった。教育という手段を用いて、誰もが貴い人間愛を身につけることができるようにするというのが僕の考えだった。

　父さんが僕に愛という土台をくれた。僕も父さんと同じくそこに期待をかけた、だが僕ら四人家族が生きるためにやってきたウンガン市は、頭の中の理想社会とはあまりにも異なっていた。僕らは耐えた。快適な生活環境を求めてウンガンに来たのではないのだから。工場周辺の生命がゆっくりと死んでいくのを僕らは目撃した。ウンガン工作廠《しょう》[*1]と合成ゴム工場の前を通り過ぎるとき、僕は顔を上げることができなかった。工場に沿って流れる細い川を渡るときは息を止めていた。真っ黒な廃水と廃油がそのまま流れていたからだ。労働者たちは朝早く歩いて工場に入り、夕方、とぼとぼ歩いて工場から出てくる。二十四時間操業の工場の明け方、交代する労働者の顔には眠気がそのまま貼りついていた。彼らは寝ないで働くために、眠気ざましの薬を飲んでいた。

　その昔のイギリスの工場労働者も、ぞっとするような状況に置かれていたらしい。ロザラムの工場では、子どもの工員を起こしておくために鞭で打ったという記録を僕は読んだ。だが、このロザラムの工場はむしろ人間的な方だったという記録も読んだ。リットンの工場では、幼い工員たちが一皿のおかゆを奪い合って争った。性的暴行も受けた。残忍な工場の監督は、工員の手首を縛って機械に吊るした。工員の歯をやすりで削ることもあった。リットンの工場の工員たちは、冬でもほとんど裸で働いていた。一日十四時間労働は普通のことだった。工場主は労働者が時計を持つことを禁じた。工場に一つしかない標準時計が深夜労働を強いた。労働者とその家族は工場周辺に貧民窟をなして住んだ。安くて強い酒ばかりを飲んでいた。死んだら天国に行けるという福音だけがなぐさめだった。残酷な生活から抜け出すために、アヘンを使う人もいた。子どもにまでアヘンを与える者もいたのだ。工場主と彼らの家族は商店の並ぶ清潔な通りの清潔なお屋敷で暮らした。彼らは良い服を着ておいしいものを食べていた。郊外には彼らの別荘があった。神父は彼らのために祈った。もうこれ以上耐えられなくなった英国の労働者は、工場を襲撃した。彼らがまず打ち壊したのは機械だった。フランスの鉄工所では、労働者たちがハンマーの音に合わせて歌を歌った。それは絶望から生まれた叫びである。

それに比べたら、僕たちウンガンの労働者はまたとなく良い環境で働いていたといえる。鞭で叩く工場主もいないし、歯をやすりで削る工場長もいない。僕ら工員は決して一皿のおかゆを奪い合って争う必要はなく、アヘンの注射を打つ人もいない。だが僕は自分の持っている愛情のために苦しんでいた。父さんも同じだっただろう。イギリスやフランスの工場主たちは苦しんだことがなかったのだろう。だが、百六十年前にこれら二つの国で起きていたことを、今のウンガンと並べて考えるのもおかしな

＊1　鉄道関連用品を作る工場。

話だ。

「重要なのは、現在だよ」

ヨンホが言った。

「大きい兄ちゃん」

ヨンヒが言った。

「私たちはどっちに近いの？」

「何だって？」

「百六十年前のその人たちに近いの、それとも今の人たちに近いの？」

僕には言えることがなかった。ヨンヒは機械技術の歴史を知らないのだから。

「兄貴、ヨンヒは何も知らないんだよ」

ヨンホが大人ぶって言った。

「小さい兄ちゃんはどうなの？」

「僕は知ってるさ」

「私だって中学に行ってれば習えたわ」

「五年生の教科書にだって、産業革命は載ってらあ」

「中学まで義務教育[*2]になるんでしょ？」

「そんなことは期待するな」

父さんは言っていた。

「義務教育にならなくても、お前は中学まで行かせてやるよ」

「ほんとね、父ちゃん」

「うん。約束だ」


「あの工場の子たちは体がぼろぼろなのよ」

ヨンヒが言った。

「洗濯をやり直さなくちゃならないわね」

「工場の煤煙のせいで頭が痛いよ」

母さんが言った。

「今日は、変に風が吹くねえ」


「ヨンヒや、頼むから鉛筆をもうちょっと大事に使いな」

母さんは言った。

「そうすれば中学に行かせてあげる」

「あれは小さい兄ちゃんが捨てたのよ」

＊2　韓国で中学校が義務教育化されたのは、この作品が書かれた七年後の一九八四年である。

「最後まで使わなきゃだめだよ、うちはお金持ちじゃないんだから」

雨が降った後だった。夕方、アカシアの木立ちでセミが盛んに鳴いていた。父さんが、土手につないでおいた舟を庭に引き上げていた。

そろそろ夜勤に出なくてはならないヨンヒが、僕の答えを待っている。

「ものさしがないだろ?」

笑いながら僕は言った。

「ものさしがないから、測れないんだよ」

「世の中は狂った馬が動かしてきたのさ」

ヨンホが言った。

「だから誰も、正確なことは言えないんだ」

「ヨーロッパの労働者の子孫は、今は自家用車で工場に通ってるわ」

ヨンヒが言った。

「あっちの労組の人たちは、経営者と同等の立場で労使問題を話し合うのよ」

「お前たちの組合支部長はどうなった?」

「わからないの」

ヨンヒが言った。

「会社の人たちが、私たちの知らないところへ引っ張っていったらしいの」

「遅刻するよ」

母さんが言った。

「お前、眠気ざましなんか飲むんじゃないよ。それから、お前たちの組合のことに大きい兄ちゃんを引っ張り込もうなんて考えちゃだめだよ。兄ちゃんは、このまま仕事ができるようにしてあげよう」

「わかりました」

だが、僕はウンガンで仕事ばかりしているわけにはいかなかった。僕ら三きょうだいは工場で死にものぐるいで働いたが、部屋代を出し、食費を出すと……何も残らない。僕らが汗を流して稼いできたお金は、生き延びるためだけにまた出ていってしまう。僕らだけではない。ウンガンの労働者たちはみな同じだった。劣悪な食事、粗悪な服、不健康な体、汚染された環境、汚い町、汚い家で暮らしていた。子どもたちは不潔な服を着て汚い路地で遊んでいた。見捨てられた子どもたちだ。僕は工場周辺の子どもたちが成長とともに発症する症状について考えた。ウンガン工業地帯が低気圧圏に入ると、あちこちの工場が吐き出す有毒ガスが地上にたれこめて大気を汚染した。

母さんはウンガンに来てからずっと頭が痛いと言う。呼吸障害、せき、嘔吐などの症状もよく出ていた。ヨンヒは聴覚障害を起こしていた。織布作業現場の騒音がヨンヒを苦しめていた。僕はそのとき保全係の見習い技師として働いていた。夜勤をしているヨンヒを見た瞬間、僕は死にたかった。ヨンヒは眠気に耐えられず、目をつぶっていた。つぶったままで織機の間を後ろ向きに歩いていたのだ。その夜の作業場の温度は摂氏三十九度だった。機械は休むことなく動いている。ヨンヒの青い作業服は汗に濡れていた。ヨンヒがうとうとしている間に何台かの機械が止まってしまった。班長がヨンヒの横に来て、腕をグッと刺した。ヨンヒははっと気を取り直して止まった機械を直した。ヨンヒの作業服の腕のところに一点、真っ赤な血がにじんでいた。夜中の三時だ。二時から五時までがいちばん辛いとヨンヒは言う。涙に潤《うる》んだ目でヨンヒはあたりを見回した。その視線の先で、彼女の大きい兄ちゃんが見習い技師として働いている。僕は技師が手入れした機械に油をさし、工具をそろえた。僕の作業服も汗と油で濡れていた。

僕はウンガンで働く人たちの頭の中を変革してしまいたかった。僕は彼らが、生きる喜び、平和、公平さ、幸福に対して欲望を抱いてほしいと願ったし、脅かされなくてはならないのは自分たちではないと悟ってほしかった。ヨンヒは、そんな僕を長いこと観察していた。僕は毎日、事務室の掲示板の前に立った。そこには退職、解雇、出勤停止処分を受けた者の名簿が貼り出されている。僕は掲示板の前で、自分の体が父さんよりも縮んだように感じていた。

「こびとだ」とみんなが言った。父さんが車道を渡るとき、車の中の人たちはわざとクラクションを鳴らした。彼らは父さんを見て笑った。ヨンホは、地雷を作って彼らが通る道の地下に埋めてやると言っていた。「大きい兄ちゃん」ヨンヒが言った。「お父ちゃんをこびとなんて言った悪者は、殺してしまえばいいのよ」。心に秘めた大きな憎悪のために、薄い唇が震えていた。ヨンホが埋めた地雷が爆発する音を、僕はよく夢の中で聞いたものだ。彼らの乗用車は炎に包まれ、その中で彼らが泣き叫んだ。

そして、夢で聞いたのと同じ泣き声を僕はウンガンに来て聞いた。アルミニウム電極製造工場の熱処理タンクが爆発したときだ。鋳物工場の溶鉱炉《ようこうろ》に連結されたタンクが爆発した瞬間、真っ赤な火柱が天をついて噴き上がり、そそり立ち、溶けた鉄、金属片、れんが、スレート屑《くず》が空から降り注いだ。周囲の工場も屋根が飛んだり壁が崩れる被害を受けた。僕らがかけつけたとき、工場付近にはバラバラになった工員の身体が飛び散っていた。小さな工場だったが、その瞬間はウンガン最大の音響をとどろかせた。かろうじて生き残った工員たちは、仲間たちのなきがらのそばで泣き叫んでいた。

犠牲になった工員のための特別礼拝が、北部の工場地帯の中にある労働者教会で開かれた。ヨンヒも労働者たちと並んで祈った。牧師はひどい近視だった。彼は凹レンズごしに若者たちを見た。それからめがねを外して目を閉じた。僕は祈る牧師と若者たちを見、彼らの閉じた目から落ちる涙を見た。母さんの涙も見た。母さんは垢じみたチマの裾を持ち上げて涙を拭いていた。アルミニウム電極製造工場で働く若者が、まだ若い妻と一緒に僕らの隣に間借りしていた。熱処理タンクが爆発したとき、彼が現場にいたのだ。若者の体はあとかたもなく飛び散ってしまった。彼は一日千三百ウォンで働いていた。夫を失った若妻は首をくくって死んだ。母さんによれば、彼女は妊娠中だったという。おなかの中でうごめいていたもう一つの生命のために、母さんは泣いた。

僕は父さんから譲り受けたもののために苦しんでいた。僕たちは愛なき世界に生きている。高度な教育を受けた人々が僕らを苦しめていた。彼らはデスクの前に座り、低賃金で機械を動かす方法ばかり考えている。必要なら、僕らの飯に砂を混ぜることもためらわない人たちだ。廃水処理場の底に穴をあけ、浄水場を経由していない廃水を海に流すような人たちだ。ヨンヒは会社の人たちが、組合支部長を誰も知らないところへ引っ張っていったと言った。ひどいときには一日に三十人あまりがいっせいに解雇された。

彼らは僕らとまったく別の船に乗っているようにふるまっていた。彼らは僕らの十倍以上のお金をもらっている。夕食どきには工場地帯から遠く離れた清潔な住宅街の幸福な家庭に帰っていく。彼らはあたたかい家で暮らしている。彼らは知らなかった。若者たちはせっぱつまって何を求めているか表に出しはしないが、何かがまったく新しい姿で芽を出しつつあるということを。みんな顔を上げなかったから、その変化にはおいそれと気づけなかっただろう。あえて言葉にするなら、それはある力だった。権威に対する、きわめて懐疑的な力だった。

　僕は本を読むためによく労働者教会に行った。僕が必要とする資料を牧師が探してくれた。恐怖が僕らの最大の敵だということを牧師は強調した。その必要はなかった、僕らはそれを知っていた。一般の教会の牧師はその恐怖心を利用するということも知っていた。労働者教会の牧師は違った。彼もまた愛ゆえに苦しむ人だった。彼は僕を「社会調査研究会」という集まりに引き入れた。

　組合支部長は工場に戻ってこなかった。辞表のコピーだけが掲示板に貼りだされた。ウンガン紡織の労組は静かに沈没しつつあった。経営者は満足だっただろう。代議員大会を招集して、副支部長を新支部長に選出すべくとりはからった。工場は静まり返っていた。機械は二十四時間休まず働き、解雇された人々も騒ぎを起こさなかった。生産部署の責任者たちがひどく急がせても工員は抵抗せずに働き続けた。

　工場長は理事だった。工場長はソウル本社で開かれる理事会に出て、肩をそびやかして座った。代表理事が彼を称賛した。すべての株主が彼をほめたたえ、ウンガングループの総帥《そうすい》も彼の力量を認めた。彼らは楽園を築き上げていると錯覚していた。たとえそうだとしてもそれは彼らの楽園で、僕らのものではない。楽園に入るドアの鍵を、僕らはもらえないのだから。彼らは僕らを、楽園の外の腐ったごみの山のかたわらに投げ出すだろう。彼らは冷暖房機を備えた車に家族を乗せて郊外へ行くとき、その路傍に僕らを見出すだろう。「汚いわね！」と彼らの夫人たちは言うだろう。「怠け者の負け犬どもめ！」と彼らは言うだろう。彼らは、僕らの働きに見合った支払いをしていないことについては、考えないだろう。

ヨンヒが新しい支部長を僕のところに連れてきた。副支部長だったとき織布課でヨンヒと一緒に働いていた子だ。この子も夜勤のときは眠気ざましを飲み、逆に日勤のときは睡眠薬を飲んでいた。僕は、これから僕らがやるべきことの困難さを支部長に説明した。頭のいい、かわいい子だった。ヨンイは僕の話をすぐに理解した。労働法については僕よりよく知っていた。まだ若いので、自分の考えを整理できずにいるだけだった。だから、その混乱から引っ張り出してやりさえすればよかったのだ。僕は毎日ヨンイに会った。僕らは資料を集めて討論し、適切な言葉を探してノートを作った。ヨンヒはよくヨンイをうちに連れてきた。母さんはヨンイが気に入った。僕らは話が外に漏れるのを防ぐため、労働者教会にも行かなかった。工場の中でも、お互い知らない人のようにふるまった。ヨンヒが、僕が立派な指導者になるだろうという牧師の言葉を伝えてくれた。ヨンイはそれを信じていた。母さんは不安だっただろうが、これ以上僕をつなぎとめておくことはできないと判断していた。

僕は、ヨンイが労働者側の代表委員として使用者に言うべきことを一つひとつ、記録していった。ヨンイは組合の常務執行委員会を開いて、ほかに四人の委員を選出した。その名簿を会社に提出し、使用者側の代表委員および委員の名簿を受け取った。

工場長が組合事務室に大きな鉢植えを贈ってきた。労使の経済的利益と産業平和[*3]のため、協議がととのうことを望む気持ちからだと、生産部長が説明した。彼らは組合がまことに都合よく弱体化したものと信じていたのである。彼らはいつもと同じように解雇者と出勤停止処分者の名簿を事務室前の掲示板に貼った。夜勤を終えた子たちと午後番の子たちが会議場の前に群がり、労使双方の代表委員に同じように手を振った。使用者側の代表が彼らに向かって手を振った。ヨンイは僕と討論・検討を重ねて作った小さなノートを持って会議場に入っていった。ヨンイは白いワンピースを着て白い靴をはいていた。きれいだった。ヨンヒはヨンイの胸に、濃い紫色の花を一つ留めつけてやった。みんなが声を上げて笑い、会社の人たちが口笛を吹いた。ヨンイは笑わなかった。

僕は油じみのついた作業服を着たままで、五人の労働者側傍聴《ぼうちょう》人の一人として会議室に入っていった。使用者側の代表たちは、身の程知らずにもそこにまぎれ込んだ保全係の見習い技師を見て笑ったことだろう。労使双方の代表委員と委員は、五歩ぐらいの距離を置いて向かい合った。僕は隅っこの低い椅子に座って見ていた。初めはなごやかなムードだった。参加者は扇風機の下に座り、冷たい飲みものを飲んだ。僕

*3 当時、労働者への不当待遇をめぐって熾烈な労働争議が起こっていたことを背景に、労働現場の秩序が平和的に維持されることを強調する主旨で用いられた言葉。

まで飲んだ。細心の注意を払ったのだが、お客用のガラスコップに機械油をつけてしまった。二十分ほどすると、雰囲気が変わってきた。

使用者3：生産性向上に関する事項は副工場長と生産部長のお話を聞いて理解して頂けたことと思います。労使双方で議事録を作成していますから、全従業員に広く公開して周知したいと思います。

労働者3：ここで、ちょっとピンの話をしたいのですが。

使用者2：ピン？

労働者3：はい。先の尖った洋服用の安全ピンです。生産部長はご存じでしょう。

使用者4：何のことだ？　ヨンイ、話してみろ。

労働者3：いえ、これではお話できません。

使用者4：どうして？

労働者3：私たちは千五百人の労働者の代表としてここにいます。

使用者3：そうだとも。それで？

労働者1：私たちはていねい語で話していますが、副工場長さんも部長さんも、くだけた言葉をお使いになっています。

使用者1：それは、私たちが失礼しました。

使用者3：議事録はどうなっていますか？　最初の部分を修正してください。

労働者1：ピンの件は生産部長の方がよくご存じだと思いますので、直接お聞きしたいのです。
使用者4：私は今が初耳《はつみみ》だがね。
使用者3：言い直してください。
使用者4：はい、わかりました。ピンがいったいどうしたというのか、私は知りません。
使用者2：ピン？

母さん：安全ピンを忘れちゃいけないよ、ヨンヒや。
ヨンヒ：どうして？　母さん。
母さん：服がほつれたらピンで留めるんだから。
労働者3：ピンが私たち労働者を泣かせているんです。
ヨンヒ：お父ちゃんをこびとなんて言う子は、これで刺してやる。
母さん：それはだめだよ、血が出るよ。
ヨンヒ：刺してやるんだから。

労働者3：夜勤のときにそういうことがあるんです。誰だって明け方の二時、三時になれば眠気に耐えられなくなって、ついうとうとしてしまうことがあります。そういうとき、班長がピンで腕を刺すんです。
使用者4：それはとんでもないことですね。
労働者4：私たちは虫ではありません。
使用者2：なんでそんなことをするんでしょう！
労働者5：班長が、安全ピンを短く持って腕を刺すんです。そうすればピンが肉にぐっと刺さって眠気が醒めるので、糸巻きをちゃんと見張れるというわけです。でもこの一か月間、私は、従業員が機械の間を走りながら泣いているのをしょっちゅう見ました。
労働者4：生産性向上とピンの間にはどんな関係があるのでしょうか、教えてください。
使用者4：何の関係もありませんよ。
労働者2：ピンを使ってることはご存じだったでしょう？
使用者4：まったく、どうしてそういうことになるのかね。そんなひどいこと、知っていたら放置すると思いますか？　ある班長がピンを使ったとしたら、それはその個人の残酷な性格によるものでしょう、会社とは関係ありません。

労働者1：とにかく、調査してください。
使用者1：生産部長は調べてみてください。事実なら人事で処分するように。
労働者1：これが織布課で使われていたという安全ピンです。もちろん生産性も大事ですが、みんなが眠っている時間に、泣きながら機械の間を走らなければならないなんて。
使用者1：支部長の言うとおりです。私たちは文明人として文明社会に暮らしています。未開社会で起きるようなことが今、わが社で起きているとしたら、恥ずべきことです。
使用者2：皆さんすでにご存じのようにわが工場は、暴行、脅迫、監禁その他精神や身体の自由を不当に拘束するような手段をもって、勤労者の皆さんの自由意思に反して勤労を強要することはありません。また勤労者の皆さんが作業中に事故を起こすことがあっても、殴打《おうだ》といった行為はいたしません。
労働者1：それについては異議がありますが、優先事項があるので先に行きましょう。
使用者2：そりゃだめだよ、言ってごらんなさい。
労働者1：いたしませんとおっしゃったそれは、禁止事項です。先に協議すべき案件があるため今は申し上げませんが、禁止事項が守られていない事例はたくさんあります。
使用者5：何でもかんでも法律どおりにしようとしたら、ウンガンで動いている機械のほとんどを止めにゃなりませんよ。
使用者4：機械を止めておいたら錆《さ》びてしまいます。工場も閉鎖しなくてはならない。そうなったら皆さんも職場を失うんです。
使用者1：それはとんでもない飛躍《ひやく》ですよ、お二人の話は間違ってます。
使用者2：今のお二人の発言は記録からはずしてくれ。
使用者1：はずしなさい。

子ども1：あの子たちははずせ。
子ども2：なんで？
子ども1：こびとの子とは遊ばないよ。
ヨンホ：兄ちゃん。
僕：ヨンホ、がまんしろ。
ヨンホ：止めるな。あの野郎、殺してやる。
子ども1：あっ！　ぶったな！
ヨンホ：死んじまえ！　死んじまえ！
僕：やめろヨンホ、ヨンホ、ヨンホ！

子ども3：こびとが来るよ！
子ども4：こびとが来るよ！
労働者2：私たちの工場はどうでしょうか？
使用者2：何の話をしてるんです？
使用者1：私たちに必要なのは労使協調と産業平和です。話を別の方向に持ってっちゃいけません。
労働者1：私たちは稼働している機械をもっと早く動かすために頑張っています。それなのに、私たち労働者は人間らしい生活ができていないんです。私たちは、私たちの仕事と生計費と賃金について考えてみましたが、副工場長のお話とは違い、私たちは未開社会に住んでいる未開人だという結論に達しました。機械をもっと早く動かすためとはいえ、私たちだって人間らしい生活をすることができるのでなければと、思います。
使用者1：それこそ恐ろしい飛躍ですよ。考えてみれば私たちだって皆さんと同様に、働いてお金をもらう勤労者です。
労働者1：給料袋をもらっているという点だけ見ればそうです。でも、私たちがもらう給料袋は、皆さんのみたいに分厚くありません。私たちのはとんでもなく薄いんですよ。私たちはいつまでもこんな薄い封筒をもらっているわけにはいかないということをお伝えしたくて、この席に出てきたんです。

使用者2：言い方がうまいから、聞いてるとほんとにそうみたいに思えるよ。しかし一つ訊いていいですか？

労働者1：はい。

使用者2：支部長はどういうお金でそんなにおしゃれをすることができたんです？給料袋がそんなに薄いなら、いったいどうやって食べて、服や靴を買うんですか？

労働者1：私は一人暮らしです。両親はいないし、学費を出してやらなくてはならないきょうだいもいません。私はたくさん食べませんし、間食もしません。働いてないときは疲れて寝ているだけです。服も、清潔に長く着るために神経を遣っています。この服と靴は貯金で買ったのです。今日は従業員の代表という立場ですから、きちんとした身なりをしたかったのです。このために私は三級労働者の一か月の給料よりたくさんお金を使いました。

使用者1：いったい皆さんの要求事項は何です？

労働者1：賃金の二十五パーセント引き上げ、二百パーセントのボーナス支給、不当解雇者の無条件復職——以上です。

使用者5：こいつら！

使用者4：これ以上話す必要はありません、背後にこの子たちを動かしている破壊工作者がいる。

ヨンヒ：お母ちゃん、大きい兄ちゃんが下の大きい家のガラス窓を割っちゃった。

母さん：知ってるよ。父さんが謝りに行ったよ。

ヨンヒ：あの家の子が、お父ちゃんをこびとってからかうからよ。なんでお父ちゃんが謝りに行ったの？

母さん：お前たちが過ちを犯したら、その責任は父さんが取らなくちゃいけないんだよ。

ヨンヒ：いつまで？

母さん：お前たちが大きくなるまで。

使用者1：今後、何かあったらその責任は皆さんが取らなくてはなりませんよ。

母さん：大きくなったらこんどはお前が自分で責任を取るんだ。

使用者2：賃金は先の二月にすでに引き上げ調整をしたし、それに基づいて支給しています。ボーナスも昨年末に支給しましたよ。

労働者1：一方的な賃上げでした。ボーナスも、ボーナスとはいえない程度のもので、一か月の残業代ぐらいでした。

使用者2：皆さんは残業手当をもらってるでしょう？　本社の人たちを見てごらんなさい、夜九時、十時まで残業をしてますが、一言も文句を言いませんよ。

労働者1：その人たちは高学歴の人たちです。比較になりません。私たちは、高学歴の人たちには何の期待もしていません。あの人たちがもらう封筒は、私たちが行列して受け取る封筒みたいに薄っぺらではありません。そしてあの人たちは年間六百パーセントのボーナスをもらっています。当然もらうべき残業手当をもらっていないのはあの人たちのミスです。それを私たちにおっしゃる必要はありません。

使用者5：だめだな、こりゃ。

使用者1：支部長は、使用者と勤労者の利害が著しく相反していると考えているんだね？

労働者1：今のウンガンではそうなっています。

使用者1：それは思い違いですよ。事業がうまくいけば、利益を得るのは皆さん勤労者です。

労働者1：労働者だけの利益ではだめなんです。労使間の利益でなくては。それが私たちの理想です。今はあまりにも不公平です。公平であってこそ、産業平和が保たれるでしょう。
使用者5：いいかげんにしろ！
使用者3：ちょっと、やめてください。
使用者5：この子たちに何がわかるっていうんだ？
使用者1：座ってください。
使用者5：なんでこの子たちに産業平和うんぬんを言われにゃならんのですかな。
使用者1：もう一度言うが、皆さんは誤解していますよ。会社が利益を挙げればそれを何人かの人がわがものにしてしまうと思っているようだが、それはとても危険な考えだよ。企業の利潤は社会に還元され、従業員の俸給《ほうきゅう》として支給され、株主配当金として支払われ、企業自体の蓄積として公正に配分されるのです。
労働者1：そうおっしゃると思いました。
使用者1：そうじゃないと言うんですか？
労働者1：従業員に正当な賃金を支給せずに得た恥ずべき利潤を、どの社会にどう還元するというのです？　また、その利潤をどんな株主に配当し、そんな忌《い》まわしい利潤を蓄積していったい何をしようというのです？　そんな企業はこれ以上成長してはいけないと私たちは思うんです。正確にいえば、労働者に人間らしい生活ができない賃金を与えて機械を動かしている以上、それは、利潤ではありません。別の言葉で呼ばなくてはなりません。しばらく前、わが社の会長が恵まれない人たちのために毎年二十億ウォンを拠出されるという記事を新聞で読みました。新聞記者の前で笑っていらっしゃる会長の写真も見ました。副工場長のお話どおり公正な配分が行われているのなら、ありえないことです。多くの工場の労働者に、食べて、寝て、働くだけの生活をさせ、解雇通知一枚で出ていけと一方的な犠牲を要求する企業が、今さら社会に何かを差し出そうというのは欺瞞です。国民からの追及や非難を避けるためのトリックにすぎません。私たちは、会長が設立された社会福祉財団の理事名簿も手に入れました。その方たちに期待することができればと思ったのですが、無駄でした。私たちが受けている物理的・経済的・社会的・精神的苦痛がどんなものかまったくご存じない方々です。あの方たちがほんとうに立派な大人なら、会長がお出しになるというそのお金をまず、気の毒な労働者たちに分けてやり、社会には別のお金を出すよう意見されると思います。

使用者5：どうです、許しがたいじゃありませんか。

使用者3：お願いだから黙っててください。
使用者1：支部長、そのノートを私たちによこしなさい、それで終わりにしましょう。
労働者1：私たちの要求事項への会社側の回答はいついただけますか？
使用者1：待たなくてよろしい。何もかも否定的な目で見る人たちには、何もあげられません。皆さんがなぜ我々の発展を否定するのか理解できませんね。
労働者1：そうじゃありません。産業の前線で働いているのは間違いなく私たち労働者なんです。単に、その恩恵を私たちにも回すべきだということです。健全な経済のために、なぜ私たちが弱いままでいなきゃならないのでしょう？
使用者1：ときが経てば、すべて解決されますよ。
労働者1：労働者はもう長いこと待ちつづけているんです。
使用者5：監獄にでも入れるべき連中だ。
使用者3：頼むから黙っててくださいよ。
使用者1：いや、そのとおりですよ。夜勤班と午後班の子たちが外に集まっている。この子たちが組合員を扇動《せんどう》して団体行動を起こすつもりなのは明らかです。この子たちはもう法を犯しています。
労働者1：違います、心配して集まってきたんです。たとえ何か起きたとしても、私たちの法律違反は一つだけです。でもあなたたちのは違いますよ、私たちが一条項なのに対して、使用者側は毎日十項目もの法に違反しています。
使用者1：ドアを閉めなさい。
使用者2：両側のドアを全部閉めてください。この子たちを外に出すな。
父さん：ヨンスは当分の間、外に出してはいかん。
母さん：はい。
ヨンヒ：大きい兄ちゃんが何か悪いことをしたの？　悪いのはあの家の子よ。
父さん：その子が何をしたんだ？
ヨンヒ：お父ちゃんのことを、こびとってからかったんだもの。
父さん：その子は石を投げてうちの窓を割ったりしなかった。あの子は悪くない。
　父さんは、こびとだ。

　そして僕は三日間外に出られなかった。僕は母さんの糸巻きから縫い針を抜いて、釣り針を作った。火で焼いて先を正確に曲げて作ったのだ。糸を二重に撚《よ》ってろうをしみこませ、その先に針をつけた。母さんが外に行って遊んでもいいと言った日、僕は走っていって裏山に上った。長い萩《はぎ》の枝を削って釣り竿《ざお》を作った。その年も日照り続きだった。父さんは連日、ポンプの仕事で出かけていた。どぶ川の水も減って、カラカラだった。僕はどぶ川の中ほどのところに入って釣りをした。僕が釣り上げたフナは、れんが工場の煙突の影の中でぴんぴん跳ねた。父さんが自分で「こびと」と言ったのを聞いたのは、その一回だけだ。母さんは井戸端に座り、麦を洗っていたが、それをやめて台所に入っていった。僕に何かあったら、母さんも生きてはいないだろう。

僕はその日夜遅く家へ帰った。ウンガン全体が低気圧圏に入り、息をするのもやっとの夜だった。母さんは身動きもせずに座っていた。まずヨンイについて訊き、それからヨンヒのことを訊いた。母さんはいつもヨンヒに言い聞かせていたように、女が守るべき家族や家庭への伝統的義務について、ヨンイにも話したかったのだ。ヨンイがどれほどの間苦労しなくてはならないか、僕にはわからなかった。ヨンイの白いワンピースはその一日だけで汚れてしまった。ヨンヒは一晩二日のハンガーストライキをしてスローガンを叫び、労働者の歌を歌っただけで済んだ。僕は一人で帰ってきた。僕はその夜、父さんが思い描いた世の中についてもう一度考えてみた。父さんが夢見た世界では、過剰な富の蓄積は愛の喪失と判断され、愛のない人は家に降り注ぐ陽射しもさえぎられ、風も吹かず、電線も水道管も切れてしまうという。その世界の人々は愛情によって働き、子どもを育てる。愛情によって公平さを保ち、雨を降らせ、風を吹かせ、それが小さなキンポウゲの花にも吹くようにしてやる。父さんは愛を知らない人々を罰するための法律を制定すべきだと信じていた。僕はそれが不満だった。しかしその夜、僕は僕の考えを修正することにした。父さんは正しかったのだ。皆、過ちを犯していた。例外はありえなかった。ウンガンでは神も例外ではなかった。

クラインのびん

ウンガンにはめくらが多かった。ウンガンに住んでみて驚いたことの一つが、すなわちそれだ。工場地帯ではもちろん見かけないが、市街地や住宅街を散歩しているとわかる。ある日僕は、十分間に五人のめくらに会った。次の十分間に三人、その次の十分間には僕の足元を杖で叩きながら通り過ぎた二人だけだったが、しかしこれは驚くべきことだ。世界には、一時間以上歩いても一人もめくらに出会わない都市だってあるだろう。ウンガンにばかりめくらが多い理由が僕にはわからなかった。この都市に住む人の中にめくらがたくさんいることを、ウンガンの人たちは知らない。だから、ウンガンの人たちがみなめくらに見えるときがあった。

僕は、めくらが世界を見る方法は一つしかないと思っていた。それは目を持つことである。でも母さんの考えは違った。世の中を見る目はほかにあるというのだ。母さんは、片目だけでもものごとをちゃんと見ることができる老人を知っていた。母さんは毎日、ウンガン地方港湾管理庁の専用許可を受けた材木工場の貯木場《ちょぼくじょう》へ出かけていた。貯木場にはインドネシアから入ってきた原木が積んである。貯木場に海水が入ってくると原木は浮かび上がる。クレーン車がその原木を引き上げる。解放洞《バンドン》の住民《へ》たちは、インドネシアの太陽を浴びて大きく育った原木の皮をはぐ。人々はその皮を燃料に使っていた。残りは売るのだ。

母さんは片目の老人と一緒に木の皮をはいでいた。老人は鋳物工場で働いていて片目を失った。彼は三十年間、片目だけで世の中を見てきた。彼はめくらの国の片目の王様[*1]とは違う。めくらの国の片目の王様は、常に自分がいちばんよくものごとを見ていると確信している。しかし片目の王様が見られるのは、世界の半分にすぎない。彼が自分の目だけを信じ、向きを変えて見ることをしなかったら、残り半分の世界については何もわからずじまいだ。母さんはインドネシア産の原木の皮をはいでかつぎ、解放洞の坂道を上っていった。片目の老人が母さんの後に続いた。彼の方が先に家に着く。その小さな家には、原木の皮がまきつけてあった。その日、住宅街の教会から学生たちが老人を訪ねてきた。一人の学生が「今後おじいさんの生活はどのようになると考えていらっしゃいますか?」と尋ねた。もう一人が、「一つだけ選んでください」と言って、六つの文を読み上げた。

・とてもよくなるだろう

＊1　エラスムスが言ったという言葉「盲目の国では片目の人が王様だ」による。

・比較的よくなるだろう
・よくも悪くもならないだろう
・若干悪くなるだろう
・とても悪くなるだろう
・わからない

　老人はあっさりと言った。

「とてもよくなるだろう。そこにマルをつけてくれ」

　学生たちは木の皮でできた扉の前に立っていた。彼らは、意外な答えを聞くものだという表情をしていた。

「わしはもうすぐ死ぬからな」

　片目の老人は言った。母さんは、あのおじいさんも父さんと同じだ、死んで初めて楽になれるのさと言った。そして、学生たちには「私たちの暮らしはとても悪くなるだろう」と答えた。僕のせいで不安だったのだ。母さんは、僕が、負けると決まった戦いを始めたと思っていた。僕は母さんが貯木場に出ていくことには反対だった。

「お願いだからやめて、母さん」

　僕は言った。

「母さんが貯木場に行くと僕らは辛いんですよ。その木の皮がどれだけ足しになるっていうの？」

「これもみんな、お前のためなんだよ」

海水で濡れた木の皮を母さんは干していた。

「お前がいなくなったときのために備えておくのさ」

「僕がどこへ行くというんです？」

「いつかお前は家を出ていくだろうよ」

「僕、どこにも行きませんよ」

「お前は追われて、あちこち逃げ回ることになるよ」

「誰に？」

「もうやめよう」

母さんが背を向けた。

「この前、八日間も家をあけたこと、もう忘れたのかい？」

「あれは組合のためだったじゃないですか」

「同じことだよ。お前はさんざんやられて、血まみれになって帰ってきた。お前はこの母さんと二人のきょうだいを放り出して、ずっと、身の程知らずなことばっかりやるだろう。そうやって心配の種ばっかりこさえてくれるだろうさ」

「心配することないですよ」

僕は言った。

「今後は何も起きませんよ」

「そんなこと言わなくてもいい」

母さんは知っていた。

「これからが始まりなんだろ」

木の皮を干しながら、母さんは言った。

「お前のその仕事は、これから始まるんだ。私にはよくわからないことだ。お前は誰のために、何をやろうとしているの？」

「ひとのために働く力なんか、僕にはないよ」

「母さんをだまそうとしてもだめだよ」

「わかっているなら、なぜ訊くんです？」

「そうだね」

母さんは腰を伸ばして、立ち上がった。

「ウンガンに来たのが間違いだった。私は毎日お前の父さんの夢を見るよ」


「つまらない夢だ」

父さんが言った。

「お前たちの夢はみんな、つまらん」

「それでもいいんだ！」

ヨンホが言った。

「僕、飛んだんだもん！　飛んで、川を越えたんだ！」

そう言って跳ね回った。

「背が伸びるころにはそんな夢を見るもんだよ」

僕が言った。父さんが僕の頭に手を乗せた。

「あの子たちを見ろ」

父さんが門の外を指さした。町の子どもたちがヤナギタデの花が咲いた川べりに座って、土を拾って食べているのだった。ヨンヒはその子たちを見ながら、生米を食べていた。

「僕も土を食べたよね？」

僕は訊いた。

「僕は食べなかったよ」

ヨンホが言った。

「小さい兄ちゃんも食べてたわ」

ヨンヒが生米をほおばりながら言った。

「おなかに寄生虫がいる子が土を食べるんだって」

「回虫のこと？」

「そうよ」

「ヨンヒや、生米食べるのやめなさい」

母さんが言った。

「おいしいのに！」

「お金が入ったら肉を一包み買ってきてください。ろくなものを食べさせてないから、生米ばっかり食べるんだわ」

「そうだな」

父さんが門を開けて出ていった。父さんは包丁の音をさせながら遠ざかっていった。父さんが出ていくと、その帰りがしきりと待たれたものだ。


「父さんが間違っていたのさ」

母さんは言った。

「田舎にでも引っ越して暮らせばよかった。そうすれば、死なずにすんだろうに」

「食べていけなかったらどうにもならないでしょう」

「土を掘って暮らした方がましだったよ」

「僕らに、掘る土がありましたか？」

「他人の土地を耕すにしたって、ここよりは良かっただろう」

木の皮を投げ出して、母さんが振り向いた。

「なぜ工場の仕事だけしてるわけにいかないの、お前は」

母さんは声を強めた。

「いったいお前は何をどうしたいの？　なぜおとなしく、やれと言われたことだけやっていられないの？」

「母さん」

僕は言った。

「人間の生活をしたいんだよ。それだけのことですよ」

「誰が人間の生活をするなって言ってるの？」

「邪魔する奴らがいるんですよ。それを工場の子たちはわかっていない」

「邪魔するならさせておくさ。知らないなら、知らないままでいさせなさい。私の言うことを聞かないと捕まるよ。お前は犯罪を犯して、裁判を受けて、監獄に閉じ込められる。監獄の門に頭をぶつけて泣く母さんと二人のきょうだいを見たくないなら、おとなしくしていなさい」

僕は屋根裏部屋に這い上がった。母さんは木の皮を広げて干しつづけていた。ウンガンの潮の干満《かんまん》の周期は十二時間二十五分だ。母さんは、月が海水を引き寄せたり返したりするということを知らなかったのだろう。沖に停泊《ていはく》していた大型貨物船が内港のドックに入っていくときに貯木場に出かけていくのだった。貯木場の原木も満潮時だけ浮かび上がる。母さんはウンガンで長男を失うかもしれないという強迫観念にとらわれていた。

ウンガンはとてつもなく大きく、複雑な都市だった。ヨンヒが言うように、ウンガンは危険な都市であるばかりか、罪深い都市だった。片目の老人の家の木の皮の壁には、指名手配者のポスターが貼ってあった。殺人、殺人未遂、強盗傷害、強姦、公務員資格詐称、特殊強盗、詐欺《さぎ》、収賄《しゅうわい》などの罪状が被疑者にかけられていた。僕が知っている罪びとたちの名前は、ここには挙がっていない。政治犯以外の犯人の写真の上には、検挙というハンコが捺《お》されていた。大罪を犯した者たちは、僕らの知らないところにいるのだ。

何よりも母さんを驚かせたのは、僕の名前がブラックリストに載ったことだった。組合活動に深く関わった労働者の就業機会を封じるためにウンガンの工場主たちが作成した名簿に、僕の名前が載っていたのだ。彼らの目には僕が、小さな悪魔に見えたのだ。

彼らが最も嫌ったのは、労働者教会の牧師だ。彼らは、愛と犠牲のかたまりである彼を嫌った。僕から見ても牧師はまったくの聖人だった。凹レンズの中の目を見るたびに、これは聖人だという思いが湧いたものだ。しかし彼は同時に最も理解しがたい人物でもあった。僕は、努力さえすれば自らを救うことができると信じていた。僕がそんな考えを口にすると、彼は笑ってみせるだけだった。牧師の前で僕は、未熟な学生にすぎなかった。

彼の弱点といえば体が弱いことぐらいで、政治、哲学、歴史、科学、経済、社会、労働については知らないことはないほどの知恵者だった。彼は富というものを、生産という泉から湧き出る水にたとえ、それが人々の手から手へ移動しなければ一か所に澱んで腐ってしまうと言った。それを聞いた誰かがずいぶんと真剣な声で「歴史みたいですね」と言ったが、彼はめがねを押し上げながら、「皆さんが知っておくべきなのはそのことではなく、富の生産者がまさに自分たちだという点なのです」と言った。「社会調査研究会」でのことだ。その日、「私は皆さんと皆さんの同僚たちが一生けんめい富を生産しているのを見てきました」と牧師は言った。「けれども、自分が生産した富をちゃんと分配してもらった人をまだ一人も見たことがありません」。一種の意識化教育であり、僕の頭に発電機を設置したのが彼だった。

彼が作った六か月の教育プログラムに参加して、僕は多くのことを学んだ。僕は産業社会の構造と人間社会の組織、労働運動の歴史、労使間の当面の問題、労働関係法などを学んだ。政治、経済、歴史、神学、技術についても学んだ。全部で十四人が毎週土曜日の午後に集まり、日曜の夕方まで寝食をともにして学んだのだ。教育を受ける者たちは、電気、鉄鋼、化学、電子、製粉、紡織、木材、工作廠、アルミニウム、自動車、ガラス、造船、被服《ひふく》などの工場から来ていた。みな、貧しい家の息子や娘たちだ。涙に濡れた飯を食べたことがあるという一つの共通点だけで、もう僕らは親しくなることができた。僕らはこんな歌を歌った。

私が飢えて苦しむとき　あなたはいたか
食べものを求めていたとき　そこにいたか
私が渇きに苦しむとき　あなたはいたか
水を求めていたとき　あなたはいたか
私が病み臥《ふ》していたとき　あなたはいたか
助けを求めていたとき　そこにいたか

教育プログラムを終えて別れるとき、僕らはまた歌った。

ともに分け合う喜び、悲しみ
ともに味わう希望と恐怖

牧師は、大量生産工場での生活が非人間的なものならば、その要因を探り、改善しなくてはならないと言った。僕らの親世代にはこのような大規模工場で働いた経験がないという点を、牧師は強調した。彼は僕らを、まったく新しい環境で犠牲だけを強いられる世代ととらえていた。沈黙は僕らの権利を傷つけるだけだと、彼は言った。彼から教育を受けた十四人は工場に戻っていき、困難な仕事をやりとげた。六人は組合を作ることに成功した。後に僕は、牧師がある面においては非常に保守的な穏健主義者だということを知った。彼は、神様なしには一瞬も生きられない人間でもあったのだ。

彼は僕らの教育のために、たびたび「科学者」を呼んできた。「科学者」は毎週日曜日の午後に来て、科学技術の話をしてくれた。彼の話を聞いていると、真っ黒な機械に囲まれ、それを動かして働いている単純労働者たちの姿が自然と思い浮かぶ。彼自身、小さな工場を経営していた。とても小さな工場だったので、彼自身は「工作所」と呼んでいた。自動旋盤、工具旋盤、ねじ切削《せっさく》旋盤、ねじ研磨機、ドリルマシン、フライス盤、そして小さな熔解炉《ようかいろ》が設備のすべてだ。そこではいつも十人内外の技術者が、いくつかの工作機械を使って働いている。彼の工場の主生産品は、Ｚ１－３／８という名称のねじだった。生産量のほとんどがアメリカに輸出されている。

彼のねじは月面着陸船その他の宇宙船、気象観測衛星、金星探索衛星、誘導ロケット、実験用ロボット、コンピュータなどの製作に使われた。彼の小さな部品は知能を備えた機械の製作にのみ使われる。しかし「科学者」は、自分の仕事を恥じていた。

彼の夢はほんものの科学者になることだった。彼は夢を実現させられなかった。「僕の環境では、科学者にはなれなかった」と彼は言った。彼のかぼそい声は金属音のように高く、にもかかわらず憂鬱な感じを与える。声のせいで彼は損をしていた。最初のうちは誰も、彼の言うことをまともに聞こうとしない。彼いわく、科学技術の発展は熟練労働者を失職させ、工場の単純労働は若年労働者の長時間・低賃金労働でまかなわれるようになった。そして工場を中心にして人口が集中し、都市に貧民窟が生じた——と、僕らがすでに知っていることを聞かせるために彼は例の金属音を発したが、しかし、労働者の損失がすなわち経営者の利益だという単純な指摘は、僕らの後頭部を一撃した。彼は、富の増加が低賃金労働者の増加に比例してきたという歴史を示してみせ、僕らは彼を信じた。

教育プログラムを終えて海に遊びに行くときも、僕らは彼を招待した。僕らはビニール袋に入れたインスタント食品と飲みものを持っていった。汚染された海辺で食べ、討論し、歌った。水に飛び込むと油の匂いがした。牧師は泳げなかった。僕が波をかきわけて泳ぎだしたとき、牧師が手を振って止めるのが見えた。僕は三十メートルほど行って戻ってきた。廃油かすが僕の体にこびりつき、牧師がタオルで拭いてくれた。白いタオルが真っ黒になり、廃油かすが付着した。肌についた水が油のせいでたちまち流れ落ちる。僕は砂の上に座り込んで吐いたが、何も出なかった。

「科学者」は木の舟を借りて漕ぎ出していた。しばらく前までは漁場だったという海に白い円盤を沈め、見えなくなる地点までの深さを測るのだ。東海岸のある場所では十八メートルだったのに、ここの海の透明度は二・七メートルだと言って科学者は舌打ちをした。この腐った海べで僕らは一泊した。何かわだかまる思いで、僕は眠れなかった。ヨンヒとヨンホが夜勤をしている日だったのだ。ヨンヒは織機の間を走り回り、ヨンホは研磨機を動かしている。母さんにとってはひどく不安な夜だっただろう。

このとき僕は長男として、ほとんど何もしていなかった。ヨンホとヨンヒの稼ぎで食べているありさまだ。もちろん僕も稼いではいたが、そのお金は自分のために使ってしまっている。

「ごめんな」

僕は言った。

「ヨンホにもヨンヒにも、申し訳ない」

すると僕のきょうだいは言った。

「兄貴、心配するな」

「大丈夫よ、兄ちゃん」

母さんは違った。

「お前が工場の仕事だけを一生けんめいやってくれたら、ほんとにいいのにね」

いつも同じことを言うのだった。

「どれくらい時間がかかるかわからないけど、私たちだって身も心も楽になる日が来るんじゃないかしら？」

「それじゃ、待ちくたびれてしまいませんか」

僕は言った。

「ずっと待ってたら、僕たちみんな年をとって死んでしまうでしょ」

「いいや」

母さんが言った。

「お前は違う。父さんも寿命をまっとうできなかった」

母さんの言うことを聞いていたら、僕もウンガン紡織保全係の技師に昇格できたかもしれない。給料も上がっただろう。僕は母さんが望むような息子になれなかった。僕は自分から困難な道を選んだ。労働者教会の教育を受けた直後、僕はウンガン大学付属労働者問題研究院の講座にも参加した。三週間の教育を受けるために、ウンガン紡織保全係の見習い技師は三週間ずっと、夜勤をしなくてはならなかった。人が寝ている間に眠らずに働いた。体がひどく弱った。劣悪な食事ではあったが、それすら定時に食べることができず、睡眠も常に足りなかった。

そんなとき、南部の工業団地で働くある男性が僕に会いに来るという知らせを聞いた。牧師がその人のことを話してくれた。その男のことは僕も聞いたことがある。さまざまな工場で働いた経験を持つ人で、その運動方法はきわめて特異なものであり、彼の行く先々で組合が結成された。組合員は経営者が引っ張っていく車の車輪をつかんで止め、そこに積まれた利潤という荷を分け合うべきだというのが持論であるという。彼の体にはさまざまな現場で負った傷があり、知識の豊かな人がそうであるように、言葉はとてもゆっくりだが判断は早いという噂を僕は聞いていた。もちろん、流れてくる噂をそのまま信じたわけではない。しかし彼が苦労してきた人だということ、そして私心なく大勢のために働いてきた人だということを僕は信じた。彼が労働者教会で待っているという伝言を聞いて僕はかけつけた、そしてわかった。チソプだった。僕は驚かなかった。

母さんはチソプを見て何も言えず、何秒かして後ろを向き、袖口で目を押さえた。死んだ父さんを思い出したのだ。ヨンホとヨンヒもチソプを見た瞬間、父さんを思い出したと言った。彼は僕らを、ソウルの幸福洞に連れ戻した。僕らは曇りガラスを通して見るように、過去を振り返った。

「死ぬ方が生きていくより易しいね」

母さんが言った。

「だけど、この子たちの父さんを恨んだことは一度もないよ」

「そうでしょうとも」

チソプが言った。彼の目の下には傷があった。鼻梁《びりょう》も少しつぶれているようだった。彼は薬指と小指が途中で切断されてしまった左手を、右手で押さえて隠していた。彼のために母さんは市場に行き、牛肉を買ってきてスープを作り、少量は残しておいて焼肉にした。ヨンヒが台所のかまどに木の皮を入れて火をつけた。家じゅうに煙がこもる。母さんは、真っ赤に焼けた木の皮をこんろに移し、肉を焼いた。ウンガンに来て初めて僕らは豊かな食膳に向かった。ごはんにも麦が入っていない。そのことが、幸福洞での最後の日を思い起こさせた。チソプがごはんを汁に入れると、母さんが焼肉をお客の茶碗に入れてやった。匂いが出ると困るから、焼くのは少しにしたよと母さんが言った。母さんが肉を焼いている間、汚い町の子どもたちが遊びをやめて立ち止まり、匂いをかぎに来たのだ。チソプは肉をつまんでヨンホの茶碗に入れてやった。ヨンホの手はそれをさえぎろうとしたが、できなかった。狭い板の間に座っていたヨンヒが、台所へ行っておこげ湯をついで持ってきた。その顔はむくんでいた。二十四時間操業の工場で働く子はみんなそうなる。ヨンヒも毎週、就労時間と就寝時間が違っていた。父さんがあんなにかわいがっていた末っ子が、おこげ湯の器を持って立っている。僕はあの子の顔の後ろに広がる工場地帯の夜空を見た。父さんは、嫌がるヨンヒをおんぶしてやろうとしていたっけ。

「昼間は、いやあよ」

小さいヨンヒが言っていた。

「みんながからかうから、嫌なの」

「なんでお前をからかうの？」

母さんが訊いた。

「みんな、指さすんだもん」

「あれ見てみろ！」

子どもたちが言った。

「こびとが自分よりでっかい娘をおんぶしてらあ！」

ヨンヒは、夜にだけ父さんにおぶわれて外に出た。父さんの笑い声とヨンヒの笑い声を僕らは座って聞いていた。何年か隣に住んでいた酔っ払いのおじさんが、幼いヨンヒに酒を飲めと言ってぐるぐるとつきまとっているようすも聞こえた。きゃっきゃっと笑うヨンヒの声が、父さんの声より早く、橋を渡ってわが家に近づいてきた。

「結婚しなくちゃね」

と母さんが言った。

「男はそれでようやく落ちつくもんだよ」

「僕はもうだめですよ」

チソプが言った。

「一生、こんなふうにさまよい歩いて終わるでしょう」

「ヨンスが聞いているから、そんなこと言わないでね」

「僕が聞いていたらどうなの、母さん」

僕が言った。

「この子はもう手を離れたってことだよ」

ヨンホとヨンヒが母さんの手を握った。

「なんで手をつかむのさ？」

母さんが言った。

「離せ」「離せったら」

父さんが言った。

「この手を離せ。お前はいつも、力ずくでわしを止めようとするんだな」

「まだ寒いからですよ、父さん」

「子どもたちも私の言うことをきかないんですよ」

母さんが言った。

「私は一人ぼっち」

「そんなはず、ないですよ」

チソプがまた笑った。

「舟をおろせ」

父さんは土手のそばに立って言った。かちかちに凍っていた川の氷が溶け始めたころだった。僕は舟をおろし、水の上に浮かべた。冬の間、室内でだけ過ごしていた父さんが、僕を小さな木の舟に乗せてどぶ川の中に出ていった。水に浮かんだ氷のかけらが舟べりに触れては、押されていった。

「この子の父さんにはお墓もないんですよ」

母さんが言った。

「火葬にしたからね。一握り分にもならないお骨を、水の上にまいたんだよ」


「寒くないですか？」

「大丈夫だ」

父さんは櫓を止めて言った。

「お前は長男だ。だからお前と二人だけで話したかったんだ。母さんには聞かれたくないことなんだ」

「何の話です？」

「急がなくていい」

父さんは、遠ざかる家をちらっと見た。

「わしは死ぬことに決めた」

とても低い声で父さんは言った。

「長男のお前にだけは言っておく。死ぬことにしたんだよ」

「なぜです？」

僕は恐ろしさに体が震えていた。

「なぜって？　理由を聞くのか？」

「はい。どうして死のうなんて思うの？」

「お前ら三人と母さんのためだよ。そしてあの家のためだ」

「でも、生きている間は生きていかなくてはならないしね」

母さんが言った。

「しばらくの間は、もう生きていけないと思ったよ」

「父さん、僕ら、何か悪いことした？」

「何かしたとかいうことじゃあない」

「じゃあ、何で？」

「自分で考えてごらん。こんなに言ってもわからないか？」

「わかりますよ」

僕は言った。

「でも、父さんが亡くなったら解決になりますか？」

「お前らの重荷になるのが嫌なんだ」

「誰が父さんを重荷だと思っているの？　死ぬなんて卑怯《ひきょう》だよ」

「そう言われても仕方がないな」

父さんは淡々と言った。

「でも、お前さえわしの味方になってくれれば死なないよ」

「それならよかった」

僕は父さんのそばに行って座った。

「しばらくの間、お前たちと離れて暮らそうと思う」

父さんは言った。

「いつかわしを訪ねてきた、せむしのおじさんがいただろう？　家を出て、あのおじさんと仕事をするしかない。あのおじさんの友だちに、歩けないいざりの人がいる。お前も会ったことがあるだろう。それでな、怪力芸や曲芸をやる薬売りがいるんだが、その人がわしら三人を仲間に入れてくれるんだ。その人は車も二台乗り回していて、大金を稼いでいるんだよ。あちこち遠くまで薬を売り歩いて、行ってないところがないほどだそうだ。そうやって子どもたちを大学まで行かせ、大きい家も持って、何不自由ない暮らしをしているんだ。その人がわしら三人を同業者として仲間に入れてくれるというんだから、何を迷うことがある？　金は平等に分けようというんだよ。わしにとっちゃ最後のチャンスだ。家も再開発地域に入って壊されることになってしまったし、お前たちも学校どころか工場勤めだし、わしは一日だって心が休まることがない。希望もない。父さんは虫だよ。最後に虫らしく、のたうちまわって金を稼ごうと思う」

「父さんはせむしじゃないしいざりでもない、そうでしょ？」

「そうだ」

父さんはまた言った。

「わしは、虫だ」

「あの人もこれで楽になったでしょうよ」

母さんの声が低くなった。

「おばさんは長生きなさってください」

チソプが言った。

「これからは子どもたちが楽にしてくれますよ」

「そんな日が来るかねえ？」

「来ますよ」

「信じられないね。どうしても信じられないよ」

父さんはもっと深いところへ向かって漕いでいった。舟ばたで氷のかけらが、ガラスのコップを重ねるときみたいな音を立てる。川の深さを僕は知らない。風はまだ冷たかった。

「母さんと話し合ってください」

僕は言った。

「ヨンホとヨンヒにも話してください」

「そんなことをしたらおしまいだよ」

「母さんとヨンホとヨンヒがそれでいいと言ったら、その人たちと働けばいいでしょう。僕は何も言いません。父さんがせむしのおじさんといざりのおじさんと一緒に、客寄せでどんな格好をして何をしようが、僕は何も言うことはありません。だけどその薬売りがどういう計算で、せむしといざりのほかにこびとの父さんまで引き入れようとしているのか、まず考えてみてください。利用されるだけなのがはっきりしてるじゃないですか?」

「やめてくれ」

父さんが櫓を置いた。

「わしは胸が張り裂けそうなんだ。それをわかってくれにゃあ。張り裂けそうに、痛いんだよ」

父さんは舟を反対側の岸につないだ。僕はそのまま舟に座り、父さんは乾いた雑草の上に上がり、何歩か歩くとそこに座り込んだ。父さんが膝を抱え、そこに顔を埋《うず》めるのを僕は見た。父さんが鋭い刃で肉を裂かれ、えぐられ、血を流している。そこへ何者かが塩をかけている。その正体が僕にはわからない。

幸福洞の思い出は悲しいことばかりだった。こびとの長男として生まれ育った僕は不幸なことに、何かを選択する機会を一度も持ったことがない。このような僕の背景はチソプを理解する上で役立った。ウンガンにやってきたチソプは、多くの面で牧師や「科学者」と似ていたが、一つだけまったく違っていた。彼自身が労働者だったことだ。彼の表現を借りるなら、彼自身が大勢の犠牲者の一人だったということだ。幸福洞の家が壊された直後、血を流しながら空き地を引き立てられていった彼の後ろ姿を、僕ら一家は見ていた。追われるようにソウルを出た彼は方々の工場を転々と渡り歩き、臨時工として働いてきた。鉄工所の切断工、自転車屋の鋳掛け工、鋳物工場の鋳鉄流し込みの補助工から始まり、新しく造成された工業都市の大規模工場で、一般労働者、見習い労働者、単純労働者として彼は働いた。

彼は港湾、造船、ゴム、紡織、自動車、電機、セメント、製氷、被服などさまざまな種類の工場で、短期間ではあるが働いた経験を持っていた。僕がウンガンの工場に入って経験したことは、彼がさまざまな工場で経験したことの一部にすぎなかった。父さんと仲の良かったチソプが、父さんに経済的拷問を強いた時代にあって労働運動家になったのは、決して偶然ではない。こびと一家が彼にとって一つの観察対象だったのかどうか、それはわからない。大事なのは、彼があたたかい愛情をもって父さんとつき合ってくれたことだ。あのころ彼が「月の世界」と呼んでいた美しい世界は、彼の頭の中だけに存在していた。彼は、それを頭の外で現実にするために勇気をもって行動する人間になって、ウンガンにやってきたのだ。

彼は、僕がなぜブラックリストに載ったのか知りたがった。僕がウンガン紡織でやったことは、賃金を十五パーセント程度引き上げさせたことと、ボーナスの百パーセント支給、そして不当解雇者十八人を復職させたことだ。もちろんたやすいことではない。支部長のヨンイは一週間、僕らの知らないところで取り調べを受け、組合員は食事を拒否してがんばり、そして倒れた。その一人としてヨンヒも歌い、沈黙し、叫び、そして気を失って倒れた。会社の人たちは後になって、千五百人を動かしたのが保全係の見習い技師だということを知った。僕は原綿《げんめん》倉庫の前に座って、紡織部の男たちが糸のかせを繰りながら奏《かな》でる悲しげな音色を聞いていた。

一週間ぶりに会ったヨンイは見違えるほどにやせ、やつれていた。ヨンヒがヨンイをうちに連れてきた。僕を見た瞬間ヨンイはわっと泣き出した。こけたほほを伝って流れるヨンイの涙が、臥せっていた僕の胸に落ちた。暗いウンガン工作廠の裏通りで、僕は屈強な影たちに殴られて倒れたのだった。

チソプは僕が、分配の原則を一方的に無視した不当な利潤の中から二億ウォンほどを確保することに成功したと計算した。また、目に見えない力で組合員の意識を高め、死にかけていた組合をよみがえらせたと言った。それはほめ言葉に聞こえた。

「僕、別に何もしてないですよ」

僕が言った。

「知ってるさ」

チソプが言った。そんな返事を聞くとは思っていなかった。

「君はすでに多くの人がやってきたことをなぞっただけだ」

彼は言った。

「そろそろ、自分の誤りに気づくべきだね」

「誤りって何でしょう？」

「どんなことであれ、無知によって救われたためしはないんだ」

怒ったような声で彼は言ったが、これに対しては僕にも言い分があった。

「チソプ兄さんも知っているように、僕には勉強する機会があまりなかったんだ」

僕は言った。

「放送通信高校も途中でやめたし、大学なんてとても考えられなかった。だから手当たりしだいに本を読んで、わからないことは誰でもいいからつかまえて聞きまくったんです。ここへ来てもわからないことだらけで、労働者教会に行って二人の人に教わりました。そして大学の付属機関の教育も受けたんです」

「で、何を得た？」

「目が開かれました」

「君は最初から目が見えていたはずだよ！」

チソプは大声で言った。

「現場を知っている者が、外に出て何を学ぶというんだ？　むしろ君が教えてやらなくてはいけない人たちの前に行って、目が開かれただって？　めくらになってしまったんだ君は。そして、行動できないように自分を縛っている。君の無知が君を縛っているんだ。そして、君を信頼している若い子たちを放置している」

「そうじゃありません」

僕が言った。

「十五もサークルを作ったし、常務執行代議員たちが彼らを指導しています」

「その代議員たちは？」

「支部長がよく面倒を見ています」

「君は？」

「教会の牧師様が作った集まりがあるんです。各産業の労働者代表の集まりで、しばらく前から僕がそれを主導することになったんです」

「お父さんが生きていらしたら、驚いただろうね。そうだ、君には立派な理論家になれる素質がある。その気になれば君は良い労働運動指導者になれるだろう」

「僕、兄さんがなぜそんなこと言うのかわからないな」

「君は自分にしかできないことをやるべきだよ」

「僕がやるべきことって何でしょう？」

「現場を守ることだよ」

「僕が働いているところが、現場です」

「じゃあ、そこから動かずにそこを守れ。そこで考え、行動し、労働者として使用者と対峙《たいじ》すべき場所にとどまるんだ」

彼は忙しい人だった。それは最初からわかっていた。幸福洞の思い出話をするためにわざわざ、南の地方から汽車とバスを乗り継いでウンガンに来るような人ではない。僕らは海辺を歩きながら話した。

彼は言った。

「海でいちばんいいのは、海の上を歩くことだそうだ。その次にいいのは自分の舟で漕ぎだすこと。その次にいいのは海を眺めることだ。何も心配することはないよ、僕らは今、海で三番めにいいことをやっているんだから」

彼の声はとても優しく、詩でも朗読しているようだった。しかしその夜の彼はまったくの別人だった。教会に集まったウンガンの労働者たちのために一時間半程度の講演を行ったのだ。みな感銘を受けた。ヨンヒは講演の間じゅうずっと泣いていた。支部長のヨンイがハンカチを渡してやったが、それでも涙を流し続けたので、副支部長のハンカチも重ねて目にあててやったほどだ。「神様のお恵みだと思うわ」とヨンヒが声を殺して言ったと、ヨンイが僕に教えてくれた。僕はヨンヒの神様が、あの子にとって限りなくあたたかい神様であるようにと願った。ヨンヒが神様にもらった最大のプレゼントは、この出会いだった。

だがチソプが発つ日、ヨンヒは作業場にいたので見送りに行けなかった。僕もヨンホも行けなかった。貯木場に行くしたくをしていた母さんが、汚い路地に立ってチソプの別れのあいさつを受け、手を振った。ヨンイが組合の総務部長と一緒に駅まで行って見送りをし、牧師と「科学者」、そしていくつかの工場の組合支部長も来ていたと、ヨンイが教えてくれた。僕はチソプの突然の訪問が、これからの僕にどんな影響をもたらすのか考えた。僕らは何が正しく何がそうでないかを見きわめるのにあまりにも時間を使いすぎたと、彼は言った。チソプが行ってしまったあと、真っ先に僕の変化に気づいたのは「科学者」だった。

「考えてみれば牧師様も僕も、列外の人間だよ」

「僕も最前列に立つような人間じゃないですよ」

僕は言った。

「そんな資格もないし」

「でも、君たちの列だよ。僕は、列外から大声で声をかけている人間というわけかな?」

彼は彼の工場の部屋で、とても不思議なびんを見せてくれた。びんといっても通常の、内部に密閉空間を持ったびんではない。筒の胴に穴をあけ、一方の端をその穴にさし込んで作った不思議なびんだった。

「科学者」はこれを「クラインのびん」だと言った。③の絵がすなわちそれだ。

①

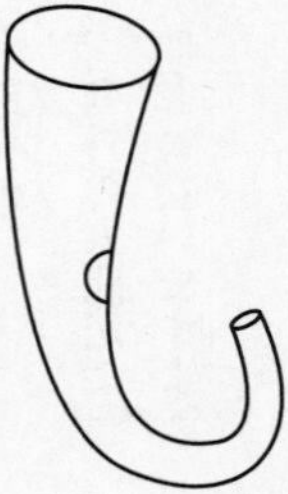

②

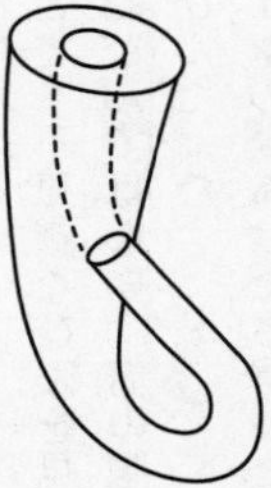

③

「科学者」は、①のようなガラスの筒でそのびんを作ったのだ。②のように筒の片方を広く、その反対側を細く変形させたあと、筒の側面に穴をあけ、③のように端をさし込んで完成させる。紙は表と裏の二面を持つが、学者たちは「表裏のない一面だけの紙」とか「内部と外部のない閉じられた空間」など、常識的には考えられない不思議なものも研究するのだそうだ。科学者が僕に見せてくれたおかしなびんも、ドイツの数学者フェリックス・クラインが純粋な理論上の結果として抽象的な観点から研究し、発表したものだという。

「科学者」は、けげんな顔をしている僕に言った。

「これがクラインのびんだ。内部と外部を持たないにもかかわらず閉ざされた空間が、ここにある」

僕はこの、③のびんをよくよく観察した。見たところも単純だし、簡単に説明もつく。それなのに、何がなんだかさっぱりわからない。僕は、自分が正常な学校教育を受けていないせいで、きわめて初歩的で単純な問題も理解できないのだと思った。だが「科学者」は、教育的には何の訓練も受けていない人でも、常識的な方法によって問題の核心をつきとめることはできると言う。論理にとらわれていると問題を複雑にとらえてしまいがちだから、単純に考えてみろというのだ。僕はかなり長いことそれを観察した。

「ほんとうに、内部がないんですね」

僕は言った。

「中と外を区分できませんね。それなのに、閉じられた空間だってこともわかります」

「科学者」は笑った。

「内部と外部が区分できれば、こういう現象は起きないんだね」

その日僕は、このびんをなぜ僕に見せてくれたのかと訊き、「科学者」は、ちょうどびんを完成させたときに君が来ただけだよと答えた。でも僕には、偶然とは思えなかった。もっとわからなかったのは、③という実体が目の前にあるのに、その実体は無視して、想像の世界でのみこのびんが存在しうるという考え方だ。僕が③を手に持って「じゃあ、これは何なんでしょう?」と訊くと、彼はあっさり「それは存在しないんだ」と言い切った。僕はあいさつして、その部屋を出た。

残業を終えたウンガン重工業の機械工たちが工場の正門から出てきて、暗闇の中に散っていく。その工場とアルミニウム工場の間に空き地があった。そこでは人々がすすで真っ黒になって、固体廃棄物を焼いて埋めていた。夜ふけ、僕が家に帰ると母さんがお金を数えていた。原木の皮を売って集めたお金を、指につばをつけながら数えている。僕は屋根裏部屋に上がって横になった。ヨンホが工場から帰ってきており、ヨンヒは夜勤に出ていた。隣家の片目の老人が咳をするのが、僕が寝ている屋根裏部屋まで聞こえてくる。その家に間借りしている工員夫婦が、お膳をひっくり返してけんかしていた。子どもが泣き叫んでいた。ウンガンに冬が来ていた。ウンガンの労働者たちは身をすくめて工場に出勤し、働いていた。厳しい冬だった。みな弱っていた。

「ヨンスや」

ある日母さんが僕を呼んだ。

「工場でこのごろ、何かあるのかい？　また何か企てているんだろ？」

「春に代議員と支部長の選挙があるんです。会社の人たちと多少ごちゃごちゃしてますけど、たいしたことないですよ」

「なら、なぜ他の工場の人と会うの？　チソプが来たことと何か関係があるのかい？」

「みんな同じウンガングループの工場で働く人たちだからね。チソプ兄さんもそうですよ。あの人は南の方の工場にいるんだけど、ウンガングループの工場はあっちにもたくさんあるんです」

「それで？」

「組合のこともちゃんとやって、賃金をどのくらい要求すべきか議論して、どこかの工場の労働者が会社ともめたらちょっと応援に行ってやったりするんです。頻繁に会っていれば情報交換もできるでしょ。それ以上のことは、ないですよ」

「ほんとだね？」

「はい」

「それなら、いいんだけど」

母さんは言った。

「すごく嫌な夢を見たんだよ。お前が捕まる夢をね。お前がソウルの本社に行って、偉い人を傷つけたっていうのさ。嫌な夢を見ちゃったもんだ、ぞっとするような夢だった」

「母さん」

僕は言った。

「どうか心配しないで」

「お前に何かあったら、私たちはおしまいなんだよ」

「わかってます」

「私の言うことをきかなくてはだめだよ。工場では言われたことだけやっていなさい。そのとおりにしないと、ほんとうに捕まってしまう。お前は犯罪を犯して裁判を受け、監獄に行くことになる」

「わかりましたってば！」

めっぽう寒く、憂鬱な冬だった。僕は急に、誰も彼も失ってしまったような気がした。僕は沈んだ気持ちで自己分析してみた。僕の孤独な性格はどうすることもできない。僕が何を考えているか知っている人は一人もいない。今までやってきたようなことではなく、何かほかのことを話したいと思って牧師のところへ行き、何も得られずに帰ってくることがよくあった。「科学者」も同じだった。せんじつめれば、のんびり他の話などしているような時間は僕らにはなかったのだ。会社が僕らの息の根を止めにかかっていたから。僕は、会社の偉い人が、僕らはみな同じ一つの船に乗っているということを悟ってくれたらと願っていた。しかしだめだった。彼らは彼らだけの別の船に固執し、一方的な要求をするばかりだった。僕は、正当な手段によらず、機会、支援、無知、残忍さ、幸運、特恵《とっけい》などによって莫大な利潤を得ている人たちに対する怒りを抑えることができなくなっていた。

　寒さが徐々にゆるみだしたある日、僕は「科学者」を訪ねていった。「クラインのびん」が窓ぎわに置いてあった。

　僕はそれを覗き込んだ。

「わかりました」

　早口で僕は言った。

「このびんは、内側がすなわち外側で外側がそのまま内側なんです。中と外の区別がないから、内部を内部として仕切ることができない。ここでは、閉じ込めるということが意味をなさない。壁づたいに行けば外に出られます。つまり世界においては、閉じ込められていると思うこと自体が、錯覚だ」

「科学者」は僕の顔をじっと見た。

「そのとおりだ」

「科学者」は言った。

彼が「クラインのびん」を持って僕の方へ振り向いたが、僕はそれ以上そこにとどまっていることができなかった。

ウンガン紡織保全係の見習い技師は、早足で工場を目指して歩いていった。

トゲウオが僕の網にやってくる

もう五時を回っているのに、まだ暗かった。いつもなら朝の陽射しが窓に届き、カーテンのすきまからもれる光が、部屋の暗がりを散らしはじめる時刻だ。僕は枕元のインターホンを取り、厨房につながるボタンを押した。まだ眠そうなお手伝いの女の子の声が、共鳴板をおずおずと震わせて伝わってくる。コーヒーを持ってくるように言いつけて起きだし、カーテンを開けた。窓をおおっていた霧《きり》がしんしんと地面に降りていく。老いぼれた犬が霧の中でうごめいているのを僕は見おろした。死んだ祖父の犬がまだ死なずに、のろのろと霧をかきわけて歩いている。

ドイツのある企業家から叔父に贈られた犬だ。それをまた叔父が祖父に献上したとき、犬の血統が明らかになった。ドイツのホーエンツォレルン家にゆかりのある血筋で、近い先祖は第二次大戦に参加してノルマンディー海岸を巡察し、アフリカの砂漠も横断したのだという。その話は僕を興奮させた。指導者の命令に無条件で従うのはすばらしいことだ。この犬の先祖は主人とともに参戦し、彼らに割り当てられた塹壕《ざんごう》を守り、歩哨に立った。指導者が前進の命令を出し、「私は常に正しい。私を信じ、服従し、「戦え」と言えば、厳格な教育を受けたヨーロッパの国民らしく、かの地の人々は総力を挙げて戦った。僕は彼らの歴史を好む。

祖父の犬は池のほとりに座っていたが、食べものを求めて舞い降りてきた雀《すずめ》を前足で蹴って捕らえた。こんなに賢くて敏捷《びんしょう》な猟犬は見たことがないと父は言う。祖父は狩りに出るたびに血のついたけものを車に乗せてきて、それを居間に持ち込んではカーペットを台無しにして大声で笑ったものだ。そのころこの犬は祖父の前で、身動きもできないように獲物を追い詰め、自分の小屋でごほうびのカルビをもらってかじっていた。それも若かりしころの話で、老いぼれた今はのろのろとうごめいているだけだ。僕は厚い本を抜き出し、老犬めがけて投げつけた。狙いははずれ、本はプールに続く歩道のタイルの上に落ち、犬は霧の中へ消えていった。

祖父が死んだとき、犬は何も食べなかった。叔父が犬をひきとろうとしたが、父は言下にはねつけた。犬はもう壮年《そうねん》期を過ぎて老いぼれになりかけていたが、父は自分が祖父の権限のすべてを受け継いだことを叔父に見せつけたかったのだ。その叔父がウンガンの工場からやってきた工員のナイフによって命を落としたとき、僕は笑いがこみ上げてくるのをやっとのことでこらえた。叔母と従兄《いとこ》たちの横に立った父が、出てもいない涙を無理やりハンカチでしぼりとっていたからだ。僕は、叔父を刺した工員を法廷の傍聴席から見た。

老犬の姿が見えない。声を聞いて霧をかきわけてきた父の警護員が、僕が犬を殺そうとして投げた本を拾った。お手伝いの女の子が本とコーヒーを捧げ持って入ってきた。「分家の奥様とお坊ちゃまがいらっしゃいました」と、まだ眠気のさめない声で言う。薄いスカイブルーのワンピースの上に白いエプロンをしている。「一緒に誰か来ただろう?」と僕は訊いた。「弁護士さんがいらっしゃいました」。僕は上半身裸で寝ている。だから女の子は僕をまともに見ることができない。

僕が大学に入った年に十五歳でうちに来た子だが、二年の間に見違えるほど成長したのが改めてわかる。胸のあたりがきわだってふっくらして見える。出ていこうとする彼女を僕はつかまえ、「お前の部屋のテレビには、こんなの映らないだろ」と言いながらビデオテープをデッキに押し込み、再生ボタンを押した。女の子の体には、昨夜の眠気がそのままはりついているみたいだ。僕は僕のコーヒーカップをその子の口に当ててやった。「私、追い出されます」とその子が言う。画面ではベルリオーズの音楽にのせて金髪の女が髪を振り乱している。最近のヨーロッパ人の趣味は理解できない。僕だったら、この手のビデオにベルリオーズの音楽なんか使わないだろう。『十六歳』というタイトルのビデオだ。赤いセーターを着た十六歳ぐらいの女の子が手を振って友だちと別れている。僕はビデオを早送りして、後半のシーンを映し出した。画面の中でびっくりするようなことが起きている。「俺がお前に何かしたかい?」。僕の問いかけに、女の子は何も答えなかった。この子の体が眠りからすっかり醒めたことを僕は感じ、女の子は画面から目をそらし、その目で僕を非難がましく見つめてから手を離した。

朝っぱらから父に会いに来た三人は、二階の応接室のソファに絵のようにじっと座っていた。父も母もまだ二人の部屋で寝ているのに。叔母が連れてきた弁護士は目をつぶっていた。二人を見た瞬間、嘔吐を催《もよお》しそうだった。従兄は彼らの向かいに座って新聞をめくっていた。

「兄さん」

僕は呼んだ。「こっちへおいでよ」

「早起きなのね」

叔母の言葉を僕は黙殺した。目を開けた弁護士がめがねをずり上げて僕を見つめる。叔父が死んだ日から、彼が叔母の弁護士を務めている。従兄はらせん階段を回って僕が立っているところまで上ってきた。「早すぎるよ」と僕は言った。僕らは廊下の端まで行き、非常階段を降りていった。霧はもう晴れた。朝の最初の光が、僕らが降りていく踊り場の隅と白い壁、そして丈高い木々の葉の上に降りそそぐ。従兄は黒い洋服に黒いネクタイを締めていた。

「兄さんまで来るとは思わなかった」

従兄は憂鬱そうな顔をした。

「もっと寝ていればよかったのに。弁護士まで連れてきて、何をしようっていうの？」

「僕らは、そんな話はやめとこうや」

叔父が死んだとき彼はアメリカにいた。僕の実の兄二人もアメリカに留学中だったが、彼らは叔父の葬式に参列するために帰ってくるような人間ではない。父が死んだなら、あたふたと帰ってきただろう。帰ってくる飛行機の中では涙一粒こぼさず、自分がもらえる遺産を早く確認したくていらいらしつづけただろう。彼らのことを考えると眠れなかった。二人が法外な取り分を押さえているから、僕の分がすっかり減ってしまうことははっきりしている。僕が投げた本は完全に的をはずしたわけではなかったのだ。頭にけがをしているといって、警護員が犬を連れていった。父の警護員が、老いぼれ犬をなでてやっている。僕らはバラ園を通り過ぎた。

「早くアメリカに帰りなよ」

僕はプールサイドで靴を脱ぎ捨てた。従兄は籐《とう》のベンチに腰かけてたばこをくわえた。

「君も僕がじゃまなのかい？」

憂鬱な声で従兄は訊いた。

「いや」

僕が言った。

「兄さんをじゃま者扱いする人はいないよ。僕は、兄さんのためを思って言っているんだ」

「ありがたいね」

従兄の次の言葉は聞き取れなかった。僕はスプリングボードを何度か踏み込んで弾みをつけ、水に飛び込んだ。プールの底はまだ暗く、水はとても冷たく感じられる。僕は一分ほど潜水していた。水底の隅っこに身を縮めて感じる一分間の窒息、一分間の作りものの絶望。これが、いずれ味わう喪失の苦しみを先取りして僕を鍛《きた》えてきたのだ。足を蹴って水に浮かび上がり、僕は光の屈折が作り出す波紋のむこうに座っている従兄を見た。僕は水面に伏せ、ばた足をしながら抜き手で水をかいた。ばた足をするときは脚の関節の力を抜き、顔をめぐらせて水の外へ出した瞬間に息を吸い、吐き出すときは水の中で。外へ出ると従兄がタオルを投げてくれた。早朝なのに陽射しがあたたかい。スーツ姿の従兄は額に汗をにじませている。父の運転手が自分の車に乗ってやってきて降りるのが、柾《まさき》の木の間から見えた。

「叔母さんは何か誤解しているみたいだな」

僕は言った。

「兄さんも、叔母さんがどれだけみっともないことをしていらっしゃるか、知ってるだろう?」

「僕は知らんよ」

従兄が言った。

「君の言うとおり、アメリカに戻って勉強でもするかな」

「もうすぐ父さんに会えるから、そのことから話すといいよ。叔母さんの言うとおりにしていたら、得することは一つもないからな」

「そうなれば、伯父さんもご満足だろうな」

「父さんが言いたいのは、兄さんもウンガングループの一員なんだってことさ。兄さんも、うちの会社の納税額がわが国の税収の四パーセントを占めていて、売上額では国内市場の四・二パーセント、輸出額では五・三パーセントを記録していることは知っていなくちゃ」

「すごいもんだね」

「すごいだろ！」

僕は従兄に言った。

「父さんは経営に失敗するわけにいかないんだ。叔父さんが亡くなったからその分を自分たちに分けてくれだなんて、そんな叔母さんの言い分が通ると思うかい？　兄さんが勉強を終えて帰ってきて、仕事に慣れて、経営に参加するようになるのがいちばん自然だ。父さんが認めているのは兄さんだけなんだよ。きつく聞こえるかもしれないけど、叔母さんはもう、うちの人じゃない」

「なんでだい？」

従兄はひどく気分を害した表情をした。

「父さんがそんなこと、言ってたみたいだからさ」

僕が言った。何のことかわからん、というように従兄が僕を見つめる。実の兄貴二人のことを思えば、善良さでは比べものにならない人だ。彼は、ウンガンからやってきた若者がなぜ鋭いナイフを抜いて殺人をしなければならなかったのかと人に尋ねて回るような人だ。生まれつき善い人なのだ。彼は、刺されて息を引き取る瞬間に叔父が痛みを感じたかどうかも知りたがっていた。殺人犯の狙いが叔父ではなく僕の父だったと知ったとき、彼は絶句した。従兄は犯人を、理性と感情と意志の調和がとれなくなった統合失調症患者と考え、裁判にかけてはいけないとまで言ったのだ。裁判所に行って初めて、被告の精神が正常であることを認めた。それでも彼は、自分から父親を奪った計画殺人を正当防衛だと言い張って周囲の人をうんざりさせた。法廷の傍聴席は、工場労働者でぎっしり埋まっていた。

父の若い秘書がかばんを持って入っていくのが、同じ柾の木の間から見えた。父の車が日の光を受けてきらきら光る。ドイツ人が作った最高級の乗用車だ。同じドイツ製でも、僕のは小ぶりな白いワーゲンだ。

従兄はまた、たばこをくわえた。アメリカで彼はある日、労働者たちが突然シュプレヒコールを叫ぶのを聞いたことがあるそうだ。「韓国の繊維労働者の賃金はいくらか?」と労働組合の代表が先唱すると、労働者たちが「一時間十九セント!」と唱和したという。一万人あまりの労働者が大声でそう叫びながら真昼の広場を練り歩いたとき、従兄は彼らが韓国製品の輸入規制のために嘘をついていると思ったそうだ。月に四五・六ドルの賃金で人を働かせる経営集団があるとは、信じられなかったのだ。

だから、ウンガン紡織からやってきた若者がナイフを抜いたのは当然だ、というのが従兄の主張だ。この国の社会制度はやがて内部から崩壊していくだろうと彼は言う。僕たちは三次元の世界に住んでいるが、ナイフを携えてやってきた若者とその同僚や家族は二次元の世界の住人だとまで言った。現実の過酷さが一つの次元をそぎ落としてしまった、二次元の世界なら限界があって当然だというのだ。従兄には、自己分析しすぎてそれに縛られてしまう癖がある。発展性のない、気づまりな人間だ。

「弁護士が帰るようだけど？」

彼が訊いた。

「父さんの秘書が追い払ったんだ」

僕が言った。

「あの人は、まず父さんの弁護士に会いに行くべきだった。叔母さんを信用したのが失敗だったね」

「法律家は事態をありのままに見るものだ。問題の核心を普通の人より早くつかむんだね。僕はあの人を信用しているよ。母さんが朝早くから電話して呼び出したんだ。母さんは一睡もしていない。あの人がいなかったら一言もものが言えないだろう。事実をきちんと提示できる人がいなくなったんだから、伯父さんにお目にかかる必要もないな」

「何年か待っていれば、兄さんは自動的に重役になるよ」

笑いながら僕は言った。

「入れよ。父さんが起きてきたから」

「僕は、金持ちだってことも嫌なんだ」

疲れた声で従兄が言った。彼にとっては辛い日だったのだ。叔母は応接室に一人で座っていた。僕が部屋に上がって服を着て降りてきたときも、そのまま座っていた。叔母が背を向けている北側の壁に、ウンガン造船の現場を視察する祖父の大きな絵がかかっている。その表情は楽しそうではなかった。祖父は変化を恐れていたのだ。祖父はずっと昔に技術力と機械を駆使して多くの製品を製造販売し、高利潤を挙げていた。いくつかの消費財メーカーと貿易商社の行き届いた経営によって彼は株主投資を保護し、財政を安定させ、富を蓄積することに成功した。だが祖父には、需要の変化に率先して対応すべき理由がなかった。ずっと儲かっているのだから、未知の技術や新しい経営手法にかかずらわって頭を悩ませる必要などないと考えたのだ。

父と叔父が力を合わせて、変化に対する祖父の抵抗を粉砕してきた。我々は間違っていたと、父は言った。従来の経営手法に固執するならば、一年後には利益が縮小し、二年後には現状維持も難しくなり、三年後には先頭集団から脱落することになると言ったのだ。僕はまだ幼かったけれど、父が正しいということだけはわかった。僕が老いて孫を持ったら、孫たちは祖父や曽祖父のでたらめな仕事ぶりを聞いて恥じるだろう。当時はいわば、発作的な経済万能主義とでもいうべき時代であり、倫理も道徳も秩序も責任も生産行為の敵のように見なされていたと知ったら、今、僕らが打ち立てつつある業績を思いっきり低く見積もろうとするかもしれない。

父は頭を使った。経済規模が拡大し、その構造が複雑化するにつれて企業の行動様式も変わるべきだと考えたのだ。父は、軽工業分野にとどまっていた祖父の事業を、自分の頭脳と国家の保護だけで、機械、鉄鋼、電子、造船、建設、自動車、石油化学などの重化学工業を網羅《もうら》する総合企業グループに育て上げた。晩年の祖父はその恐ろしいほどの成長ぶりにめまいがすると言っていた。彼が黄金期と考えていた六〇年代も、父と叔父が飛び込んだ激動期に比べたらままごとのようだとしか思えない。父は彼の応接室で、叔母と従兄に会っていた。

「お前はずっとこっちにいるつもりか？」

父が従兄に聞いた。

「いいえ」

従兄が答えた。

「戻って勉強を続けるつもりです」

「父さんの葬式を終えたのだから、もういいだろう。どうしてすぐに帰らず、何か月も時間を無駄にしているのかね。お前もお母さんのように、会社を分けてもらいたいと思っているのかね？」

「僕はよくわかりません」

叔母の顔が真っ青になった。

「わかっていなくちゃならんな」

父が言った。

「お前の父さんが生きていたら、許されることではないよ。私も父さんと同じ種類の人間だ」

「でも、お義兄様」

叔母がようやく口をはさんだ。しかし父は叔母の顔も見ず、

「父さんの権利を引き継ぐのはお前だよ」

と甥《おい》に言った。

「勉強が終わったら帰国して、父さんがやっていた仕事を引き継がなくてはならん。片時も休まずに働くとはどういうことか、お前にもわかるだろう。我々には守るべきものがたくさんある。守ると同時に、実現可能な変革について常に考えておかなくてはならないのだ。多くの者が、我々の成功には根拠がないかのように思い込んでいる。機会さえあればぶち壊そうとしているんだ。だが我々は、彼らを説得するか、それができないなら抑え込まなくてはならない。我々のやっていることは彼らのためでもあるのに、それを考えてみようともしない連中が多すぎる。お前の父さんのことは、私が目を閉じる日まで忘れはしないよ。こんなにも大きな犠牲を我々が払ったことはない。国と国の間であれば、全面戦争になるようなことだ。これ以上に神聖な戦争の理

由はありえない」

「伯父さんのおっしゃることはわかりました」

従兄が言った。

「であれば、工場で働いている彼らも同じことを主張するでしょう。彼らにもまた、自らを守るため、黙っていてはいけないという神聖な理由があったのだと」

「その話はまた、あとにしよう。アメリカで必要な金は、むこうの支社から持っていって使いなさい」

そして父は叔母を見やったが、従兄が言ったとおり叔母は一言もまともに言えなかった。父は、この一件をすっかりかたづけてしまいたいと思っていたから、何枚かの写真が入った封筒を叔母に渡し、夫の喪も明けぬうちに何をしたのかと問うた。叔母は従兄の視線を感じて顔をそむけた。とても耐えられなかったに違いない。父はきわめてたやすく叔母と従兄を引き離した。

叔母にとって叔父の死は解放だったのだろう。そうでなければ今ごろになって、やっと子会社の社長になったばかりの夫の部下と分不相応なことをやらかしたりはしなかっただろうから。僕は叔母が男と寝ている写真だけは見ることができなかった。その写真を覗き見た叔母は眉をひそめたが、彼女の唇は一瞬で真っ黒に見えるほど青ざめ、そこから短いため息が漏れた。会見はあっけなく終わった。叔母は一人で帰っていった。

僕は従兄と一緒に食堂に行き、朝食を食べた。従兄は、毎日早朝スイミングをしているのかと尋ね、僕は、父にヨットを一台作ってくれとせがんでいること、それが実現したら遠征《えんせい》に出たいということ、遠洋での単独航海に備えて持久力の訓練を重ねていることを話してやった。従兄は驚いて、チチェスター[*1]が乗ったようなボートをわが国の技術で作れるのかという点と、僕が遠征なんて言葉をすらっと言ってしまえるレベルにほんとうに達しているのかという点を知りたがり、もちろんだと僕は答えた。

兄さんも知ってのとおり、アメリカは少ない人口で全世界の資源のほとんど半分を消費している、アメリカ人一人が一日に摂取する熱量は、アジア・アフリカの貧民一人が一週間に摂《と》る貧しい食事の総熱量に劣らない、このように強者の存在は常に弱者にとって衝撃的なものなのだ、それが認められるなら僕たちの現状も認められてしかるべきだと僕は主張した。我々が導入してきた技術についても熱心に説明した。しかし、君の言うことはわからんと従兄は言う。ほんとに理解できないという調子だったので、僕は、家庭内に問題があったら冒険なんかする気にもならないのは当然だと言ってやった。また、自然の摂理に基づく性差別についても話した。

「僕は同年齢の連中に比べても、性欲を感じる頻度が高いんだ。だからそれを解消する回数も何倍も多い」

＊1　冒険家。一九六七年にヨットで単独世界一周に成功。

従兄は僕を見つめた。

「君はほんとに変わってるね。君の話は脈絡が変だ」

「そんなふうに感じる兄さんの方が変だよ」

「僕だってまともじゃいられないさ。頭が痛いよ。母さんは何が不満だったのかな？母さんのあの写真、何人もの人が見たんだろ？」

「知らない」

僕は従兄に言った。

「僕が兄さんなら、叔父さんを刺した奴の判決を聞いたらアメリカに帰るだろうな。そして何もかも忘れて、むこうの生活に浸りきってしまうな。何もしなくたって、兄さんの前には利益配当が山ほど待っているんだから」

「そうだろうな」

従兄は立ち上がりながら言った。

「君はほんとに隙《すき》がないよ」

従兄にこれ以上気を遣うのはやめよう、と僕は思った。彼は、車で送るというのを断って歩いて帰っていった。外はとても暑い。真夏の陽射しが悩める従兄の体に降り注ぐ。君の考え方も体質も習性もどんどん国籍不明になっていくと彼が言ったことがある。この観察については、彼は正しい。僕には何の異常もないということを彼は認めたわけだ。

僕はときどき未来について想像する。遠からぬ将来、兄たちと一緒に働くことになることは明らかだ。父が死ぬ前には、従兄も一緒に働くことになるだろう。僕は彼を問題視したことは一度もない。二人の実兄は、小さいころからいつも怖かった。二人とも頭もいいし力も強い。おもちゃをめぐって小さな欲望を天秤《てんびん》にかけていたころから、僕はいつも二人に負けてばかりいた。僕は蒸気機関車、戦車、装甲車、飛行機、大砲、機関銃、拳銃、おもちゃの兵隊までも二人にとられてしまい、妹と一緒に人形の家のベッドに人形を寝かせて遊んでいたのだ。お父さん、赤ちゃんがねんねするから電気消してくださいと妹がささやくと、僕は豆粒ほどのスタンドのスイッチをそうっと回して明かりを消し、二人の兄が大砲をぶっ放したり兵力を投入したりして人形の国の平和をぶち壊すのではないかと気をもんだものだ。そうこうするうち兄たちは僕に、座っておしっこしろよと言いだすし、母さんの友だちが遊びに来たりすると、キョンフンはかわいいわね、女の子よりかわいいわ、ほんとかわいいー、などと僕を抱いてキスをしまくったりした。僕は勉強でだけは勝ちたかったのだが、兄たちは、教師にいやがらせをすることばかり考えて本の一冊もまともに読んだことがないくせに成績が良く、僕をぺしゃんこにしてしまった。

僕が生まれて初めて涙とともに捧げた祈りは、この悪魔のような二人に、天国に行ってもいいから死んでほしい、僕の目の前から消えてほしいというものだった。長兄が女の子を乗せて車を乗り回し、交通事故を起こしたとき、僕は二度めのお祈りをした。長兄の車は街路樹に激突してめちゃめちゃになり、彼を追っかけては裸で汚い精液を飲んでいた女の子は即死した。病院に運ばれて治療を受けた長兄は、包帯でぐるぐる巻きにされてベッドに横たわっていた。僕の祈りはまたもや聞き入れられなかったのだ。長兄は二週間もしないうちに退院した。起訴すらされなかった。事故の瞬間にはボイラー係と同じ部屋で寝ていた母のお抱え運転手が、身代わりになって出頭したのだ。祖父が父を呼び、死んだ女の子の父母に大金を払うようにと告げた。

祖父が死んだとき、僕は涙一滴流さなかった。祖父が生涯くり返し口にした言葉は「犠牲」だが、この言葉は彼の人生とは一つも関係ない。僕は、兄たちが家を出ている間に父に認めてもらわなくてはと思った。僕が父の仕事に大いに関心があること、早く大人になって仕事をしたがっていることを知ると、父はたいそう喜んだ。父がいちばん恐れているのは戦争だ。おかしなことだが、社会的なさまざまの変化も父にとっては戦争と同じだった。一瞬にして父のすべてを奪ってしまう点では同じだからだ。それを理解するのに長い説明は必要ない。僕も同じだったからだ。僕にとって最も恐ろしいのは二人の兄だ。従兄は怖くない。彼は弱い人間だ。僕は彼と一緒に法廷の傍聴席に座り、南の工場からやってきたハン・チソプという男が、叔父を刺した殺人犯には罪がないと主張するのを聞いた。

「悪党め！」

その男は、謀叛《むほん》を企む反逆者のようだった。

「誰が？」

従兄が聞いた。

「弁護側の証人で出てきた奴だよ」

「そんなふうにばかり見るなよ」

「兄さん、気は確かか？　誰を殺した奴の裁判だと思ってるの？」

「思ったことを言ったまでだ。それに、傍聴席を埋めていた労働者たちは彼が正しいと信じてる。それはなぜだと思う？」

従兄とは話をしない方がいい。僕はチソプを許すことはできない。わざとみすぼらしい服を着て現れた彼は、はなはだしい偏見と傲慢《ごうまん》さと悪意によって真実を覆い隠し、僕らを罪人と決めつけた。

真夏の昼の陽射しがビルと街路樹、のろのろと走る自動車の上に熱気を吐きかけていた。道行く人々は午後一時半の短い影法師を曳《ひ》いて歩き、物陰を見つけたらすぐに入り、すでにびしょ濡れのハンカチを取り出して顔と首を拭いた。大勢の人がソウルを離れていた。車もかなり減っている。裁判所の訴訟関係者待合室の向かいに車をつけて降りると、熱気で息も止まらんばかりだった。待合室から出てきた秘書室の職員たちが法廷にむかって歩いていくのが見えた。彼らが通り過ぎた左側の木陰の中に、工員たちが立っている。叔母と従兄はまだ姿を見せない。朝早く一緒にやってきて別々に帰っていったあの日以来、二人とは三日間会っていなかった。僕が通り過ぎるとき、木陰の中の工員たちは身動きもせず、立って見つめているだけだった。ゆるやかな坂を上っていくと、陽射しを浴びている長蛇の列が見えてきた。列の真ん中ぐらいまででも法廷はいっぱいになってしまうのに、僕が上っていく間にもひっきりなしに列が伸びていく。大部分はウンガンの工場からやってきた二十歳前後の工員たちだ。最初から入るのをあきらめて、売店と裁判所の壁の陰に座って開廷時間を待っている工員もたくさんいた。

僕は売店の公衆電話の前に立っている二人の女工に近づき、被告の父親はこびとだと聞いたが、事実かと尋ねた。二十四時間操業の工場で夜勤をしたため寝ていないらしい二人の女工は、充血した目で僕を見つめた。一人はためらいながら知らないと言ったが、もう一人は違った。その女工は僕が誰かも、なぜそれを知りたがるのかもわからないので言いたくないけれど、そんなに知りたいなら教えてあげるという感じで、もうすぐ判決を受ける被告のお父さんはほんとのところものすごく大きな巨人だったのよと、一息で言った。僕がそれを聞いている間、何人かの男が列から出てこっちへ歩いてきた。列の外にいた工員たちもやってきた。その中の一人が、ちょっとあなた、と言い、何ですと僕が訊くと、あなたがうちの会長の息子さんだってあの子たちが言ってるんだけど、ほんとですかねと生意気な口ぶりで尋ねた。僕の中で何かがウッとこみ上げてきたが、我慢するしかない。僕は言葉に詰まった。黄色っぽいとげとげしい顔に、目ばかりがやけに生々しく光る若者たちが僕を取り巻いた。そして、敵意と反感に満ちた歌声を僕は聞いた。

うちの会長は
優しい人よ、
釣り銭集めて
はい、月給。

短い歌だった。想像を絶する歌だ。そして僕は、歌っている工員たちの方を振り向いて見ることができなかった。見るまでもない。年齢にしては体が小さく、心に敵意や誤解がひそんでいるせいでのびのびと発育できなかった連中に決まっている。だがこんどは、前方から僕をとり囲むようにしていた工員たちが、僕の顔にじっと目をこらしながら、う・ち・の・か・い・ちょー・は・や・さ・し・い・ひ・と・よ、つ・り・せ・ん・あ・つ・め・て・は・い・げっ・きゅう、とみんなそろって口を開けた。笑いもせずに。木の上で鳴いているセミより小さな声で。法廷の警告板の前方で列を作っていた人たちは、後ろで何が起きているのか知るよしもないだろう。だが僕は、秘書室の職員がどこかで見ているのではないかと肝を冷やした。これは我々の名誉にかかわることだ。僕は父の名誉はもちろん、自分の名誉すら守れなかったことになる。そして、二人の兄ならこうはしなかっただろうと思うと僕は惨憺《さんたん》たる気分に陥った。心は家に飛び、心は父の二十二小口径の拳銃をポケットに入れ、連発式猟銃に炸裂弾《さくれつだん》を込めて走って戻ってきた。僕はあいつらに狙いを定めた。しかし撃つ必要はなかった、僕を取り巻いていた工員たちが、息子の判決を聞くために今到着した婦人の方へ走っていったからだ。

叔父を殺した殺人犯は、彼女の長男だ。次男と娘が婦人の隣に立っている。この女は小さくないのに、どうやってこびととの性生活を営んでいたのだろう。工員たちが婦人を裁判所の門の前に案内していった。叔母と従兄はまだ来ていない。

独裁的な父親は多かれ少なかれ、家族を苦しめるものだ。家長の責任を果たすことができない者ほど命令することを好み、服従を要求する。僕は会ったこともないこびとについて考えた。彼は子どもたちの小さな過ちも決して許さなかっただろう。たびたび子どもを殴り、罰を与えるにもむごい方法を選んだのだろう。子どもたちにとって彼は、四六時中君臨する独裁者だったのだろう。愛情も尊敬も信頼も知らないこの人格的欠陥者は、自分の力を正しく用いず、暴力をふるい、罰を与えることにのみ耽《ふけ》ったのだろう。彼が死んだため、その長男は攻撃目標を失った。しかしまともな社会生活を送れない人間に育った彼の漠然たる攻撃性はそのまま残り、結局、叔父を殺した。

僕はそのとき裁判所に到着して坂を上ってきた従兄をつかまえてこの考えを話してやったのだが、従兄はろくろく聞きもせずに手を上げて、僕をさえぎった。

「違うよ」

従兄はあっさりと言った。

「君の間違いだよ。彼が法廷で述べたことをそのまま信じるべきだ。父さんが伯父さんを手伝って何をしたのか、僕は知っている」

そのとき僕は、父の存命中であっても、二人の兄が従兄を追い出しにかかるなら喜んでそっちにつこうと心に誓った。従兄はかんかん照りの陽射しの中で汗を拭いた。閉まっていた法廷の扉が開くと工員たちは中へ押し寄せ、僕らは別の扉から入っていった。法廷の中は涼しかった。

「父さんたちが何をしたっていうのさ？」

僕が訊いた。

「彼らを苦しめたんだ」

傍聴席の工員たちを見わたしながら、従兄がささやいた。

「人間のために働くと言いながら、人間を疎外したのさ」

「兄さんの言うこと聞いてると、すごくかっこいいね」

僕は言った。

「実際には、工場を作って仕事を与えて金を払っただけだろ。いちばん恩恵を受けたのは彼らだよ」

従兄は笑った。そのときこの法廷で笑っているのは従兄だけだった。被害者の息子が殺害者の判決を待ちながら笑うというのは、理由が何であれ良いことではない。ウンガン工場の労働組合幹部らしい女の子が、こびとの妻と息子と娘を被告席の後ろの椅子のところまで連れていって座らせた。傍聴席はもうぎっしり埋まっているのに、まだ入ってこようとする人たちで扉付近はごった返していた。廷吏《ていり》が傍聴人をかき分けていき、これ以上入れないように扉を閉めた。叔母は来ていなかった。同じ家に住んでいる従兄も、三日間一度も顔を見ていないという。僕らは公判の結果を父に報告するためにやってきたグループ本部の理事と、秘書室の職員の間に座った。後ろの壁の下に置かれた冷房機が、冷えた空気を吹き出している。傍聴人を入廷させるとき、ある廷吏が腹立たしげに、服装を整えて静かにしてくれるようにと工員たちに懇願《こんがん》した。

「そこの後ろの人、上着のボタン、ちゃんとかけてくださいよ」

廷吏が言った。

「それと先回、声を出して泣く人が何人かいたんですが、お願いですから今日はそういうことしないでください」

「泣くのもだめなんですか？」

しゃがれ声の女工が言った。

「泣いたらいけないなんて言ってやしませんよ。ただ、声を出さないでくれってことなんです。映画見物じゃあるまいし、あんなふうに泣いたり叫んだりしたらお互い迷惑でしょ」

「わざわざ映画なんか見に行って泣く人、ここにはいません」

「じゃあ、いつも泣いているとでも？」

「そうよ。毎日、悔しくて泣いているのよ」

廷吏は理解できないという顔をして向き直った。僕は、しゃがれ声を出した女工を探して見てみた。ものすごく不細工な女の子が立っていた。工場労働者のほとんどがそうであるように、その子もひどく黄ばんだ肌、平たい顔、低い鼻、突き出た頰骨、広い肩、太い腕、大きな手、短い下半身という特徴を持っていた。十九かはたちぐらいだが、とても女に見えない。無人島で千日間一緒に暮らしたとしても寝たくない子だ。その子は生命活動を維持するために工場労働を必要としたが、我々が必要とするのは労働者の筋肉活動だけだ。傍聴席を埋めた工員たちにとって工場労働が苦痛ではなく楽しみになったら、父は、意のままに動かすことができたものをすべて失うだろう。

僕は退屈だった。場内整理が済み、時間になったのに何の動きもない。しかし僕がいらいらする理由はない。書類の封筒を持った弁護士がまず入ってきた。彼は僕が知らないこびとの妻に近づき、ひとくさり言葉をかけ、手を握ってやっていた。こびとの妻は立ち上がっておじぎをした。弁護士は一度傍聴席の方を振り向いたあと、裁判長席の下の右側にある彼の席についた。めがねをかけた若い弁護士だった。彼は、傍聴人たちが自分に好意と尊敬を抱いていると信じているようすだった。彼を見た瞬間、僕は心の奥底からぐつぐつと煮えたぎるような怒りがこみ上げてきた。弁護人がぐるになって重罪犯をかばうようなこの法制度をなぜ放っておくのか、僕には理解できない。彼は最初から、叔父の殺害犯には罪がないかのようにかばい、事件の性格を別物に仕立て上げようとしてきた。担当検事が事態の把握を誤ったら、彼の陰謀に巻き込まれるところだった。

だが検事は立派な人だった。公益を代表する資質を完全に備えており、人物の印象だけでなく服装まで清潔だった。裁判長が叔父の殺害犯であるこびとの長男の名前、年齢、本籍、住所、職業を確認して人定尋問を終えると、検事が控訴状により起訴内容を陳述したが、彼は殺人、騒擾《そうじょう》、特殊脅迫、特殊損壊《そんかい》、爆発物準備、陰謀などの罪名を挙げて犯罪の日時、場所、方法を正確に述べた。直接尋問に入る前に裁判長が、被告は個々の尋問に対して陳述《ちんじゅつ》を拒否することができるとして、被告陳述拒否権の説明をしてやったが、こびとの長男は検事のすべての質問に素直に答えた。

「被告はウンガン紡織工場保全係の見習い技師として働きながら、十五のサークルを作ったと述べましたが、事実ですか？」

「事実です」

「サークルの会員は同じ工場の勤労者たちであり、会員数は百五十人程度でしたね？」

「そうです」

「その百五十人が同僚を十人ずつ説得して連絡がつくようになっており、被告が各サークルの責任者に伝達事項を伝えれば、千五百人の工場従業員が短時間でそれを知ることができましたね？」

「おっしゃる意味がわかりません」

「いいでしょう。被告は一九七×年×月×日、全従業員に作業を中断して外へ出るよう指示しませんでしたか？」

「しました」

「皆、そのとおりに行動しましたね？」

「はい」

「被告は全従業員にハンガーストライキを勧め、後には過激な工員たちとともに作業場に入り、機械を破壊しました。事実ですか？」

「事実ではありません。興奮した何人かが織布課に入り、機械を壊そうとしていると組合支部長から聞き、駆けつけてやめさせました。そのうち一人が機械に若干の損傷を与えましたが、すぐに修理して稼働を継続させたと認識しています」

「被告の部屋から硝酸《しょうさん》ナトリウム、硫黄《いおう》、そして木炭が発見されましたが、これらは誰が購入したものですか？」

「私が購入しました」

「何のために必要だったのですか？」

「火薬を作ろうとしました」

「で、作りましたか？」

「途中でやめました」

「つまり、硝酸ナトリウム、硫黄、木炭を利用すれば、同一組成であることから強度が高まり、吸水性もあるため、爆発物を自家製造してすぐに使えると知っていたのではありませんか？」

「知っていました。しかし作っても試験をする適当な場所がないことと、製造に成功しても爆発によって大変な数の人が被害をこうむるであろうことから、あきらめました」

「それで爆発物製造をあきらめ、ナイフを買ったのですか？」

「はい」

「これがそのナイフですね？」

「そのナイフです」

「では一九七×年×月×日午後六時十三分、ウンガングループ本部ビルにおいてやったことを話してください」

「人を殺しました」

「このナイフで?」

「はい」

これ以上裁判を続ける必要はない。恐ろしい悪党だ。こびとの長男は、後悔のそぶりひとつ見せずすべてをぶちまけた。彼は、僕の父を殺すつもりでやってきて、父とよく似ていた叔父を誤って殺害したと陳述した。その時間、父は彼の部屋で各社の売上げ実績を確認しているところだった。そして経済人懇談会に出席するためにエレベーターで降りてきた叔父は、大理石の柱の後ろに身をひそめ、警備員が警備をおろそかにした一瞬を狙って飛び出してきた犯人の刃を心臓に受けて倒れた。刺された部位はあまりにも致命的な場所だったから、従兄が願っていたとおり、叔父は痛みを感じる暇もなかっただろう。

裁判はそこが始まりだった。僕らは、悪どい重罪犯にも寛大な法律を持っている。僕ならば、自白と証拠が一致した瞬間にもう、人が大勢集まる場所で犯人を絞首刑に処しただろう。人の骨を折った者は同じように骨を折ってやらなければ。でないと、世の中は骨折者だらけ、不具者だらけ、死人だらけになる。叔父はもう土の中に葬られているのに、出勤時の工員に見えるようにウンガンの工場地帯に吊るしてやるべきこびとの長男は、刑務官の保護を受けて法廷に立ち続けている。そして弁護人の反対尋問による被告の陳述を聞くなら、ウンガンの工場労働者から汗を搾《しぼ》り取り、彼らの心身を傷めつけ、彼らを不幸に陥れたのは、まさに僕らだということになるのだ。

弁護人の質問の一つひとつが、被告の行動を正当化するためのものと僕には聞こえた。彼らはまるで、社会をずたずたに解剖して不正を発見したかのように、訴訟とは直接関係のないことまで引っ張り出し、検事の異議申し立てと裁判長の異議認定を浴びながら尋問と陳述を続けた。弁護人は、自分が調べたところでは、被告人は家庭においては一家を率いる長男であり、よき兄であり、工場では責任感の強い産業戦士であり、思いやりのある同僚であり、先頭に立って不遇な人を助け、苦しみを分かち合おうとする信頼すべき同志であり、労働問題を研究・討論する集まりにおいては常に相互理解と和解と愛を主張する学徒であり、指導者であり、このような被告がある日突然あのむごたらしい殺人を思い立ったのには、それだけの理由があったものと思われると述べた。すなわち、賃金、休暇、不当解雇者の復職問題などについて会社と改善点を探ろうと努力したが合意を見られなかったほか、労組代議員および役員選挙を平和裡に実施しようとする組合員の努力を使用者が力ずくで踏みにじり、労使協調を一方的に破棄したばかりか、自ら産業平和を台無しにして労使双方に不利益をもたらすのを目のあたりにした瞬間、ウンガングループを率いる総責任者、すなわち会長を殺害しようという偶発的な殺意を抱くに至ったのではないかと訊いた。こびとの長男は咳払いをしてうつむいた。彼が下を向くのを、僕は初めて見た。彼の妹が泣くのをこらえようとして口にハンカチをあてた。妹は耐えていたが、後方の何人かは耐えきれずに声を上げて泣き、廷吏はそれを制した。

こびとの長男が頭を上げた。あれは偶発的な殺意ではなかったと、彼は言った。

「すみません」

弁護人が言った。

「今言ったことを、もう一度言ってもらえますか」

「偶発的な殺意ではなかったと言いました」

弁護人は苦渋《くじゅう》の表情を見せた。

「それではですね、当時の心理状態を簡単に話してもらえますか？」

「分別もあり、たいへんな苦労もしてきた同僚たちが、何かが弾けたようにいっせいに声を上げて泣き出すところに私はいあわせました。たいがいの苦労にはもう免疫《めんえき》ができている千五百人が、それもいっせいにです。学歴のある、ものごとを深く理解している工場外の人たちにこの話をすると、そんなことがあるのだろうか、にわかには信じがたいといわれるばかりでした。私が話しても、皆さん、信じません」

「いいえ、私は信じますよ」

「あの方は、人間のことは考えてくれませんでした」

「それが殺害の動機ですか？」

「この野郎！」

僕は叫んだ。僕の叫び声は、隣の席の従兄にも聞き取れなかっただろう。父さんがなんであんな連中のことを考えなければならないんだ。父が忙しい人だということ、そして父にはそんなこと以外に計画し、決定し、指示し、確認すべきことが数えきれないほどあるということを、この小さな悪党は知らなかったのだ。発育がよくないため僕らより小さくて弱いけれど、その小さな体の中に残忍な思いをいっぱいにたぎらせている、こういう手合いの人間のことを僕はよく知っている。彼らは僕らが人並みはずれた努力をもとに、資本と経営手腕と競争と独占によって築き上げた生活を脅かし、自分たちは恐るべき毒に中毒して死につつあると言い張るのだ。たとえ貧乏が毒なのだとしても、彼らの全員が父の工場で働いているからといって父にその責任を問うべきではないだろう。彼らは彼らの自由意志でウンガン工場に入って働くチャンスをつかんだのと同様、いつでも好きに工場を辞めて出ていくことができたのだ。工場の仕事で生活もましになったはずだ。それでも彼らはしかめっ面をやめない。頭の中には、彼らの言うところの「生きる意味のある世界」とか、すべての人がともに笑い合う社会とかいった、実現不可能な夢が詰まっている。そのために常に欲望を押し殺し、批判的で、享楽と幸福をわざわざ拒否したりするのだ。理想に現実を当てはめようとするこの手のストイックすぎる連中のことは、考えるだけでもうんざりだ。その中の一人が今、殺人まで犯し、弁護人が彼を助けるためにそれと同じ種類の人間を証人として呼び出している。ハン・チソプだ。彼が証人台に上がり、良心に従って何事も隠さず、何事もつけ足さず事実をありのままに述べ、万一虚偽を述べたら偽証の罰を受けることを誓うと言ったとき、これはなかなかの悪党だと僕は直観した。南部の工場からやってきたという彼は、指が八本しかなかった。父の工場で二本をなくしたのだろう。鼻もけがで平たくつぶれており、目の下にも傷跡があった。僕は最初から彼の言葉は聞かないことにした。証人として出てきた人間に指が八本しかないということ自体、気分が悪い。なくした二本の指が彼の物の見方に及ぼした影響について僕は考えた。彼は、指と一緒に客観的な視点も失ったのだ。僕は目を閉じた。二人の言葉を聞かずに済むように、僕は思い浮かべた——湖水の色、熱い太陽、樹木、野草、そこに吹く風、湖を分けて進むモーターボート、芝スキー、変な癖のある女の子、そして限りなく甘やかな午睡。蜂の巣箱と鹿の飼育場も見える。午睡のあとの食卓も思い浮かぶ。僕は読書をすることにしよう。未来工学と経済史の本を読まなくてはならない。父は、息子がこういう本を読んでいると喜ぶのだ。経済史はもうかなり読んだ。ウォルター・スコットが引用されている箇所を読んで僕は笑った。彼は、貧しい労働者たちを酷使している工場地帯を視察して、この国はいつ爆発するかもしれぬ爆発物でいっぱいだと嘆いたのだ。こんな、ほら吹きの道学者みたいな人がその当時にもいたらしい。彼の言葉を聞いた工場主たちはどんな顔をしただろう？　マンチェスターやブラッドフォードの初期の発展状況が、道学者の目には、爆発へむかってひた走る愚かな所業に見えたというだけのことだ。しかし結局、僕は負けた。気になってしまって、法廷での問答を聞かないわけにいかなかった。自分が見たところ、あれは強要された行為であったとチソプは言った。弁護人はその言葉を待っていたというように、誰が強要したのだろうかと尋ね、それをもう少し具体的に話してくれるように頼んだ。チソプは、抗《あらが》えない暴力や、自分または家族の生命や身体に危害を及ぼす防ぎようのない脅迫によって強要されたのであると述べ、その証拠として、三きょうだいの稼ぎで暮らしていた一家の非文化的な生活ぶりについて述べ、こびとの妻がつけていた古い家計簿を持ち出した。僕はたいがい腹が立って、彼の言葉をよく聞きとれなかった。彼は豆もやしの値段、塩の値段、アミの塩辛の値段から頭痛薬、歯痛薬の値段まで読み上げて、都市労働者の理論上の最低生計費、生産貢献度に見合わない賃金、そして労働力の再生産が困難な生活状態についてとりとめなくまくしたてた。また、父を頂点とする巨大なウンガングループの富の力について、にもかかわらず大企業として受け続けている国家からの支援と保護について、ぬきんでた頭脳によって構成された高学歴の経営陣が低賃金と高利潤を追求していることについて、そして今や誰でもちょっと考えればわかる人間性の破壊、自然破壊、神の破壊にまで言及した。したがって、僕の父についてこびとの長男が言ったことは、悲しむべきことだが正しいのであり、彼が父を手にかけねばと思い立ったのは、父が加えた抑圧の中心にまさに彼がいたためで、他になすすべはなかったのだと言った。弁護人は抑圧という言葉の説明を求めた。すると、父が傘下の会社の工場従業員に加えた抑圧はつねに生存費あるいは生活費と関係があった、つまり、誰もがいちばん恐れている経済的逼迫《ひっぱく》を意味するとチソプは言った。彼は続けて、このような抑圧を恐れない者はいるはずがなく、それをまっ正面から受け止めても抵抗権の行使を考えたことのない者がいるとしたら、大ばか者か、生きる意志を失った者だろうと言った。聞くほどに腹が立つ。彼の言うことが正しいなら、この世で最大の悪党はむしろ僕らの方なのだ。僕らが人間の尊厳と価値を破壊し、法の前に平等な人々を社会的身分によって差別し、社会的特殊階級を認め、多くの人々から人間的な生活を送る権利を奪ったというのだ。僕はじっと怒りをこらえた。弁護人はチソプに、労使間の最初の問題となった賃金引き上げと不当解雇者の復職問題について知っていたかと訊いた。彼は、もちろん知っており、組合員が要求した引き上げ率は、会社が挙げている利益と物価上昇率、勤労者の生計費から考えてきわめて正当なものであり、また、組合で教育を受けたり、会社が作ってくれた工場内教会ではなく工場外の労働者教会に行ったために、不穏な外部勢力と接触したと言いがかりをつけられて解雇された不当解雇者の復職要求も、きわめて正当なものだったと言った。なぜなら、彼らが収入を得られる仕事といえば、ずっとなじんできた工場労働しかないのだから。また、正当な理由のない解雇はバランスのとれた国民経済の発展を目的とする勤労基準法第二十七条一項に違反するのだから。

「このように、使用者側との対話が行き詰まった状態で支部代議員および役員選挙を迎えていたため、不安だとヨンス君が言っているのを私は聞きました」

チソプが言った。

「そこで、延期するのがいいんじゃないかと忠告したのですが、それは無理だったようです」

「なぜでしょう？」

弁護人が言った。

「会社側が早く片づけてしまおうという考えだったそうです。そのために選挙管理委員会まで別に構成されたということで」

「本来のそれはどこが管轄することになっていますか？」

「選挙管理委員は代議員大会で選出されます」

「つまり、それは違法行為だったのですね？」

「そうです」

「そしてどうなりましたか？」

「会社側の人たちを候補に立てた立候補登録の締め切りがくり上げられたのです。そのため、支部長が総会を招集して大会を開こうとしたのですが、会社が許しませんでした。私がウンガンに行ったのは、今被告席に座っているキム・ヨンス君と役員たちが、正体不明の暴力団風の男たちに殴打された直後でした」

「治療を途中でやめてソウルへ出発したということですが、それも知っていましたか？」

「知っていました」

「なぜソウルへ行こうとしたのでしょう？」

「本社に行って偉い人たちに会わなくてはならないと言っているのを聞きました。ヨンス君は、工場にいる使用者側の人たちはすでに理性を失っていると判断したのです。しかしバスターミナルで例の男たちに見つかったため、実行できませんでした。皆、工場の原綿倉庫に引きずっていかれて、もう一わたり暴行を受けたとヨンス君に聞きました」

「全従業員が作業を中断して工場の庭に出たのが、その翌日でしたね？」

「そうです」

「そのとき目撃した状況を簡単に話してくれますか？」

「支部長が組合員に、それまでにあったことを報告する形式をとっていました。報告が終わったとき、大勢の組合員が役員たちと抱き合って泣いていました。興奮した人たちが何かやみくもに叫びながら外に飛び出そうとし、一方ではみんな組合の歌を歌っていました。ヨンス君は彼らを落ち着かせ、我々労働者の唯一の団体であり生命でもある組合を、奪い取ろうとする者の手から守らなくてはならないと呼びかけました。その決意をあらわすためにしばらくの間、見ず、聞かず、話もせず、何も食べずにいようと言ったのです。彼らはそのとおりにしました」

「キム・ヨンスは興奮した組合員と共に機械を壊しましたか？」

「何であれものを壊すのは悪いことです。高価な機械の破壊とあってはなおさらいけません。私は、ヨンス君が何かを意図的に壊したなどとは、聞いたことがありません」

「結論をせかして申し訳ないですが、その後、組合はどうなりましたか？」

見えすいたお笑いぐさの連続だ。チソプは、もちろんつぶされたと答えた。それは正確な答えではない。父は従来から社長会議において、いくら活動が制限され、会社に協調的な人間が仕切る組合であっても、組合が企業に利益をもたらすわけがなく、ある日火鉢の灰の中に種火を見つけた者がそれを熾《お》こしたら、企業にとっても我々すべてにとってもよくないことは明らかなのだから、賢明な経営者ならちょっと手こずっても今のうちに何とかしておくべきだ、労働者に任せておいてはいけないと言っていた。僕は父の部屋で父のメモを見たが、そこにもこれ以上のことは一言も書かれていなかった。父は我々の権威を慮《おもんぱか》ったのだろう。父はいつも、労組は我々を根本的に弱体化させる悪魔の道具だと言っていたが、それはメモに書かれていなかった。もしも父が、今後どこかの工場で労組が結成されたらその会社の重役は責任を問われることになるし、混乱の中ですでに労組が結成されてしまった会社では、労組を接収して御用組合にしてしまえと正直に指示したら、自ら権威を傷つけることになっただろう。弁護人は最後に、説明を加えるべきことはないかと問うた。ないわけがなかった。

こびとの長男と自分は以前から親交があり、労働運動を進める中でも意見をやりとりしてきたので互いによく知っているが、こびとの長男は自らの理想のためにたいへん苦しんできたし、彼が今被告席に立っているのも、つまるところ、その理想が壊れたために起きた逆転現象だと思うとチソプは言った。仲間うちで集まったときには、資本主義の甘い汁は最も堕落した者、自分の欲望のためには他人の幸福を仮借なく踏みにじって一瞬も悩まないけだもののような資本家とその共犯者だけにもたらされるといって怒りに燃えているのだろうけれど、法廷で語るチソプの言葉は角もなく、穏やかだった。毎日虎視眈々《こしたんたん》と革命を準備し、今日も来ないそれを懲《こ》りずに待ちつづける者たちとは距離を置いて、僕はじっと静かに聞いた。チソプは一言一言をはっきり区切り、正確に発音しようと努めていた。証言台の上の両手はそのとき、震えていた。両手の指は全部合わせて八本だけだった。こびとの長男は頭を上げていた。すぐ後ろの傍聴席では、彼の母親がのどまでこみ上げてくる嗚咽を飲み込んで耐えていた。こびとの長男に一筋の光を、悟りを与えたのがチソプだった。彼らの理想は愛を土台としているらしい。彼らは人間を苦しめることはしない。苦しめているのは僕らだ。被害者は彼らだ。彼は八本の指を汚いズボンのポケットに入れ、汚いハンカチを取り出し、まぶたの汗を汚いハンカチで拭いた。

僕らは待ちつづけた。

「あさって発《た》つことにしたよ」

従兄が言った。「よく考えたんだ」

僕は言った。

「もうしばらくしたら僕も、ドイツに行くよ」

「なんで?」

「クルップ社とティッセン社を見学したいんだ。父さんの今の夢は製鉄所を持つことだ。兄貴たちが帰国したら、僕はドイツに行って勉強する」

僕らはグループ本部の理事と秘書室の職員たちの間に座って待った。書記が入ってきて、裁判長席の下の中央にある彼の席に戻って座った。公判のたびに、裁判長席の下中央のこの席に彼が座っているのを僕は見てきた。法廷内は暑くなりはじめている。窓が全部閉まっているので、空気が濁るのだ。ぎっしりと詰めかけた工員たちの体から、耐えがたい匂いが漂ってくる。冷房機から吹き出される冷気も工員の熱気に勝てないのだ。彼らの体臭さえなければまだ耐えられただろう。ふいに従兄が、思い出したように後方の傍聴席を振り向いた。チソプがいない、と彼が言った。僕も振り向いた。ほんとうにいない。公判のたびに汽車に乗ってやってきた彼がまさに判決というときに姿を見せないとは、理解できない。こびとの次男も僕らと同じように振り向いた。こびとの妻が次男を制した。怖くなったのだな。僕は断定した。ハン・チソプは卑怯者だ!

公判を見終わって家へ戻るとき、道行く人々は長く伸びた影法師を曳いていた。影は伸びたが、まだひどい暑さだ。ぴちぴちの女の子たちは暑さに負けていない。まだ避暑に行けない彼女たちのしなやかな肉体だけが、猛暑にのたうちまわるソウルを守っているのだ。あの子たちが出発のしたくを終えるころ、先に出発した子たちが赤銅色に日焼けして戻り、ソウルを守ってくれるだろう。女の子たちは薄い服を着ている。僕らが夏に思い浮かべるのは、その薄い服の中に隠された享楽だ。夏の享楽——照りつける陽射しと塩辛い海水、その塩味をとどめたキス——冬場に思い起こそうとしたときには、それらは一様に抽象的なだけだったが。街に帰ってきて、僕は小さな車の窓を下げて風を入れた。花と草の匂いが風に乗って入ってくる。それは法廷を埋めていた工員たちの体臭とはまったく違う匂いだった。あの体臭はひどすぎる。家につくなり、僕はまずシャワーを浴びた。あの人たちは汗だくになって働いたあと、体をちゃんと洗えないからそんな匂いがするのよと母は言う。僕は、全工場に充分な入浴施設を備えようとしたら、生産費節減のための画期的な方法を編み出すか、賃金引き上げ幅を縮小するしかないと言って笑った。そして、肉体を離れて永遠に生きる霊魂がほんとうにあるのなら、叔父さんの魂は今日、どんな気持ちだろうなあと僕は言った。

「それで犯人はどうなったの？」

母が訊いた。

「言いませんでしたっけ？」

「ううん」

「死刑判決を受けましたよ」

そうなの。ああ、かみさま、と母の唇が言った。こびとの長男が刑務官に連れられて入廷し、検事が入り、続いて判事が入り、裁判の終盤はきわめて迅速に進行し、裁判官が検事の公訴事実をすべて認定し、求刑どおり死刑を宣告したとき、先に求刑を目のあたりにしながらも信じず、まさか、まさか、まさかそんなことはと待っていた工員たちの間から短い驚きの声が上がり、傍聴席は彼らの声で埋めつくされた。なめらかに動いていた彼らの舌は、がちがちにこわばった。彼らはそのとき改めて、罪の重大さと刑の重さに思い至ったのだろう。こびとの長男は上げていた頭を落とし、彼の弟妹は、とっさに立ち上がってから断腸《だんちょう》の思いで座り込んだ彼らの母親を抱きかかえた。こびとの長男を助けようとして僕らを追及しつづけた弁護人は、天井を見ていた。公判が進む間、彼は判断力の足りない工員たちをはなはだしく惑わせ、錯覚を与えつづけた。善良そうな検事は温和な表情をたたえて座っていた。僕はこの一連のできごとで、とても重要なことを学んだと母に言った。すると母は、人間の生命や苦痛にかかわることなんだからそうでしょうね、と言い、僕の顔を見つめた。

「もちろんそうですよ」

僕は言った。

「でも、今言いたいのはそういうことじゃないんだ。うちの工場の労働者が幸せな気持ちで働けるようにする方法を、僕、思いついたんです」

「キョンフン」

母が笑った。

「そんなことは考えない方がいいのよ。どんなに良い工場で働いたって同じことだわ。大勢の人が同じように幸せになるなんてこと、あると思って？」

「薬を使うんですよ」

「薬ですって？」

「彼らが幸せな気分で仕事だけに集中できる薬を作るんです。工場の食事や飲みものにそれを入れればいいんだ。優秀な研究陣を構成して開発させるんです。初期費用はかかるけど、長期的に見たらこれ以上の方法はありませんよ」

「やめて」

母が言った。

「ぞっとするようなことばっかり考えるのね」

「それは僕のせいじゃありませんよ」

僕は言った。

「ほんとにぞっとするようなのは、この世界でしょ。どこかの国じゃ、社会制度からはみ出しそうな人に前もって薬を飲ませることも始めてますよ」

「病気の人に、でしょ」

「疾病とは関係なく、です」

「どっちにしても、そんなことはお父さんに話しちゃだめよ。お父さんはささいなことと一つひとつであなたたちを判断するんだから。お母さんは、あなたが兄さんたちと同じように活躍するのを見たいの。わかる?」

僕は一度も母の愛情を疑ったことはない。子どもたちにそそぐ母の愛情の大きさはいつも同じだった。父は違う。父はよく、経営者に最も必要な能力はさまざまな異質のものを調和させて全体を作る才能だと僕らに言っていた。それは、その才能がない者に大きな権限は譲り渡せないという通告でもある。

母が、叔父さんが亡くなる前は工場のできごとが家にまで聞こえてくることはなかったけれど、このごろは違うわと言った。そして、機械工場の方に大変な問題が起きているらしいとつけ加えた。そうか! こんどは僕が悟る番だった。南部の工場のことだ。八本指の男はあそこからソウルにやってきていたのだ。彼は工員より汚い服を着て、工員より汚いハンカチを使っていた。間抜けな従兄がそれを聞いたら、やはり違うと言っただろう。遠くからチソプが僕に一撃を加えたことになる。しかしチソプは、こびとの家族を慰めに来ることができなかった。彼は僕の反対側にいる男だ。自分を分析し、同僚を分析し、経済権力で自分たちを抑圧する僕らを分析して不幸になっている男だ。

母は愛国婦女奉仕会がやっている「恵まれない隣人募金」の集会に出かける準備をしていた。若い女秘書が母の手伝いをしている。僕はその子にぐっと近寄って、僕らはこの社会に対して目くそほどの借りもないよと言った。若い女はぎこちなく笑って体を引いた。薄い服を着ている。その中に隠された快楽の小道具を僕は想像した。情欲が僕の頭を混乱させる。部屋に上がって、母と一緒に出かける彼女を見た。守衛が鉄門を押し開けた。母の車はとねりこの茂みに沿って出ていった。

しばらくして、執事が問い合わせに来た。プールの水を替えなければならないのだが、お手伝いの子たちにちょっとプールを使わせてやってから掃除してもかまわないかというのだった。僕はそれに答える前に、何日か後に友人を連れて島に行くから連絡を取ってくれと言い、続けて、プールをきれいに洗うためならもちろんかまわないと言い、かまわないけど、そのうちの一人には僕の本の整理を手伝ってもらうからねと言った。彼がお礼を言うのを僕は初めて聞いた。僕は、ベルリオーズの音楽が入っているビデオをデッキに入れた。十六歳の金髪の女の子が男の体を抱きしめている。三日前の朝と同じお手伝いが音も立てずに上がってきた。その子は四方に散らばった本を一冊一冊拾って腕で抱えた。『人間工学』という本がふっくらした胸の部分を圧している。ベルリオーズの音楽を初めて聴いたのはいつだったっけ、思い出せない。すぐ下の妹は、モーツァルトを聴いていたころの僕が好きだった。僕は女の子の腕をつかんで引き寄せ、本を落ちるがままにさせた。画面の中で金髪の子の服が肩からずり落ち、「見てごらん！」と僕は言った。「お前の部屋のテレビとは違うだろ」。女の子はされるままになっていた。驚くようなことが画面の中で起きている。女の子はぴくりともしなかった。肩と胸で息をしていた。僕の手が触れると、びくっと震えた。女の子たちの小さな体の中に生命の河が流れているのは、驚くべきことだ。画面の中の男は金髪の女の子の体に傷を負わせ、これでお前は女になったと言った。「もう降りな」。体を火照らせている女の子に僕は言った。「プール水を抜く前に、ひと泳ぎしておいで」。女の子は青ざめて僕を見た。彼女が涙ぐみながら降りていくと、僕はベッドに横になった。寝て本を読むのだ。父が帰ってくるまでに、経済史の本は読んでおかなくては。ある経済学者が、経営者の責任範囲は将来的に拡大するだろうと書いたのをその本の著者は引用していた。読んでいるうちに僕は眠ってしまい、目覚める寸前に夢を見た。夢の中で僕は網を打っていた。水中めがねをかけて水に潜り、太った魚たちがやってきて僕の網にかかるのを見ようとしていた。一群の魚たちが僕の網を目指して泳いできた。しかしそれは太った魚たちではなかった。やせおとろえ、骨と棘《とげ》ばかりの体に二つの目と胸びれだけがついたオオトゲウオの群だった。数百匹、数千匹のオオトゲウオどもが、骨と棘の音をカチカチと鳴らしながら泳いできて、僕の網に次々にかかる。僕は怖かった。水から出て網を取り込んだ。無数のオオトゲウオが網に引っかかったまま上がってきた。それらが網の目から抜け出して、数千、数万すじの燐光《りんこう》を放ちながら僕を目がけて跳ね上がってくる。棘が体に触れるたび肌が傷つき、ずたずたに引き裂かれ、その痛みのただ中で、助けてくれと叫んで僕は目を覚ました。西のガラス窓にオレンジ色の夕焼けが映っている。美しかった。窓ぎわに行って僕はそれを眺めた。大気中の物質の微粒子が光の粒々を運んでくる。白い壁が夕焼けの色を林の方へ投げかけていた。死んだ祖父の老いぼれ犬が林から這い出してきた。さっき火照った体で僕を受け入れようとしていた女の子が犬を呼んだ。彼女は犬の食器を小屋の前に置いてやり、犬の首をぎゅっと抱きしめた。こびとの長男が引き立てられていくとき、こびとの妻がそんな仕草をしたっけ。工員たちは外に出て泣いていた。チソプはそこにかけつけることができなかった。彼らの愛が僕を悲しくさせた。そのとき守衛が鉄門を押すのが見えた。とねりこの茂みに沿って、父の車がすべるように入ってきて停まる。明日、誰にも知られないように精神科医を訪ねよう。僕の弱さを知ったら、父はまっ先に僕を切り捨てるだろう。愛によって得られるものはひとつもない。僕は明るい大声で父にかける言葉を思い浮かべながら、ドアを開けて出ていった。

エピローグ

数学担当教師が教室に入っていった。教師は本を持っていなかった。生徒のほとんどはこの教師を信頼していた。五分の一くらいは疑問を抱いていた。その生徒たちは、大学入試の予備試験の数学で良い成績を挙げることができなかったのだ。

教師が口を開いた。

諸君、この間《かん》よくがんばった。みんな、ほんとうによく勉強してくれた。だが、数学の成績が例年より落ちてしまったことについては、諸君にはわびようもない。言い訳に聞こえるかもしれないが、成績が落ちた責任は数学教師にだけあるのではない。このような制度を作った当局者、それを受け入れた教育者と保護者、四択形式の問題を作った出題者、試験用紙の印刷業者、粗悪な水性サインペンを作ったメーカー、試験監督官、キーパンチャー、スーパーバイザー、プログラマー、コンピュータが設置された部屋の湿度調節責任者、判定を任されたコンピュータ、そしてもちろん、私の授業を受けた諸君自身と諸君の前に立って教える私に常にとんでもない注文をつけた進学指導主任、その上にいる教頭・校長、また教え教わる我々の気分に影響を与えた学校外の人々の計画と実践、陰謀、失敗など、責任の所在を正確に挙げようとしたらきりがない。しかし、にもかかわらずすべての責任は私一人で負わなければならなくなった。

誰ですか？

一人の生徒が訊いた。

誰が先生に責任を負わせようとしているんです？

彼らだ。

他の生徒が立ち上がった。

正確に言ってください。

彼らだ。これ以上正確に言えると思うかい？　彼らの特徴は、彼ら自身には負うべき責任が死ぬまでひとつもないということだ。彼らはみなもっともらしいアリバイを持っている。

諸君は今まで一生けんめい勉強してきたし、また、高校の最後の時間だから、入試とは関係ない話をすることを理解してほしい。やむにやまれぬことだが私は、数学を教えることをあきらめた。次の学期からは倫理を担当するようにという通知をすでに受け取っている。諸君もよく知っているように、倫理とは実生活上の道徳の規範となる原理だ。諸君が決定者なら、数学をまともに教えられなかった責任を問われている人間に、倫理を任せることができるかね？　誰も知らない間に、恐ろしい陰謀がたくらまれている。時間割から倫理という科目をなくしてしまうのも同然だ。これは諸君と諸君の後輩たちを、資本のために開発しようとする陰謀でもある。諸君も私もいつの間にか、目的から手段へと変えられてしまったのだよ。このような意図があることはとっくに見抜いていなくてはならなかったのだが、諸君は大学に行くため、私は諸君を合格させるために忙しくて、露骨な意図すら読み取れなかった。私たちは忙しすぎた。こんなに忙しかったのは、はたして我々に何か価値があるからなのだろうか？短い時間だが考えてみよう。楽な姿勢で話すが、許してくれたまえ。

せむしは空腹で目が覚めた。テントの中は真っ暗だった。完全な真っ暗闇なので、何ひとつ見えない。目を開けても閉じても闇ばかりだ。ラーメンでもいいから食べておけばよかった、失敗したとせむしは思った。朝飯と昼飯に続いて晩飯もラーメンだと聞いて、彼は食事どきに散歩に出てしまったのだ。飯炊きの女の子が入院してからというもの、ずっとラーメンばかり食べてきた。実験用マウスではあるまいし、がまんできるものではない。社長は、あの子はすぐに後を追ってくるよと言ったが、三つの地域、十一の村を回っても彼女は現れなかった。不潔で不細工な子だったが煮炊きは上手で、飯も汁もうまかった。孤児院で育った子だ。急に高熱を出したので社長が病院へ連れていったのだ。あの子が戻ってくるまで、ずっとラーメンを食べて暮らすつもりらしい。

せむしは隣に寝ている借力士[*1]を邪魔しないよう、用心深く立ち上がった。テントの端が肩に触れた。彼を起こしでもしたら、暗闇の中でたたきのめされるのがおちだ。だが彼も最近はまともに食べていないせいか、力が落ちてしまったようだ。石を割るときも石英《せきえい》は避けているし、歯で車を曳く距離も十メートルだったのが半分に減った。鋭い長剣を手に収めてナイロンの紐で縛りつけ、刃のきっ先を腹に突きたてて引き抜く芸もあまりやろうとしない。いつ見てもぞっとするような妙技だった。あれを見ていると、全身の皮膚が刃の下で総毛立つような気がする。この芸当を見せると薬はよく売れた。

前より衰えたとはいえ、やはり彼は怪力だ。暗闇の中で彼を邪魔してぶちのめされる気はいささかもなかった。

用心深く踏み出そうとして、せむしは足を止めた。いざりの息の音がする。手さぐりしてみた。借力士がいない。せむしはマッチをすってランプの芯に火をつけた。いざりしかいない。いざりは、膝の裏側がくっついてしまった二本の脚を上げて、仰向けに寝ていた。せむしは外へ出てみた。生い茂った林のむこうで小さなけものが鳴く声がする。せむしは、か細い声を上げているそのけものの名前を知らなかった。川の水には上流の工場から流れてきた廃水が混じっている。それを飲んで苦しんでいるの

＊1　神霊の力や薬草の力を借りて怪力をふるう人、またそれを見世物にする芸人。

かもしれない。せむしは周囲を見渡していくうち、驚愕《きょうがく》のあまり気が抜けてしまった。彼はテントに戻り、いざりを揺り起こした。

「起きろ！」

「何だ？」

いざりが腕をばたつかせて起きようとした。せむしが彼を助けて座らせた。

「誰もいない」

せむしが言った。

いざりがのろのろと訊いた。

「どういうことだ？　あいつらだけで行っちまったのか？」

せむしがテントの入り口を持ち上げた。いざりは素早く外に這い出した。暗闇が小さな体を包む。

「社長のテントがないな？」

「車もだ」

「みんな行っちまったんだよ」

「俺たち二人だけ置いてか？」

「そうだよ。あの飯炊きの子も社長がどっかに置いてきたんだろう」

「あの子は病院にいるはずだ」

「見たのか？」

せむしが訊いた。

「病院に行って、確かめたのか？」

「病院に連れていくのを見たよ」

「それは俺も見たさ。病気になったから車でどっか適当なところまで乗せてって、そのまま帰ってきたんだろう」

いざりは唇をかんだ。そして息をひそめて耳をすました。

「何の音だ？」

「え？」

「何か、音がした」

「鳥が飛んでるんだよ」

いざりが答えた。

「餌を探して飛んでるんだ」

「こんな夜中に？」

「えい、畜生」

いざりは怒っていた。

「いつか教えてやったろ、よたかだって。昼間は木のコブみたいになって寝ているんだ」

二人は息を殺して、低いところを飛ぶよたかの羽音を聴いた。それはよく茂った林の中へ、闇のむこうへと消えていった。ほとんど同時に二人は、あの殺伐《さつばつ》としたソウルの郊外に置いてきた妻子のことを思った。

「俺たち、毎月いくら仕送りしたかな？」

せむしが訊いた。

いざりが答えた。

「初めの六か月は三万ウォン、その後七か月は二万ウォンだ」

「それで生きていけるか？」

「俺たちの子どもらは辛抱強いよ」

「行こう！」

「どこへ？」

「追いかけてって、社長を捕まえるんだ」

せむしが言った。

「今日生きるだけでもやっとなのに、俺たちは何だってそれ以上のことを考えたんだろうなあ？」

「まとまった金が必要だったからな。子兎を育てるには兎小屋が必要だろ」

「手袋をしろよ」

いざりが革手袋を取り出してはめた。握りこぶしで地面をグッと押し、体を持ち上げては前へと進む。せむしがテントの中に入り、ランプを持って出てきた。前を這っていくいざりに何歩かで追いつき、追い越した。林の中で虫が鳴いている。名前もわからない小さなけものは鳴くのをやめていた。子どもたちは郊外の貸間で寝ているだろう。誰か目を覚まして泣いていないだろうか？　病気で泣いたりしていないだろうか？　せむしは狭い道路に沿って歩いていった。いざりが体を丸めて、坂の上からせむしの前へ転げ落ちてきた。せむしが腰をかがめると、いざりは白い歯を見せた。

狭い道を抜けると小川が現れた。この川の石は尋常でなく固い。借力士はその中でも割れやすそうな石ばかり選んだが、それでも練習のときから血を流していた。彼は血のついたこぶしでせむしの顔をぴしゃりと張り倒し、せむしは鼻血を吹いた。社長は見て見ないふりをした。彼は自分の車の中に座って薬箱と金を数えていた。ロープにぶらさがって揺れていたいざりがどさっと落ちて這ってきて、ポケットから綿を出して止血をしてやった。

川の水はひどく汚染されていた。魚が腹を見せて水草に引っかかっていた。せむしは背骨が曲がった何匹かの魚をすくい上げて、砂に埋めてやった。砂の色は赤褐色をしている。

明かりの消えた遊園地を通り過ぎると、せむしは立ち止まった。いざりの姿は見えず、這ってくる音だけが聞こえる。せむしは井戸を見つけて小さなつるべをおろした。顔が夜空をさしてまっすぐ上を向くほど水を飲み、すきっ腹を満たそうとした。せむしはもう一度水を汲んで、いざりを待った。いざりは息が上がるほど激しくあえぎながら這ってくると、汗と土でぐしゃぐしゃになった顔を上げ、革手袋をはずした。せむしが渡してやったつるべの水を彼も飲んだ。少しだけ飲み、残りは頭からかぶった。

　遊園地を通り過ぎると、高速道路に上る急な脇道があった。傾斜がひどいところでは、いざりは横向きに座って上っていく。先に上っていたせむしがランプを置いて降りていき、いざりを抱え上げてランプの前に下ろすと、ぺたりと座り込んだ。せむしの曲がった背骨が呼吸につれて大きく動くのをいざりは見た。せむしが休んでいる間もいざりは斜めに這い上っていき、一息入れたせむしがまた先に立って上り、降りていっていざりを抱え上げた。それをくり返して高速道路の上に出た二人は、アスファルトの上に寝て休んだ。せむしは横向きに、いざりはいつも寝るときのように、膝の裏側がくっついたままの二本の脚を上げて寝ていた。その姿勢のまま、いざりが笑った。その声はイヒヒ・イヒヒというように間を置いて続き、やがてとぎれた。

　大型貨物トラックが中央分離帯の向こうを轟音を立てて走ってきて、走り去った。両目を光らせた怪物が恐ろしい速度で闇を引き裂いていく。

「高速道路には夜間通行禁止令[*2]が適用されないんだ」

　いざりが言った。

「だから、上りの車に乗ろう。社長は高速入り口のそばに車を停めて、夜間通行禁止令の解除を待ってるだろう。先に行かれたらもう捕まらないからな」

「捕まえたらどうするんだ？」

せむしが聞くと、いざりが答えた。

「片づけてやる」

「金だけにしておこうや。残りの金をもらったら、それでいいじゃないか」

「腹を切り裂いてやるんだ」

「ナイフは、しまっておけよ」

「お前はかかわらなくていいよ」

いざりが言った。

「俺が一人であいつの腹を刺してやる」

「そうか」

せむしが言った。

「気がすむようにしたらいい。だが、いつかも言ったが、それで何か解決するのか？」

「また俺のことが嫌になったんだな？」

「嫌なんじゃない。怖いんだよ。お前の、そういうところが」

そしていざりをうかがい見ると、いざりは全身をぶるぶる震わせていた。遊園地のそばで水をかぶったので、彼の服はすっかり濡れていた。そのあと汗も流したので、

＊2　当時は夜間通行禁止令があり、午前零時から午前四時まで、医師以外の民間人は外出できなかった。ただし生産・流通・輸出に必要な輸送手段については適用されなかった。

夜の空気で冷えてしまったのだ。右側の叢で虫が盛んに鳴いていた。雑草の中に住む虫たちだけが、安全に守られている。

せむしが排水路を飛び越えると、虫の鳴き声がぴたりと止まった。せむしは小さな松の木の間に立ててある標語の看板を二本、引っこ抜いた。それを排水路に渡して石で叩いて壊し、ばらばらにしたものを集めてランプの石油をかけ、マッチで火をつけた。いざりが火のそばに這ってきた。車の音が聞こえてくる。一台の車が、彼らが焚き火をしている上り車線を走っていった。せむしが道路の上に飛び上がって手を振ったが、小さな車は風の音とともに行ってしまった。

いざりが火のそばへ寄ってきた。彼の体から湯気が立っている。右のポケットがだらんと垂れ下がっている。中には、青光りするほど研ぎすましたナイフと針金が入っているのだ。もしものときのためにいつも手放さない三千ウォンも入っている。ポケットのジッパーも垂れ下がっていた。「何があっても家族のところまでは行こう」彼が言った。「ああ」せむしが答えた。

次にやってきたのは図体の大きな冷凍車だった。せむしが上着を脱いで振り回した。せむしの前を通過した冷凍車は、車線を変更して止まった。せむしは車にむかって走っていき、ドアを叩きながらぴょんぴょん跳びはねた。いざりも歯を食いしばって死にもの狂いで這っていく。

夜間運転に疲れた運転手が顔をドアから突き出した。背骨がひどく曲がったせむしが、道路の上を這ってくる小さな物体に向かって手を振っている。運転手は急に怖くなり、ドアを叩く音を耳に残しながら車を発進させた。

「あの野郎！」

いざりが、巨大な冷凍車にむかってこぶしを突き上げた。

また虫の声が聞こえてくる。

「あれ見ろ」

急にせむしが叫んだ。

「何を？」

いざりが尋ねた。

「何を見ろって？」

「林の方へ飛んでいったよ」

「お前は鳥目じゃないか」

「ホタルだよ！」

「ホタルだって？」

「そうだ、ホタルだよ」

「見間違いだろ」

いざりが言った。

「ホタルは絶滅したんだよ」

「何でだ？」

「人間がよってたかって捕まえたからさ」

「全部は捕まえられなかったんだろう」

「何言ってやがんだ」

いざりがぶつぶつ言った。

「車が来ないのに、ホタルが何だってんだ。社長を逃がすわけにいかないんだぞ。あいつの腹を切り裂いてやって、子どもたちのところに戻るんだ。俺は兎小屋を買わなくちゃならん」

「こっちへ来てみろ」

「やめろよ」

「鳥目でも、あれは見える」

せむしの言葉どおり、それははっきり見えた。星明かりで川の輪郭が見え、下流の方に大きな建物があった。距離はあるが、外灯がたくさんついているので暗闇の中に穴があいたように見えた。

いざりが訊いた。

「工場か？」

「刑務所だ」

「監獄？」

そのときも高速道路には車の姿はなかった。

こんどはせむしが訊いた。

「あそこに誰が入っていたか、知ってるか？」

「何でだよ？」

いざりはせむしの言っている意味がわからなかった。それで、もといたところへ戻った。彼はポケットの中のナイフのことばかり考えていた。

「幸福洞のこびとのこと、覚えてるか？」

せむしが訊いた。いざりはうなずいた。

「れんが工場の煙突から落ちて死んだだろう？」

「そうだ。あのこびとの長男が、あそこにいたんだ」

「なぜだ？」

「人を殺して」

いざりは言葉を失った。

「こびとはいつもあの子を誇りにしていたのに」

「自慢の息子だったよな」

いざりは用心深く尋ねた。

「それで、今はあそこにいないってことか？」

「出たんだ」

「殺人罪なのになんで出られたんだ」

「死んで出たのさ」

「あの子がか!」

「父親とは違う死に方だな」

「まったくだ」

「こびとの女房が弟と妹を連れて、死体を引き取っていったとよ。涙も見せずにな。そうして、一家でしばらく川べりに座っていたっていうよ」

「何てことだ」

「だからお前も、そのポケットのナイフを捨てろよ」

そしてかなりの時間が過ぎたが、車は現れなかった。高速道路には相変わらず闇がたちこめていた。何時なのかもわからない。二人は悲しかった。そのときせむしは暗闇の中で光を放つ小さな生きものを見つけた。それはアスファルトの上を低空飛行していた。「見ろ!」彼が叫んだ。よりによってその直後に車がやってきた。いざりはその音を聞いた、せむしが道路の上に走り出ていくのも見えた。両手に力をこめていざりは地面を押した。「見ろ! ホタルだ」せむしの声が聞こえた。「なんで生き残れたんだろう?」だがせむしの姿は見えない。せむしは中央分離帯に向かって駆け出していたのだ。走ってきたのはタンクローリーだった。いざりはそれを止めようとしてライトの中へ転がっていき、手をパッと上げた。タンクローリーの運転手はとっさに目をつぶり、急ブレーキを踏みかけてやめた。急停車することも、どちらかにハンドルを切ることもできなかったのだ。その判断は正しかった。タンクローリーはスピードを上げて走り去った。二人は動かなかった。虫も鳴きやんでいた。虫たちが再び鳴きはじめたとき、いざりは体を起こした。せむしの体が車のライトの中に浮かび上がり、いざりはそっちの方へ片手で這っていった。「見ろよ！」中央分離帯の前に横向きに倒れたままのせむしが、手を上げて指さした。尻をきらきらと光らせた一匹のホタルが、林の方へ飛んでいくところだった。

教師は両手を教卓にのせた。彼は教え子たちに言った。

私は何か、私たちみんなが共感できるようなことを書いて読んでやりたいと思った。でも、一行も書けなかった。がっかりしたよ。だが、もう数学を教えられないと思うと悲しくて、何も書けなかったのだ。私は、人類が樹から下りてきたときのことか、植物のように無機物から有機物を合成する力がないために、植物や他の生きものを食べて栄養を摂取している動物について書きたかった。それでも時間が余ったら、諸君の想像力を抑えつけたり、なきものにしてしまおうとする人々について書きたかった。彼らは、部分的にであっても我々の実態が暴露されることを望まないし、何らかの改革がなされることも望んでいない。私がコーヒーやお酒をどっさり飲んでも良い文章が書けずに泣いたことをわかってほしい。だが、同情は必要ない。私は君たちがまだ知らない小さな惑星めざして、宇宙旅行をすることに決めたのだ。

生徒たちはざわめいた。

宇宙人に会われたのですか？

一人の生徒が訊いた。

そうだよ。

教師が言った。

私はよく山に登るんだが、そこの頂上で会ったんだ。今、内ポケットから出したこの小さい地図は、彼らにもらったＨＲ図[*3]だ。私が行く惑星は、この地図の左上から右下にかけて曲がりくねった対角線の中央にある。そこの住人たちは植物と同じように、無機物から有機物を合成する力を持っている。こんないい話を聞いたことがあるかい？

質問があります。

最後列の生徒が言った。

何だね。

宇宙人やＵＦＯの目撃という現象は、社会的ストレスを受けたときに現れる自己防衛の結果だという話を聞いたことがあります。先生の場合については僕たち、どう理解すればいいのでしょう？

西の空が明るくなり、炎が空に突き上がったら、そのとき私が宇宙人と一緒に惑星に旅立ったものと考えてくれ。長い説明は必要ない。私がまだ知らないのは、旅立つその瞬間に何を味わうかということだけだ。何だろうね？　共同墓地のような沈黙だろうか？　違うだろうか？　叫ぶのはいつも死者だけなのか？　さあ、もう時間だ。地球で生きようと、別の惑星で生きようと、我々の精神はいつだって自由なのだよ。みな、良い成績で希望の大学に合格するよう、祈っている。他のあいさつはお互い、省略することとしよう。

気をつけ！

学級委員がすっくと立ち上がって叫んだ。

礼！

教師は上体をかがめて礼を返し、教壇から下りた。そして教室を出ていった。出ていく彼の歩き方は奇妙だった。宇宙人ってあんなふうに歩くんじゃないかと、生徒たちは思った。

冬の太陽はすでに傾き、教室内は暗がりに飲み込まれていった。

＊3　恒星分布図。

作家のことば――破壊と偽の希望と侮蔑の時代

チョ・セヒ

「こびと連作」が書かれたころについて、私はことさらに居ずまいを正して話したことがない。それは私がいちばんやりたくないことのひとつなのだ。どんなやり方であれ、過ぎたことについて語るのは、現在抱えている荷の上に、七〇年代という過去の荷をさらに重ねることにほかならない。この二重の重みに耐えることが、私にとっては難しい。若かりしころに七〇年代という時代に反目したのと同様、私は今の世界とも折り合いが良くない。もし作家にならなかったら、若さをすっかり失った年齢になって、おのれの時代と、また同時代人の相当数となじめないという不幸を味わうことはなかったのかもしれない。

私は六〇年代後半のある年に、作家になることを断念した人間である。良い作品を書ける自信が私にはなかった。言わでものことかもしれないが、当時私に大きな感動を与えてくれた芸術家はみな、すぐれた作品を残したこととはかかわりなく、個人的に不幸な人生を送った人びとであった。ある人は懐疑に陥って自分の作品をすべて処分せよと言い、ある人は絶望のあまり自殺した。また、二十歳のときも今も私が最も好きなある芸術家は、多くの人が「人類の資産」とみなす立派な作品を残したが、彼の時代がもたらした苦痛との闘いに疲れて死んでしまい、その葬式に集まった人は家族を含め六人しかいなかったのである。

わが国であれ外国であれ、十九世紀末から二十世紀中盤までの、人類の切実な希望が破壊された時期の作家や作品が、私を育ててくれた。しかし私は早々に降参してしまい、その段階で成長を止めてしまった。作家になることを断念したころに思ったのは、誰もが作家になれるわけではないということだった。そして私は作家ではなく、三十代の、普通の職場に勤める「市民」として七〇年代を過ごした。

いずれにせよわれわれにとって七〇年代とは、破壊と偽の希望、侮蔑、暴圧の時代だった。私はこのことを、非常に悲しい思いで書いている。一九四〇年を前後して生まれたわれわれ世代がいつのまにか三十歳を過ぎ、力つきて倒れていくのを、平凡な社会人になった私も目にした。もちろんこれは、われわれ世代が初めて体験したことではない。先行世代を見ても、若いころ、これこそが人間の背骨を形作るものだと信じ、誠心誠意守ろうとしていた尊い価値や、一人ひとりの心の中にあった美しい精神を、扶養家族を抱えた家長となるにつれて投げ出してしまう例はざらにあった。正確にいえば、いくら恐ろしい軍部独裁治下とはいえ、当時、われわれのすべてが政治的圧迫に苦しんだわけではない。独裁機関に監視され、逮捕され、拷問を受け、強引な裁判を経て投獄された人々は、社会の構成員全体から見ればごく少数にすぎなかった。それでも、過去のどの世代よりも高い教育を受けたわれわれ世代は、先行世代と連帯でもしたかのように、あるものを恐れていたのである。

多くの人が恐れたのは、暗黒の独裁体制が冷血な下手人たちに命じて行わせた猛烈な暴力、拷問―裁判―投獄というプロセスだけではなかった。もちろん、捕まることは誰にとっても恐怖であった。しかし弾圧統治者が何をしようとも、黙ってさえいれば自分と家族には何も起こらないのだから、安全に暮らすための方便として順応と無抵抗を体得した人たちにとって、拷問や裁判は安眠を妨げるような恐怖ではもはやなかった。六〇年代に青春の真っただ中だったわれわれ世代が三十歳を過ぎたときに恐れていたのは、先行世代とまったく同じように「失敗者」になることだった。

弾圧は、政治と経済の両面から加えられた。よく見れば今でも同じことがくり返されているのだが、そのとき最も耐えがたかったのは、〝悪〟が堂々と〝善〟の仮装をして現れることだった。邪悪さが慈善として、希望、真実、また正義としてふるまった。私が個人的に、自分は何を選択すべきか考えはじめたのもこのころである。ある日私は、経済的にひっ迫した人々が集まって暮らす再開発地域の町に行き、撤去作業班――家が壊されたらただちに路頭に迷う賃貸生活者一家と私がその家で最後の食事をしているとき、彼らはハンマーで門とセメントの塀を打ち壊して入ってきた――と争って帰ってきて、小さなノートを一冊買い、ポケットに入れた。「こびと連作」はこのノートに書きはじめられたのである。

非常戒厳令と緊急措置がわが者顔で君臨し、誰かが自由とか民主主義とか口にしただけで捕らえられ、恐ろしい拷問を受け、投獄される〝維新憲法〟のもとで、私はかつて断念した小説を一編一編書いていった。

皆、はっきりとは言わなかったけれども、そのときわが国は、人類が貴重な価値観と認めているものをすべて否定するような状況であった。ソモサに蹂躙《じゅうりん》されたニカラグア、アミン統治下のウガンダ、ンゲマ支配下の赤道ギニアと変わらなかった。私は今も、朴正熙《パクチョンヒ》・金鍾泌《キムジョンピル》らこの国にクーデターの扉を開いた第一世代の軍人たちが武力で権力を握り、血なまぐさい独裁を続けなかったら、『こびとが打ち上げた小さなボール』は生まれなかっただろうと思っている。もちろん、自分の生まれ育った国の暗い現実によってもの書きになる例は、従来にも多々あった。異民族ならぬ同族によって苦しめられた第三世界の文学は、同様の独裁と拷問・搾取・抑圧の物語に満ちており、そのすぐれた成果はすでにわれわれの知るところである。しかし当時の私は、他者の経験から何一つ学ぶことができないという困難に直面していた。

初めから発禁になってもかまわないと考えていたなら、私の作業はもっと容易だったかもしれない。一日寝て起きると誰かが捕まっており、先に連行された者は懲罰房で死にかけており、労働者は動物のように殴られ引き立てられていく。いわば人間の基本的な権利が抹殺された「刃の時間」に、私は小さなペンで小さなノートに文章を書きつけ、これらの作品一つひとつは小さくとも、必ずや破壊に耐えて生き延び、温かい愛情と血のにじむ苦痛の物語を読者に伝えるものであってほしいと願った。二百字詰め原稿用紙で四十枚をちょっと越えるぐらいの短いものから、二百五十枚足らずの少し長いものまで、全部で十二編から成る「こびと連作」は、一つひとつではバラバラの力にすぎないが、私にとって本とは、バラバラに分裂した力を集め、統合する現場であった。小さなノート何冊かに分けて書かれ、小さな戦いに参戦してきた、しかし誰にもまだ明らかな正体をつかまれたことのない小部隊を私は召集した。

本が出たとき人々は、私の小説が童話的であるとか寓話《ぐうわ》的であるとか評した。また、私の文章がまれに見るほど短く、形式が新しく、悲しく、と同時に美しいと言ってくれた。ある読者は、表紙にきれいな絵がついているから子どもの読む童話の本だと思ったと言った。もちろん、難解だという指摘も多く、限界のある作品だという言葉も数え切れぬほど聞いた。私の「こびと」には十万、百万もの限界があっただろう。ある人はこの作品に赤いアンダーラインを引き、体制を真っ向から否定する不穏書籍であるから絶対に放置してはならないと、関係機関に何度も上申した。またほかのある人は、簡単に説明できる構造ではないことを知りつつも、「こびと」は読む必要のない本である、とあっさり言った。

つきつめれば、これらはすべて正しかったのだ。私自身がそのように書いたのである。言語ではないものによってわれわれを苦しめ、侮辱した第三世界型の破壊者たちに言語で対決しようとして、何日も徹夜し、まともな文章ひとつ書けず、絶望したのも私自身である。

この「こびと連作」は発行後、何度かの危機を迎えたが、私が最初に誓ったとおり死なずに生き延びて読者たちに伝えられてきた。この作品はずっと読者たちによって引き継がれ、完成に近づいていると感じる。この点だけを見れば、私は幸福な作家だといえる。

しかし過ぎ去ったことを語るにつけ、心は重い。われわれは革命が必要だったときにそれを体験できなかった。ゆえにわれわれは成長できないままである。第三世界の多くの国が経験したのと同様に、わが国でも、革命は旧体制の小さな後退とわずかな改善にとどまった。われわれはその目撃者である。

単行本版解説――病身《ピョンシン》の眼差し

四方田犬彦

1

趙世熙《チョセヒ》の『こびとが打ち上げた小さなボール』が斎藤真理子さんの日本語訳で、完璧な形で読めるようになったことはすばらしいことである。ソウルで原著が刊行され、ほぼ四十年が経過したが、韓国語に拙いわたしにとって、この連作はつねに遠いところにあった。斎藤さんは日本人で最初に、韓国語で詩集を刊行するという快挙をかつて成し遂げた、恐るべき語学の達人だ。この作品集は幸運な形で翻訳されることになった。

わたしは李元世《イウオンセ》が『こびとが打ち上げた小さなボール』を安聖基《アンソンギ》主演で映画化（一九八一）したとき、ただちにソウルの劇場で観ている。結果的に、彼の最後のフィルムとなった作品だ。李元世は河吉鐘《ハギルチョン》や崔仁浩《チエイノ》とともに映画雑誌『映像時代』を創刊した映画人で、わたしは彼が一九七九年に撮った『南京豆のなかのラブソング』という、いかにも微笑ましいメロドラマを気に入っていた。だが『こびとが打ち上げた小さなボール』の映画化はまったくタッチが異なり、強烈な暴力と抒情の交錯がわたしに鮮烈な印象を与えた。これは原作をしっかりと読んでおかなければいけないと思ったが、短くない歳月の後に今、ようやくその願いが叶ったことはうれしい。

とはいえ、何の前提もなしにこの原作を読みだした読者は、そのあまりの過激さに当惑してしまうのではないだろうか。なにしろ冒頭の短編は、「せむし」と「いざり」がテロリストよろしく健常者を襲い、金品を強奪しようとする話なのだ。村上春樹が『1Q84』のなかで「こびと」という単語を使用できず、「リトルピープル」と英語風に記さなければならなかったというのが、日本という立派な管理社会である。仮に作者が日本で新人作家としてこの連作を出版社に持ち込んだとすれば、はたして文芸誌の編集者と校閲担当者はそのまま雑誌に掲載しただろうか。ただちに思い出されるのは、メキシコに亡命して『忘れられた人々』(一九五〇)を撮ったスペインのルイス・ブニュエルのことだ。盲の老人が少女を凌辱《りょうじょく》し、不良少年たちが寄って集《たか》って一人のいざりに暴行を加えるというこのフィルムが完成したとき、メキシコの観客たちはいっせいに怒りを顕《あら》わにし、監督を恥知らずと呼んで憚《はばか》らなかったのだ。

そこでわたしは趙世熙のこの作品に立ち入って論じる前に、いささか個人的な感慨をまじえ、解説めいた文章を少し綴《つづ》っておこうと考えてみた。第一に記しておかなければならないのは、この短編連作が執筆された一九七〇年代の都市ソウルの雰囲気である。次に身体障碍者をめぐって韓国文化が伝統的に携えてきた想像力の深さについても、若干の註釈が必要だろう。とりわけ趙世熙と同時代の文学者たちが、「病身《ピョンシン》」、つまり日本語でいう片輪者、因果者の像を媒介とすることで、どのような社会批評的認識に到達するにいたったかという問題については、キチンと記しておくべきである。『こびと』が本来の韓国の文化史的文脈を離れ、日本の地で作品として正当に評価されるためには、蛇足であることは重々承知していても、何かしら解説めいた文章を書いておきたいと、わたしは考えたのだ。以上を前口上として、拙文をお読みいただければ幸いである。

2

一九七〇年代がまさに終わろうとしていた年を、わたしは外国人教師としてソウルで過ごした。韓国については軍事独裁国家であるという以外に、ほとんど何も知らなかった。というより日本にいるかぎり、知るすべがなかった。

勤務先の大学は市街の東の涯《はて》にあり、広々としたキャンパスのなかには家畜病院と軍事教練所があった。街路樹の間には「精神維新」の垂れ幕が張り廻されていて、学生たちはその下を潜って教室へ通った。正門前の通りには学生相手の簡素な食堂が何軒か、それに書店とビリヤード場があり、小さな賑わいを見せている。だがその裏に廻るとただちに道は細かく分岐し、練炭の灰の溶けた地面と汚れた煉瓦《れんが》壁が続いている。壁にはときおり二番館の映画ポスターが貼られ、「間諜通報」の掲示があった。狭く曲がりくねった凸凹道をしばらく行くと市場となり、かたわらに歓楽街がある。夕方には羅《うすもの》を着た女たちが外に出て、客を呼び止めていた。どこか市内の遠いところに、地下鉄が通っているとの話だった。もっとも数駅だけのことで、わたしの周囲にはそれを用いているという人はいなかった。主たる交通機関はバスだった。バスはいつも満員で、真っ黒な排気ガスを吐き出しながら、のろのろと進んでいる。わたしの韓国語は、すべてハングルで記された、掌に入るほどのバス路線帳を読み解くことから始まった。

大学の裏側には広大な路地が展《ひろ》がっていた。貧し気な平屋建ての家々が土埃に塗《まみ》れ、どこまでも並んでいる。細い径を辿っていくと、思いがけないところで石畳の広場に出る。散髪屋があり、自転車屋がある。駄菓子屋があって、汚れたガラス箱をいくつも陳列している。狭く薄暗い店のなかでは、何人かの男たちが豚足を肴に黙って焼酎を呑んでいる。人間が確実に生きているという気配がした。

もっとも無限に続くかと思われた路地は、あるとき突然に中断される。家々が取り払われ、土が荒々しく剝き出しにされている。土地の再開発計画が進行中で、高架道路が建設されようとしていたのだ。とはいえ工事現場の向こう側には、漢江《ハンガン》が何も知らずに悠々と流れていた。

今日では都市が二倍以上に膨張してしまったため、漢江はソウルの南北を分かつ河川と化した感がある。だがわたしが最初にこの都に滞在したころには、それはソウル市を周辺の農村地帯から隔てる境界線として機能していた。河幅は広く、ほとんど一キロ近くある。徒歩で横切ろうとすれば、橋の両側に立つ警備兵にしばしば誰何《すいか》された。橋を渡り切ってしまうと、街角の賑わいを感じさせるものは何もない。建設途上の高層アパート群を除くと一面の空き地であり、真っ直ぐに走る道路のところどころにバス停の標識が置かれているだけである。真新しい郵便局を別にすれば、建物は皆無だった。要するにこの「川向こう」とは、伝統的な村落を潰し、平坦に整地した直後の土地だったのだ。

わたしはさしたる考えもなく、この「川向こう」に建てられたばかりの七階建てのアパートに居を定めた。窓からは漢江の土手越しに、ソウルを取り囲む山々が見えた。入居をした時点では周囲に店舗がなく、ひどく粗末な購買部の建物が設けられているばかり。三か月後にスーパーマーケットが開店したときにひと騒ぎが起きた。近隣の村から農民たちが見学に来たまではよかったのだが、彼らは何十匹もの黒山羊を同行していたからだった。この落差はそのまま、韓国の高度成長の速度とそれによって生じる歪みを表わしていた。わたしは毎朝、広大な空き地の前の停留所からバスに乗り、大河を渡って大学へ通った。学生たちの大部分は河の西側に住んでおり、わたしはいつも一人、バスに乗って、夜の河を眺めながら帰路に就いた。

わたしが住んでいたアパート群の場所は、趙世熙の『こびとが打ち上げた小さなボール』に一度だけ顔を覗かせている。主人公の一家が貧民窟から追放されたとき、ソウル市が代替住宅として準備した集合住宅のある江南区蚕室洞《チャムシルドン》のことだ。今回、読んでみて、そのことに気が付いた。そうか、わたしが住んでいたアパートの隣人たちは、被撤去民から入居権を買って、この新開地に住むことになったわけだったのか。

朴正熙《パクチョンヒ》大統領が暗殺され、非常戒厳令が発動された。もとよりそれ以前から政治的緊張状態にあった大学は、これを機に休校となった。凋落《ちょうらく》の秋が終わり、冬の厳しい寒さが訪れたころ、わたしはこの都を去った。

ソウルはその後、急速に変化していった。わたしは最初の滞在が契機となって、それ以降、ほぼ二年に一度の割でこの都市を訪れているのだが、足を向けるたびに街角の光景の変貌に唖然とさせられた。そこで二〇〇〇年に再度の長期滞在をしたときには、ちょうどいい機会だから、徹底して新都市の変貌ぶりを確かめてみようと決意した。まず以前に勤務していた大学にブラリと足を向けてみた。二十年ぶりの再訪である。以前であるなら市の中心部から満員バスで四十分ほどかけなければ到達できなかったところが、何としたことか、市内から地下鉄で、ものの十分ほどの間に到着できる場所に変わっていた。

キャンパスからは騒々しい政治スローガンの垂れ幕が一掃されていた。だがそれより驚いたのは、大学の背後に展がっていた広大な路地が完全に消滅していたことだ。

高架道路の下にはこぎれいな住宅が整然と並んでいるばかりである。駄菓子屋も、歓楽街も、二番館の映画館も、わたしがノスタルジアを憶えるはずの対象は、きれいさっぱりとなくなっていた。わたしは地下鉄にふたたび乗り、大河を潜って蚕室へ向かった。ソウル・オリンピックの会場として脚光を浴びたこの地では、なんと完璧なばかりに高度消費社会が実現されているではないか。わたしが住んだ高層アパートは早くも汚れて老朽化し、すでに時代遅れの雰囲気を湛《たた》えていた。空腹を覚えたわたしは寿司屋に入った。店先には since 1975 と、堂々と記されているではないか。何をいってるんだい、そのころここは雑草しか生えていない空地だったのだぞ、わたしは心のなかで苦笑した。

3

わたしがソウルに最初に滞在していた七〇年代終わりとは、無名の趙世熙が『こびとが打ち上げた小さなボール』の連作をコツコツと書き上げ、文学賞を受けた時期である。もっともわたしは彼の存在を知らず、作品集を手に取ることがなかった。わたしがその時期に読んで強い印象を受けたのは、李清俊《イチョンジュン》の『書かれざる自叙伝』(一九七二)であり、崔仁浩《チェイノ》の『馬鹿どもの行進』(一九七三、邦題は『ソウルの華麗な憂鬱』)である。この2冊は韓国文学に何の知識もないわたしに強烈な印象を残し、それに言及せずには、七〇年代のソウルのことを語ることができないほどである。少し脱線を許していただいて、この二編の小説に触れておきたい。

『書かれざる自叙伝』はドストエフスキーの決定的な影響のもとに執筆された、独白体の長編である。主人公は勤め先の会社を馘《くび》になり、失意のうちに通勤バスのなかで「大審問官」の幻を見てしまう。もうこれ以上大脳を酷使して思考をすることをやめないかぎり、お前は十日後に死刑に処せられるぞと、審問官は託宣する。十日の猶予を与えられた主人公は行きつけの喫茶店《タバン》で、さまざまに奇妙な性癖をもった人々と出会う。だが彼らはいちように時代閉塞の囚人であり、精神の飢餓を満たす術《すべ》を見つけられないでいる。また揃って自嘲の名人であり、人生が始まる前から人生に疲れきっているかのように見える。喫茶店はうす暗い窖《あなぐら》のようで、巨大な水槽に熱帯魚が泳いでいる。この光景はあまりに外界との接触を制限されてきたため、知らずとみずからに抑圧を招き寄せてしまった七〇年代韓国の知識層をめぐる、痛切な戯画のように思われる。

『馬鹿どもの行進』の方は、もう少しお気楽な雰囲気をもった青春小説であった。大学生の男の子が合コンで知り合った女の子にキスを迫って拒まれ、ジーンズの尻ポケットに突っ込んだ『かもめのジョナサン』に慰められるといった、たわいない挿話が続く。だがそこには、自分たちの一挙一動を「馬鹿どもの行進」だと平然と眺めてしまう、冷たい視線が横たわっている。軍事クーデターから十数年、もはやいかなる意味でも理想主義の高邁《こうまい》を信じることができなくなった大学生たちの、行き場のない、鬱屈した感情が、全編にわたって流れている。

わたしが『馬鹿どもの行進』で着目したのは、主人公の青年が「炳泰《ビョンテ》」と名づけられていたことだった。これは韓国人としては不自然ではない名前ではあるが、同じ発音で「病態《ビョンテ》」と書くと、病気の者、身体の不自然な者、ダメな奴といった意味をもってしまう。「病態」とほぼ同義で、より強い言葉に「病身《ビョンシン》」があり、これは辱説《ヨクソル》、つまり人を差別して侮辱するさいに用いられる罵倒語である。あえて日本語に直すならば、片輪もの、虚《うつ》けもの、ちんば、いざり、めくら……といった類の、身障者を嘲笑するさいに用いられる表現である。

とはいえ現在の日本文化にあって公的に使用が禁止されている不快用語が、韓国でも同じ扱いを受けているかというと、話はそれほど単純ではない。韓国は日本とは比較にならないほど、文化人類学でいう〈冗談関係〉が柔軟に成立している社会であり、日常の会話における差別用語の意図的な使用が親密圏の相互確認であるといった場合がけっして少なくないからだ。罵倒語を投げかけると同時に、同じ罵倒語を受け入れることで成立するコミュニケーションが、この国ではきわめて一般的に実践されている。さすがに今世紀ともなれば、よほどの高齢者の間でしか用いられなくなったと推測するが、慶尚道《キョンサンド》では男どうしがすれ違うときに、お互いを「癩病野郎《ムンドゥーア》」と呼び合って、親密さを確認しあったと聞いた。

李清俊と崔仁浩はまったく異なったスタイルをもつ作家ではあったが、「病態」「病身」という観念において少なからぬものを共有していた。

李承晩《イスンマン》独裁政権を倒した栄光の学生運動世代に属していた李清俊は、その名も『病身と痴呆』（一九六七）という短編をもって文壇で話題を呼んだ。彼は『書かれざる自叙伝』に続いて、『あなたたちの天国』（一九七六）という長編を発表し、そのなかでハンセン病療養所のある離島を舞台に、理想と救済、背信と偽悪をめぐる壮大な観念世界を築きあげた。崔仁浩はといえば、『馬鹿どもの行進』に続く青春小説『鯨狩り』（一九八三）で、主人公の大学生にふたたび「炳泰」という名前を与え、何をしても充足感を得られない内気な青年がみごとに通過儀礼を果たし、理想主義に到達するという物語を描いた。それは絶望のすえに「病態」を自称してきた七〇年世代が、少しずつ解凍されてきた韓国社会にあって、自嘲の終焉と理想の回復を宣言する作品であった。

一九七〇年代の作家たちはどうしてかくも「病身」に拘泥していたのだろう。そこには少なくとも二つの要因が働いていたように、わたしには思われる。一つは韓国社会に横たわる伝統的想像力に関わるものであり、もう一つは七〇年代に固有の、きわめて政治社会的な認識に由来するものである。

先にも触れたことであるが、韓国文化は人間の身体的異常と逸脱をめぐり、日本とは比較にならないまでに、豊かな想像力の語彙を備えた文化である。路上の喧嘩言葉における複雑な修辞法に始まり、政治的示威行動の場でのパフォーマンス性、仮面舞《タルチュ》踏《ム》における奇怪な祝祭性を帯びた仮面と猥褻《わいせつ》な身振り……そのどれをとっても、そこに常軌を逸した身体が生み出す、不均衡にして滑稽な運動が基調とされている。

　グロテスクな身体表象の最たるものとしては、その名もズバリ「病身舞《ピョンシンチュム》」という舞踏が存在している。崔承姫《チエスンヒ》の弟子であった孔玉振《コンオクチン》が編み出した舞で、身体障碍者であった実弟を悦ばせるために、彼の身振りを真似てみたのが契機となったと伝えられている。病身舞では盲人や亀背をはじめ、さまざまな身障者の身振りが模倣され、そのグロテスクなしぐさの連続を通して、逆に健常者が抱いている無意識的な傲慢が批判されることになる。わたしも一度、孔玉振が東京のスタジオ２００で公演をしたさいに観劇したことがあったが、聞きしに勝る壮絶な舞台であった。そのさい楽屋で聞いたところでは、個人的にお座敷で演じるときには、身障者どうしの性行為を真似た演目もあるとの話だった。彼女はこの舞踏で得た収入のかなりの部分を身障者施設に寄付していた。韓国にあってはこのように、病身の表象とは文化の基層に横たわる何ものかであり、それはしばしば時の権力に対する鋭い諷刺と嘲笑の武器であると見なされてきた。

　だがもう一つ忘れてはならないのは、朴正熙の抑圧的な軍事政権が二十年近くにわたって続いていた韓国社会とは、それ自体がグロテスクな病身であったという認識のことである。一九七〇年代に生きることを余儀なくされた知識人と芸術家は、透明な健常者の視点のもとに社会を描くことの困難に向かい合うことから、創作を開始しなければならなかった。彼らは意図してみずからを「病身」と見なし、片輪者と畸形のみが持ちうる孤独を引き受けることで物語を綴ろうと試みた。意識して選ばれた自嘲的な言動。世界のもっと下層に置き去りにされた弱者たちの声。この時代にしばしば唱えられた、「低き処《ところ》に臨みたまえ」という託宣は、今日的な言葉に置き換えるならば、つねに沈黙を余儀なくされてきたサバルタンを前にして、彼らの声をいかに再組織していくかという問題に深く関わっている。片輪ものの視座のもとに、障碍者の身振りをなぞることでしか表現が可能とされなかった時代というのが、韓国の一九七〇年代だったのである。

4

趙世煕の『こびとが打ち上げた小さなボール』は、冒頭に数学のトポロジー理論が言及されていることからも判るように、バラバラに執筆されはしていても、結果的にきわめて周到な構成をもつことになった短編集である。結末に至って物語は冒頭に回帰する。その結果、作品全体がちょうどメビウスの輪のように、内側も外側も定かでないままに閉じてしまう。これは登場人物の側から眺めてみるならば、彼らがどのように足掻《あが》こうとも、脱出を希求しようとも、けっして現実の世界から飛び出すことができないことを物語っている。だがそれは逆に、外部から到来する者が、いつしか内部の存在になり代わってしまう状況をも意味している。この両義的な事実を念頭に置きながら、登場人物の一人ひとりに焦点を合わせてみることにしよう。

まず旧市街の中心から郊外のプチブル住宅地へ越して来た家族が登場する。夫は知識層ではあるが生活に疲れ切っており、妻は水の出の悪い水道に苛立っている。彼女は社会の周縁に置き去りにされてしまった自分たちの状況を、「こびと」という言葉によって表現している。そこへ偶然ではあるが、本当の矮人《こびと》が登場する（平仮名の字面が続くと醜いので、以後は漢字を用いることにする）。彼は工具袋からさまざまな器具を取り出し、水の問題を解決する。妻は彼に親密な気持ちを抱くが、矮人は通りかかったポンプ店の作業員によって手酷い暴行を受ける。妻は矮人への共感から、作業員に向かって出刃包丁を振り回し、「私たちもこびとです」と矮人に話しかける。

ここで物語が切り替わり、矮人とその家族の話となる。

矮人は五十二歳だ。彼は債券の売買から高層ビルの窓拭き、そして水道修理まで、さまざまな仕事を転々としてきた。どぶ川のわきに密集した貧民窟に無許可の住居を築き、差別と屈辱に塗れながらも、妻と三人の子供を養ってきた。皮肉なことに「幸福洞《ヘンボクドン》」と名づけられたその一角は、現在、再開発事業の対象となり、一家は立ち退きを強く勧告されている。

ここで語り手は長男のヨンスに移り、彼の口から家族の来歴が語られる。ヨンスは貧困ゆえに中学を途中で退き、印刷所で苛酷な労働の日々に明け暮れている。だが持ち前の向学心から検定試験に合格し、放送通信高校で学んでいる。社会と自我をめぐる葛藤を、ドストエフスキーの登場人物のように手記に書き綴ってもいる。

この一家にはチソプという青年が入り浸っている。チソプはどうやら学生運動で大学を追放された過去を持っているらしい。彼は抗日運動家であった祖父の血を引いてか、理想主義を信奉し、先に引いた「低き処に臨みたまえ」という言葉を文字通り実践しようとして、貧民窟を訪れている。だがその一方でブルジョワ家庭に出入りし、父親の厳命で有名大学合格を目指す少年ユノの家庭教師をしている。

ユノは幼いながらに階級的終末観に囚われており、こっそりと拳銃を隠し持っている。どこかジッドの『贋金作り』の主人公を思わせるこの少年は、みずからに取りついた破壊衝動を持て余している。チソプは彼にユートピア的な空想を説くが、その家族に怪しまれ、一家を追い出される。彼が矮人の一家を訪れ、ともに食事をしているとき、いよいよ強制執行がなされ、かつて一家全員で手作りで築き上げた家屋は、たちどころに取り壊されてしまう。チソプはこの破壊に抗議して暴行を受け、どこかへ連行される。矮人は長男のヨンスに自殺の決意を打ち明けると、無人と化した工場の煙突に登る。ほどなくして煙突の底に、彼の死体が発見される。これまで抑制されてきた深い悲しみが一気に噴出する場面だ。

家長を失った一家はソウルを出、重工業地帯であるウンガン市に移る。ウンガンは悪徳と危険に満ちた巨大な都市である。三人の兄妹はそれぞれ、自動車工場、電機工場、紡績工場で働くが、苛酷な低賃金労働に心身を消耗させる。彼らは教会を通して、しだいに労働運動に目覚めてゆく。一方、富裕な家庭の子弟であったユノもまた父親の軛《くびき》を逃れ、一労働者としてウンガンに辿り着く。だが彼はここでも孤立感に苛まれる。

ヨンスは労働争議に関わり、資本家から危険人物と見なされる。そこに変わり果てたチソプが現われ、二人は励ましあう。暴行が原因で顔に深い傷を負い、工場の事故で指を失ったチソプは、文字通り「病身」そのものである。だが同時に彼は、救済の可能性を説くため、一家の前に突然に出現するという意味で、天使のごとき存在でもある。ヨンスが工場の社長の殺害を企て、官憲に逮捕されたとき、チソプは裁判の席で堂々と彼の弁護にあたる。

ここで話は冒頭のせむしといざりに回帰し、彼らが高速道路に侵入し、資本家の殺人を意図している場面となる。だが結局、計画は放棄される。高校では、かつてメビウスの輪について生徒たちに説明していた教師が、今度は宇宙人に逢ったという話をしている。ただちに利発な生徒が手を挙げ、そうした空想が生じるのは、社会的ストレスから自己を防衛するためではないかと意見を述べる。こうしてある苦い捩れを抱えながらも、語りが冒頭に回帰することで、この短編連作はメビウスの輪のごとき終わり方を見せる。

作者の趙世熙は「作家のことば」のなかで、ここに語られていることの少なからぬ挿話は、彼本人が見聞し、体験したことであったと述べている。無許可住宅が強制撤去されるとき、たまたまその場に居合わせ、そのいっさいを見届けたのは、みずから体験したことであった。その意味で、ここに登場するチソプなる青年は、まだ有名な作家となる前の作者の、かぎりなく自己に近い分身であることが判明する。チソプは社会のもっとも下層に位置するこびとの一家と、頂点に位置するブルジョワジーの一家の間を往還する〈知恵ある道化〉であり、物語のなかでみごとな媒介者として機能している。彼は、高みにあっては低き処に臨めと説き、低き処にあっては、時空を超えた空想の世界を思考することの意味を説く。そして最後にはみずからも病身として、殺人を犯したヨンスを理解しようと努める。

『こびとが打ち上げた小さなボール』には、このようにして、一九七〇年代の韓国社会に横たわっていた数多くの問題が取り上げられている。貧困と身障者差別。土地の再開発と強制執行。劣悪な労働条件と自然破壊。キリスト教信仰と労働争議。ここでは明確には語られてはいないが、こびとの一家が身を寄せ合うように生きてきた貧民窟の来歴がもし語られることがあったとすれば、おそらくそこには朝鮮王朝時代から続いている被差別民問題や、朝鮮戦争時における北からの難民の問題も、当然そこで言及されることになるだろう。ちなみにいうならば、半世紀前に大島渚がソウルを舞台に監督したフィルム『ユンボギの日記』の原作となったのは、こうした貧民窟に生きる少年が綴った手記であった。推測するに、この潤福《ユンボギ》もまた、一九七〇年代のどこかで家屋を破壊され、追放の身となったことだろう。彼は矮人の長男ヨンスとほぼ同年齢であるはずだ。

作家としての趙世熙の面目とは、こうした悲惨な現実を〈病身〉、つまり身体障碍者という視座を通して描いてみせたところにある。知識人が次々と連行され、恐怖が社会を支配していた軍事政権時代に、小さなノートブックに少しずつ書き溜められたこの作品が、身体障碍者の表象を忌避し、いたずらに言語表現を管理することで成立している今日の日本において訳出されたことの意味は、けっして小さいものではない。いうまでもないことだが、この作品は単に社会の悲惨を描くリアリズム文学の範疇に収まるものではない。趙世熙が差し出してみせたのは、サバルタンと身体表象の間の象徴学に関わる問題であったといえる。

文学研究の現場ではこのところ、ディアスポラ、つまり本来の土地から追放され、離散と消滅の危機のさなかにある者たちをいかに表象するかという議論が続けられている。ディアスポラとはユダヤ人に限ったことではない。今日ではあらゆる少数派がこの悲惨な状況のもとに置かれている。『こびとが打ち上げた小さなボール』は、朝鮮戦争時の離散家族小説とはまた別の角度から、韓国文学においてこの問題を取り上げた作品として、これからも読み継がれていくことだろう。

5

韓国では思いがけないところで、矮人《ナンチャギ》を見かけることがあった。

あるとき全羅北道《チョルラプクド》の南原《ナムウォン》を旅行していたわたしは、市場の一角にトレーラーが横付けにされ、そこから一人の矮人を中心に、芸人たちが降りて来るのを見かけた。彼は派手な衣装を身に着けており、否が応でも通行人の気を引いた。全員が整列をすると、端の一人がトランペットを鳴らし、リーダー格の矮人がおもむろに口上を述べ始めた。漢方薬の効用のことだった。彼らは町から町へと旅を続けていく薬売りの一団だったのである。

別のとき、わたしはソウルの繁華街である明洞《ミョンドン》の一角で、真紅のミリタリールックをした別の矮人が、言葉巧みに通行人たちに話しかけているのを見かけた。彼はキャバレーの呼び込みだった。いっしょに歩いていた友人が、この矮人は明洞の名物なんだぜと、わたしに教えてくれた。彼は声が枯れていて、相当の年配のように思われた。

李元世のフィルム『こびとが打ち上げた小さなボール』を映画館で観たのは、それからしばらくしてのことである。わたしはまだそれが、評判を呼んでいた短編集の映画化だとは知らなかった。いくつかの場面が強烈に印象に残った。

とりわけ衝撃的だったのは、近隣の住民のあらかたが他所へ移ってしまい、がらんとした集落に残された家のなかで一家が食事をしているところである。突然に強制執行のブルドーザーが出現し、家の壁を突き破って、食卓を囲んでいる家族たちの眼前へ迫ってくる。わたしはそれ以前に小川紳介のドキュメンタリー映画で、三里塚の農民たちが機動隊によって根こそぎ撤去される光景を観たことはあったが、かくも直截的に描かれた家屋と生活の破壊を映画のなかで目の当たりにしたことはなかった。

もっともはるか後になってパレスチナ自治区の西岸地区にあるヘブロンを訪れたとき、わたしはかかる破壊が現実に行われた跡を、嫌というまでに見せられることになった。ユダヤ人入植者のために一方的になされた道路拡張計画によって、パレスチナ人の伝統的な住居がまさに半分のところで断ち切られ、内部が剝き出しにされたまま放置されているところがいくらも見受けられた。強烈な陽光のもと、台所に散らばる食器や家具に土埃が被さっているさまを見るのは傷ましい気持ちがした。

李元世のフィルムに戻ると、そこで主人公を演じていた矮人には見覚えがあった。明洞でキャバレーの呼び込みをしていた人物である。そうか、韓国の映画界はエンターテイナーとして彼に注目していたのだと知ると、なんだかうれしい気持になった。今度、あの店の前を通ることがあれば、映画を見ましたよと声をかけてみよう。わたしはそう思ったが、差し迫った帰国のため、それはなされなかった。数年が経ってわたしは久しぶりに明洞に足を向けてみたが、もはや矮人は姿を消していた。キャバレーもなくなっていた。

あの矮人は映画出演の後、どうなったのだろうか。わたしはかつて寺山修司の芝居に客演した何人かの矮人たちが、寺山の死後も彼を深く慕っているという話を思い出した。李元世に見出されたあの矮人にしても、それを契機として、その後も映画や演劇の舞台で活躍していてほしいなあと、わたしは空想した。本書の翻訳者である斎藤真理子さんの話によると、彼はその後も林権沢《イムグォンテク》の離散家族映画『キルソドム』に、赤い水玉模様の衣裳をつけて太鼓を叩いている薬売りの道化として登場していたらしい。芸名は『こびとが打ち上げた小さなボール』の父親役をそのまま用いて、キム・ブリであったという。今度、ソウルに行ったとき、誰か年配の人にそのあたりのことを尋ねてみたいと思っている。

（映画史・比較文学）

単行本版訳者あとがき

本書は、一九七八年の出版以来驚異的なロングセラー・ベストセラーとして読まれ続けている、チョ・セヒ著『こびとが打ち上げた小さなボール』(난장이가 쏘아올린 작은 공、以下『こびと』と略)の全訳である。訳出には「理性と力」社版の初版を用いた。

著者のチョ・セヒ氏は一九四二年、京畿道《キョンギド》加平《カピョン》生まれ。ソラボル芸術大学(現・中央大学校)文芸創作科と慶熙《キョンヒ》大学国文科に学び、一九六五年に『京郷新聞』新春文芸欄に『帆柱のない葬船』が当選してデビューしたが、その後十年間ほぼ執筆活動をしなかった。この期間は編集者として働き、家族を養うことに専念していたようである。そんな彼がどのようにしてこの『こびと』連作を書くに至ったかは、「作家のことば」に詳しい。

十年の沈黙を破って「やいば」が雑誌に発表されたとき、著者は三十三歳だった。

以後二年半ほどの間に、八つの雑誌と一つの新聞に十二編の短・中編が散発的に発表された。このように「連作小説集」というスタイルをとったことは戦略の一つである。当時は出版物への検閲が非常に厳しかった。長編の連載であれば発禁になったらそれまでで、続編を書くこともできないだろう。しかし連作というゆるいつながりを持つ短・中編をそのつど違う雑誌に発表するスタイルなら、万一どこでぶった切られても被害は最小で済む（このような発表方法は当時、ユン・フンギルの『九足の靴で残った男』など、社会問題を扱った作品にしばしば見られた）。

一九七八年、『こびと』は出版されるや大きな反響を呼んだ。九か月で六万部、一年半で二十万部と純文学としては異例のベストセラーとなり、もはや一つの社会的事件といえた。さらに、十二年も途絶えていた文学賞「東仁《トンイン》文学賞」の久々の受賞作となった。現実参与と純粋文学の双方を見事に結実させたとして認められたのである。

撤去民の問題や労働運動という深刻なテーマを正面から扱い、しかもそれを幻想をまじえた独特の物語世界に仕上げたこと。貧民層・中間層・富裕層それぞれの声が連なるポリフォニックな構成。そして書類やアンケート調査の結果を挿入したノンフィクション風の手法など、すべてが斬新だった。『こびと』は学生運動をする若者たちの必読書となり、また演劇や映画にもなった。

訳者が『こびと』を読んだのは一九八一年、大学三年生のときである。サークルで仲間と一緒に韓国語を勉強していたのだが、そこで先生が「最近、若い人に人気がある小説ですよ」とテキストに選んでくださったのが「メビウスの帯」だった。「メビウスの帯」は、そのころ日本語で読むことができた同時代の韓国文学のどれとも違っていた。寓話のような語り口と、惨酷な内容のアンバランスに私はとまどった。だがこの不思議な感じには、続きを読んでみたいと思わせる力があった。

私は先生にお願いして原書を韓国から取り寄せてもらい、ほかの短編も読んでみた。家族のために文字通り体を張るヨンヒを、とても遠いところにいる女の子のようにも、しかし世界じゅうの映画や小説の至るところで出会ってきた人のようにも感じた。当時の韓国はまずもって日本株式会社の下請け先だった。私のような貧乏女子学生がなけなしのバイト代で洋服を買うと、そこには必ず「Made in Korea」のタグがついていたものである。それはヨンヒのような人たちが作っているのに違いなかった。

大学を卒業する直前、表題作の「こびとが打ち上げた小さなボール」を試訳してみた。専攻の学問をあまり熱心に学ばなかった私としては、自分なりの卒論のつもりだった。

初めて読んだ日からちょうど十年後の一九九一年、私はソウルに語学留学した。十年の間に韓国は民主化を迎え、ソウルオリンピックが開催され、もはや人件費の安さのみで勝負する国ではなくなり、街行く人々は活気に満ちていた。だが、バスの窓からは丘を埋めつくす無許可住宅群が見えた。「今の韓国で、ヨンホやヨンヒたちはどう生きているんだろうか」と、ちらりと胸をかすめることはあった。しかし変化の早い韓国社会の中で、『こびと』の時代はすでに歴史の一部になったかに思えた。そこからさらに二十年が過ぎた昨年、本書が今も順調に売り上げを記録している、驚異的なロングセラーであることを知ったのである。なぜこの本はそんなに長い生命を持ちえているのだろうか？　それを知りたいというのが、翻訳を思い立ったきっかけでもあった。

本書は、一言でいって「蹴散らされた人々」の物語である。どこでどのように蹴散らされたか。まずはスラムの撤去によって、次に工場労働の現場においてだ。ソウルに限らず韓国のスラムは植民地時代から存在したが、一九四五年の解放とともに海外から多くの人々が帰国したこと、さらに朝鮮戦争による大量の避難民で増加、また、六〇年代以降は農村の疲弊によって故郷を捨てる人があいついだことからいっそう膨れ上がった。一九七〇年のソウルでは、無許可建築物が約十九万棟にも上ったという。

これらの無許可住宅は山の斜面を利用し、頂上付近までびっしりと建てられることが多かったので、「山の町（サントンネ）」とか「月の町（タルトンネ）」などと呼ばれた。「月の町」とは当然、月に近いからである。本書の中でこびとのお父さんが月の天文台で働くという夢を見ているが、これもあだやおろそかに読んではいけない設定なのかもしれない。

政府はこれらスラムを一掃すべき社会病理と見て徹底排除し、住民の人権は二の次、三の次であった。代替地を用意して撤去民を移住させたこともあるが、移住後の雇用や社会インフラのことなど考慮しなかったから、移住で失業した住民が大規模蜂起するなどの事件も絶えなかった。

物語の後半では、仁川《インチョン》をモデルとした工業都市ウンガンが舞台となる。仁川は七〇～八〇年代労働運動の根拠地であった。キリスト者のグループに助けられて、御用組合でない民主的な組合が作られていったが、彼らへの弾圧はすさまじかった。ウンガン紡織組合のモデルは、民主組合の代表として名高い「東一紡織」労組だが、そこでは一九七八年に、会社側が組合代議員の選挙を妨害しようとし、投票にきた女子組合員に人糞を浴びせるという事件まで起きたのである。

チョ・セヒはこの小説を描くために、詳しい取材を行った。撤去民の取材のためにはソウルの複数のスラム街に足しげく通い、自らそこに部屋を借りて暮らしたこともあるという。労働運動の取材の際も仁川の労働者街に住み、東一紡織の労働組合活動に協力もした。ヨンスがあこがれた工作機械工場の描写を読めば、きめ細かい取材なくしては書けないことがわかるだろう。シモーヌ・ヴェイユの『工場日記』を思わせるこの場面を、訳者は非常に大切に思っている。

翻訳にあたって、「過ちは神にもある」に描かれた大気汚染や工場の爆発事故などの詳細を知りたいと思ったが、作者の健康状態の関係で果たせなかった。そこで韓国在住の友人に頼み、多方面を調べてもらったがはっきりしたことはわからず、「当時、報道されずに終わった重大事故は相当数に上り、今その詳細を知ることはかなり困難だろう」という回答をもらった。多くのことが「北朝鮮に知られたらいけない」という理由で隠されていた時代のことだから、無理もない。

ことほどさように、このころの韓国は二重三重にがんじがらめに縛られていた。その中でチョ・セヒの文学は、互いを「宇宙人」と感じるしかないほど違う人々がごく間近で暮らす社会のありように、その禍々《まがまが》しさに、サーチライトのように光を当てた。このライトによってまっ先に浮かび上がったのが、さまざまな障害をもつ人々の姿であったことの重要性は、四方田犬彦さんが解説で述べて下さった通りである。

この小説は発表されるや否や、「リアリズムVSモダニズム」という図式でたびたび論争の的となった。当時、いわゆる社会派の文学はファン・ソギョン、ユン・フンギルらのリアリズム小説が主流であり、チョ・セヒの試みには「こんなに難解では労働者自身に読めないではないか」とか、「労働者の現実をゆがめている」などの批判もあったのである。

しかし本書はそれを乗り越えただけでなく、民主化を迎えた後も読み継がれ、新しい読者を獲得していった。二〇一六年現在では三百刷に迫り、総販売部数は約百三十万部だという。『こびと』は、ある調査では「二十世紀韓国文学最高の問題作」に選ばれ、またチョ・セヒ氏も他のインターネット上の調査で、「この時代を代表する韓国の作家」に選ばれた。

一時は学生運動のバイブルであった本書は今、中高生の推薦図書となり、教科書にも載るようになった。この小説について尋ねると「受験のときに〈読まされた〉」と、少々うんざり口調で語る若い人もいる。一方で「一九九七年のIMF危機を経ていっそう格差が開いてしまった現在の若者たちの方が、本作を切実に受け止めているのではないか」と指摘する人もいる。

果たして、四十年を経て、こびとたちの物語は過去のものとなったのか。作者自身は、本書が二百刷を迎えた際に「これは恥ずべき記録だ」と語り、このような作品が未だに読まれ続けなければならないのは、韓国社会が本質的に何も変化していないためだという旨の発言をしている。

ここで考えてみるべきことは、本書が書かれた一九七〇年代後半に韓国で何が起こったかということだ。それは厳しい圧政の時代であったとともに、市民自身が大きな欲望のスパイラルに巻き込まれ始めた時代への入り口だった。その象徴がマンション投機である。

ヨンヒが奪還した江南のマンション入居権も結局、転売するしかなかっただろう。どんなに頑張ったところで、彼らがそこに住み続けることはできないのだから。そしてこの入居権を買った人は、買わなかった人とは全く別世界の住民になることができた。江南開発は政財界挙げての一大事業であり、この地域に土地や建物を持つことは特権への入り口だったからである。八〇年代以降、土地投機熱はさらに白熱し、ある歴史家はそれを「全国民が投機を夢見るディストピア」とまで評した。そして、土地成金はいっそう富み、貧乏な人は一向に住宅を持てないという格差の開きが定着し、IMF危機後にさらに増幅して今に至っている。現在では『こびと』の時代に建てられたマンション群が老朽化し、さらなる再開発が各地で進んでいる。その際も、賃貸で住む人々は大金を用意しない限り再開発後のニュータウンに入れないという、『こびと』のような事態が起きているという。『こびと』の世界が過去のものになったかという問いに軽々な答えは出せないが、人々がまだ、メビウスの帯の途上にいることは確かなのだろう。

　裁判の中でヨンスは、ウンガングループの経営者について「あの方は、人間のことは考えてくれませんでした」と発言する。「人間のことが先でしょう。人間のことを考えてないじゃないですか」――例えばセウォル号事件の後、福島第一原発事故の後、皆が言いたかったのはそういうことではなかったか。そしてヨンスが経営者を殺して自分も刑死した後、せむしはいざりに「ナイフを捨てろ」と語りかける。メビウスの輪は元に戻ってくるが、報復の連鎖は何も生まないと作者は言い残しているのである。この作品が、約四十年の長きにわたって読まれてきたのは、このようなきわめて普遍的なメッセージの強靭さのゆえだろう。

『こびと』の世界は、過去へも未来へも通じている。チソプの「今あなたたちは、五百年、千年にわたる破壊をおこなった」という言葉の通り、朝鮮半島の奴隷制度の発祥は百済滅亡にまでさかのぼる。人を人として扱わなかった長い歴史全体への異議申し立てのように、こびとは重い鉄のボールを空へ打ち上げる。重力の法則に抗って打ち上げられたそのボールは今も、別の法則によって宇宙のどこかを旅しているのかもしれない。それは決して日本に住む私たちとも無縁ではないはずである。

バブルとその崩壊を経てすら揺るがなかった（と信じていた）平等神話が崩れた今、日本に生きる我々にとっても、自らの七〇年代、八〇年代を振り返り、我々が誰を蹴散らしてきたか、いま、誰が蹴散らされているか思いをはせるべきときが来ているのかもしれない。

本書は過去と現在が切れ目なく連続するスタイルを持っており、それが魅力なのだが、時代背景を知らない読者にとってはわかりづらい。そのため、こびと一家の過去の時期のことは段組みを変えて一行アキとし、区別できるようにした。理解しやすくなったとは思うが、原文の味わいは損なわれたかもしれない。それに限らず、飾りのない短文を積み重ねながらぐいぐいとクライマックスに至る文体をどこまで再現できたかは心許ない。このような短い文章で綴られたのは、雑誌社勤務で非常に多忙だったため、喫茶店や公園などで時間を盗むようにして書きつけたためだそうである。

本書には一部先行訳がある。一九七一年から活動している神戸のサークル「むくげの会」の有志が七編を選んで訳出し、一九八〇年に『趙世熙小品集』として刊行したものだ。また、長璋吉氏も『韓国短篇小説選』（大村益夫・長璋吉・三枝壽勝編訳、岩波書店、一九八八年）に「過ちは神にも」を訳出されている（本書でのタイトルは「過ちは神にもある」）。両者とも、今回の翻訳にあたって参考にさせて頂いた。

チョ・セヒ氏は寡作な作家であり、本書以後に発表した単行本は、『時間旅行』と、著者自ら撮った写真をまじえたエッセイ集『沈黙の根』だけである。一九九〇年から光州事件をテーマとした長編小説『白いチョゴリ』が雑誌に連載されたが、まだ完成に至らず出版はされていない。一日も早い出版を祈りたい。

最後に、翻訳を許可してくださったチョ・セヒ先生、この作品を紹介してくださった高島淑郎先生、力のこもった解説を書いてくださった四方田犬彦さん、時代背景などについて調べてくれたジャーナリストの伊東順子さん、多々の助言を下さった作家の黄民基さん、根気強く編集をしてくださった河出書房新社の竹花進さんに御礼申し上げる。

文庫版訳者あとがき

近所の商店街を歩いていると携帯電話が鳴り、出ると「チョ・セヒです」という嗄れ声が聞こえた。二〇一六年の夏、『こびとが打ち上げた小さなボール』（以下、『こびと』と略）単行本刊行の半年ほど前のことだ。

しばらく前に、韓国の出版社宛に『こびと』に関する質問事項を送ったところだった。特に、表題作の中でヨンスがノートに書き写した文章の出典や、「ウンガン労働者家族の生計費」の冒頭に出てくる「こびとの村」にモデルがあるのか、などについて。だが、まさか作家ご本人から電話が来るなどとは思ってもいなかった。

あわてる私に、チョ・セヒ先生は「自分のところに資料はあるはずだが、ずっと体の具合がよくないので探すことができない。いずれ回復したら探してみたいが、今はお答えできないのだ」といったことを、ゆっくりと話してくださった。

それより以前、本書を翻訳することが決まった際に、私は先生にあてて挨拶の手紙を送っていた。二十代の初めに読んで以来、ヨンス、ヨンホ、ヨンヒの三人は大切な友人であったというような照れ臭いことを、おぼつかない言葉で書いたと思う。それに対して先生が「世界でいちばん美しい手紙をもらった」とおっしゃったと、手紙を直接伝達してくれた方が私に教えて下さった。このことをあえて書くのは、私の知っている韓国人たちが世界一の励まし上手であることを記しておきたいからである。

私は、やっとのことで「光栄です」「頑張ります」をくり返したが、ろくに声が出ていなかったと思う。本書のタイトルに引きつけすぎかもしれないが、何かが天から降ってきたような感じだった。

私がこの本を翻訳することになったのには長いわけがある。そもそも、翻訳を仕事にするようになったのも全くの偶然からだった。ひょっとした縁でお手伝いした『カステラ』（パク・ミンギュ著、ヒョン・ジェフンとの共訳、クレイン）が二〇一五年に第一回日本翻訳大賞を受賞したことから、きっかけができた。河出書房新社の竹花進さんと初めてお会いしたとき「何か訳したいものがありますか」と聞かれ、そうか、提案することもできるのかと思ったら、一冊の大学ノートのことが頭に浮かんだ。本書の表題作「こびとが打ち上げた小さなボール」を一行おきにボールペンで書き写し、間の行に訳文を書き込んだものである。単行本のあとがきにも書いた通り、大学卒業前にチャレンジしたもので、高島淑郎先生（元北星学園大学教授）に添削もしていただいていた。

三十五年近く塩漬けになっていたこのノートが役に立つとは、思ったこともなかったが、これをテキスト化し、検討してもらうことになった。いくら韓国で有名な本でも、日本の一般の読者にとっては未知の作家である。さらに、韓国文学はまだ今ほどたくさん翻訳されていなかった。可能性は半々と思われたが、企画は通った。私の周辺には、「こびと」という言葉がネックになるのではと心配してくれた人もいたが、竹花さんの答えは「それは問題ではありません」という明快なものだった。

企画が通る前に、『こびと』の全訳ができるかもしれないと話したところ、かつての韓国を知る友人・知人は皆「それはいいね、頑張って」と励ましてくれた。もしだめだったら、うちで引き受けてもいいと言ってくださった出版関係者もいる。また、『こびと』の出版と同じ一九七八年に撮られた貴重なタルトンネの写真を提供してくださった方もいた。八〇年代やその前から朝鮮語を勉強していた人の多くが『こびと』を知っているし、神戸の「むくげの会」が八〇年に出した、青い表紙の『趙世熙小品集』を読んでいる。この本が日本社会の片隅で持続的に読まれてきたことを、改めて実感した。

さらに、韓国の知人や出版関係者から感謝の言葉を聞いたのにも驚いた（同時に「文学史上では大事な本だろうが、なぜ今ごろ……」という戸惑いの声を聞いたこともあったが）。『カステラ』の著者、パク・ミンギュ氏もその一人で、「良い作品を選んでくださってありがとう」と言ってくださった。『こびと』の単行本が出たのは二〇一六年のクリスマス前だったが、その年の大晦日にはパク氏から「『幸福洞』のモデルといわれるあたりの、大晦日の光景です」というメッセージとともに、山裾に散らばる家々の明かりを撮った写真が送られてきた。「現在は再開発が進み、高層マンションが何重にも連なっていますが、カメラの角度を五度下げればこのようにつつましい生活をしている人々の住居が見えます。そこに今も人々が住んでいるのです」。十二月三十一日のデモの帰りに撮った写真とのことだった。当時ソウルでは、氷点下の寒さの中で連日、朴槿恵大統領弾劾の大規模デモが行われていた。

このように、出版に直接かかわってくださった方以外にも、本書の刊行はたくさんの人たちに見守られていた。『こびと』は自分一人で翻訳したものではないという実感を、私は持っている。

単行本のあとがきにも書いた通り、私は、この本はすでに役割を十分に果たしたのではないかと思っていた。だが日本で刊行されると、静かな、しかし確かな反応が多く寄せられた。大勢の方が書評を書いてくださったし、読書会で会った若い人たちは、ヨンスたちの奮闘ぶりや、ウンガン紡織労組と経営者側の団体交渉の様子をまさに自分のことのように感じていた。「やいば」や「陸橋の上で」のシネに気持ちを寄せる人も多かった。韓国での出版から三十八年、バブル崩壊やリーマンショックを経て、『こびと』を理解する回路は、日本でもじわじわと準備されていたのかもしれない。

単行本が出た後、たびたび触れている神戸の「むくげの会」にお送りしたところ、かつてこの会のメンバーとして本書の翻訳にあたられた方が、一九七九年に劇団「セシル劇場」がこの小説を舞台化した際のパンフレットを送ってくださった。たまたま同年八月ソウルに滞在していたときに偶然この演劇を知り、ご覧になったそうである。この演劇については、翌年、上演が差し止められたということしか知らなかったので、とてもありがたい資料だった。このパンフレットの中で、文芸評論家のオ・セングン氏は、「『こびと』は小さな学校である。この学校では生徒である読者に事実や知識だけを注入するのではなく、問題意識を目覚めさせる。……『こびと』の学校は我々の心に新しい生きる態度をもたらす」と書いている。

単行本刊行から六年経った今、韓国文学が翻訳紹介される機会は増え、定着したかの観がある。かなり話題になった本もある。一方で、古い時代のものは翻訳される機会が少ないままなのが残念だ。そんな中で『こびと』が地道に読まれつづけ、このたび文庫化されることになったのは何より嬉しいことで、この機会に全体的に訳文を見直した。

文庫化にあたって、一九八二年に初めて訳したノートを見直してみて、この作品に出会った幸運を改めて感じた。『こびと』の文体は、きわめて平易な短文を連ねて独特のリズムを作り出すという特徴を持っている。韓国では「スタッカートのような文体」と言われたりもするようだ。著者自身は、出版社勤めなどの多忙な日常の中で、わずかな暇を盗むようにして喫茶店や公園で書き綴ったためだとも、また、フォークナーの『響きと怒り』の登場人物ベンジーの切れ切れの語り口に影響を受けたとも言っている。ともあれ、朝鮮語をサークルで一年半ほど学んだだけの私でも辞書を引き引き読むことができたほど、簡潔で端正な文章だった。本書を手にされた朝鮮語学習者の方は、ぜひ原文にもあたって、そのリズムを確認してみることをお勧めしたい（ただし最終章の「トゲウオが僕の網にやってくる」だけは文体が異なる）。

しかし文体が平易だからといって内容まで平易なわけでは全くないし、同時に、翻訳作業を経てもなおわからないことは多いという実感もある。

二〇二二年に出した『韓国文学の中心にあるもの』（イースト・プレス）という本では、「維新の時代と『こびとが打ち上げた小さなボール』」という一章を設けて、本書について少し詳しく書いた。機会があれば手にとっていただければと思うが、「声」の構成の仕方の独特さ、十代・二十代の心をみずみずしく描いた青春群像であること、また石牟礼道子の『苦海浄土』との類似性など、さまざまな角度から、『こびと』の息の長さの理由を考察してみた。実際、『こびと』についてはいくらでも書くことがある。だが同時に、書けば書くほど対象が見えなくなるような気もする。

このことについては、韓国の同年代の友人何人かと少しずつ対話してきた。本書の日本語版刊行を祝福してくれた人たちが、同時に、どこかおもはゆいというか、一口では言えない複雑な気持ちを『こびと』に対して持っているようだった。あの時代の中でチョ・セヒ先生はできるだけのことをやった、けれども、あまりにも出口がなかった七〇年代当時と、冷戦終結後のグローバル化とIT革命を経た今の韓国とでは何もかもが違いすぎる。選択肢は増えたが競争の熾烈さも増した現代の若者たちにとって、『こびと』がそのままでアクチュアリティを持ちうるのか。まして外国の読者に伝わるのか。

その懸念は私もわかるような気がする。『こびと』は、一つの時代ののっぴきならない緊張の中で生まれたもので、その一回性と切り離しては真価が見えづらい。なにしろ韓国は変化が速い。その中で『こびと』が生き続けているという事実は、一種の動体視力で観測する必要があるだろう。

九一年にソウルに住んでいたとき、麻浦《マポ》だったと思うが、バスで通り過ぎるときに広大な再開発予定地域を目にした。広い斜面にびっしり建っていた建物の九割九分までが立ち退いたのに、一軒だけトタン屋根の家が残っていた。冬で、あたり一面が雪だったが、この家の屋根からは雪が滑り落ちて黒々としていたため、遠目にもはっきりと見えたのだ。それはまるで雪原に捺されたハンコのようで、または爪痕のようで、一箇所だけ異議申し立てをしているかのような異様な眺めだった。

だが、その風景の意味でさえ、『こびと』が出版された一九七八年当時とはすでに大きく異なっていたはずだった。『こびと』の時代の後、韓国には一大不動産バブルが訪れ、官民が一体となって、不動産投機で社会が回る仕組みが作られてきたからである。これは行政や大企業だけが悪いといってすむ話ではない。多くの場合、再開発によって地価が上がれば住民は潤う。再開発は財テク手段となり、それは現在も続いているし、「不動産階級社会」という言葉まである。

起点に『こびと』一家がいることは間違いない。だが、その後の歩みがあまりに速く、急すぎる。そして今、韓国では、家（といってもマンションのことだが）と再開発を語ることが人生を語ることにもなりうる。そのことはしばしば文学にも登場しており、例えば、チョ・セヒ先生の精神を最も受け継いでいるのではないかと私が思っている作家、ファン・ジョンウンの『野蛮なアリスさん』（拙訳、河出書房新社）には、二〇〇〇年代の再開発と撤去をめぐるグロテスクな人間模様が生々しく描かれている。

昨今の不動産をめぐる事情を活写したルポルタージュ『搾取都市、ソウル――韓国最底辺住宅街の人びと』（イ・ヘミ著、伊東順子訳、筑摩書房）には、著者が貧困ビジネスを取材するうちに抱いた感想として「特定の悪人が個別にいるのではなく、搾取と不条理は至るところに存在することに気づいた」という一文があった。これが『こびと』以後、現在の韓国がたどりついた地点をよく表しているのではないかと思う。

とはいっても、持たざる者が締め出されるという構図は変わらない。二〇〇九年に起きた龍山事件（ソウル龍山区で、商業ビルからの立ちのきを要求されていた小規模自営業者たちがビルに立てこもり、機動隊が投入され、混乱の中で火災が起きて住民五人と警官一人が死亡した事件）など、『こびと』の再現そのものと思える事態も綿々と続いている。この事件の際、チョ・セヒ先生はカメラを持って現場に現れ、取材陣に取り囲まれていた。一九九七年には季刊誌『当代批評』の創刊にあたって編集代表を務めたこともあり、ジャーナリスト魂も持ち合わせた人である。

一方で労働運動はどうだろうか。軍事独裁政権は、経済成長を妨げる要因としてこれを文字通り蛇蝎のごとく嫌い、徹底的に弾圧したが、民主化後徐々に、労働組合は一大政治勢力となった。その一方で、ＩＭＦ危機以降急速に進んだ雇用の非正規化という大問題がある。チョ・セヒ先生は「『こびと』は非正規労働者の姿となってよみがえった」と発言したこともあった。

出版から四十五年。誰があそこからここへと、ストレートに橋をかけ渡せると思うだろうか。現代韓国のメビウスの帯は手ごわい。民主化されて三十六年経つ今も、南北分断が続く限り、異議申し立てをする者、異端分子、抵抗者と見られる人たちに「従北」（朝鮮民主主義人民共和国への追従者）というレッテルが貼られる可能性が常にある。冷戦構造の置き土産が、現実のねじれ方をさらにきつくしている。さらに、日本と韓国の間では、文化面では非常に親和的、しかし政治的には冷え込んだ状況というねじれの位置関係が続いている。

このように人々は、当時も今も、それぞれの時代のメビウスの帯の上を、内部と外部のつながった世界を、歩いている。そして、メビウスの帯と帯のあいだに吊り橋をかける、そんな困難な役割を『こびと』は果たしているのではないかと思う。だとしたら、本書が現代も読まれる文脈について軽々に答えが出ないのも当然かもしれない。

『こびと』の登場人物たちのその後についても少し補足しておく。本書刊行の翌年、一九七九年に出た『こびとの村のガラスの兵隊』は、公害問題を扱ったショートショートやエッセイ風の文章、またデビュー作である「帆柱のない葬船」と「こびとの打ち上げた小さなボール」を合わせて収録した本だが、『こびと』のヨンホとヨンヒ及びウンガン紡織が出てくるショートショートがいくつかある。「神には過ちがない」「私たちはみんな知らなかった」「幸福洞で死んだ父さん」「こびとの村のガラスの兵隊」がそれだ。

「私たちはみんな知らなかった」には、女性工場労働者たちのハンスト後にとったアンケートと思われるものが使われており、「こびとの村のガラスの兵隊」は、ヨンホとヨンヒの対話形式で、父とヨンス亡き後の暮らしの一コマを描いている。

その次に出版された『時間旅行』（一九八三年）については、一度、翻訳を思い立ったことがある。その経緯は『完全版　韓国・フェミニズム・日本』（河出書房新社）の巻頭言「未来から見られている」にざっと書いた。『時間旅行』はまず一九七九年に雑誌に発表されたもので、単行本になるまでに四年かかっている。抽象的な表現や飛躍に満ちており、『こびと』よりかなり難解な作品だ。この時期には光州事件が起きており、韓国はさらに厳しい言論弾圧の時代に入っていたが、そのこととも関連しているだろう。内容は「やいば」の主人公シネと夫ヒョヌの物語をベースにしており、一九七九年現在のシネが娘との間に抱える葛藤と、夫婦が十代・二十代で経験した朝鮮戦争、4・19革命の経験が重層的に描かれる。

その後、ヒョヌは大企業に転職し、夫婦は高層マンションに引っ越した。生活スタイルが変わるとともに守るべきものが変わり、二人の立場も心情も徐々に変化するが、その横で娘一人が尖鋭さを深めていく。「お母さんが二十歳の、まだ純潔さを失っていない若い人間だったとしたら、今、不幸が具体的な形をとって実現しようとしているこの一九七九年に何をしたと思う?」そんな問いを娘に突きつけられて苦しむシネを描写した後、作家は、この物語を書きつづけることの困難をさらけ出すように「何枚か省略」という言葉を唐突に置き、その後に「遅くとも二〇一九年までには、ここに省略された部分を埋めることができるかもしれない」と記していた。

この部分を読み、どうしても二〇一九年のうちに『時間旅行』を翻訳したいと思い、チョ・セヒ先生に打診したが、「この作品は書き直したい意志を持っているので、今は待ってほしい」という回答をいただいた。当時七十七歳だった作家の強い現役意識を目のあたりにして、身の引き締まる思いだった。

そして昨年二〇二二年十二月二十五日、チョ・セヒ先生は亡くなられた。クリスマスが命日ということで、いっそう人々の感慨を誘ったようである。テレビのニュースのアナウンサーは「故人は『この本がもう読まれない世の中が来ることを願う』と語っていましたが、それはまだ実現していません」と伝えていた。『こびと』は二二年七月時点で累計三百二十刷、総部数百四十八万部を突破と報道された。

本年中には、未刊行のままだった光州事件を描く小説『白いチョゴリ』の刊行とともに、『時間旅行』および写真とエッセイを集めた『沈黙の根』(原本は一九八六年刊)の復刊、さらに新たな写真集などの出版が予定されているそうである。『時間旅行』の改稿が実現しなかったことは悲しいが、これらの作品を日本でも順次紹介していきたいと思っている。

「なぜこの本はそんなに長い生命を持ちえているのだろうか?」という問いに一言で答えることは、依然として難しい。だが、日本での本書の着実な読まれ方を見ていると、人々の中で新陳代謝を続ける本というものがあるのだと思えてきた。リアリティとファンタジーが往還するその道筋に、どの時代の、どこに生まれ育った人でも入っていける無数のドアがある。チョ・セヒ先生がそれらのドアを遺してくださったことをいつまでも記憶したい。

読んでくださったすべての皆さんに御礼申し上げる。

二〇二三年四月十六日

斎藤真理子

■初出一覧

＊「メビウスの帯」……『世代』一九七六年二月号・『文学と知性』一九七六年夏号に再掲載
「やいば」……『文学思想』一九七五年十二月号
「宇宙旅行」……『根の深い木』一九七六年九月号・『文学と知性』一九七七年春号に再掲載
＊「こびとが打ち上げた小さなボール」……『文学と知性』一九七六年冬号
「陸橋の上で」……『世代』一九七七年二月号
「軌道回転」……『韓国文学』一九七七年六月号
「機械都市」……『大学新聞』一九七七年六月二十日号
＊「ウンガン労働者家族の生計費」……『文学思想』一九七七年十月号
＊「過ちは神にもある」……『文芸中央』一九七七年冬号
＊「クラインのびん」……『文学と知性』一九七八年春号
＊「トゲウオが僕の網にやってくる」……『創作と批評』一九七八年夏号
＊「エピローグ」……『文学思想』一九七八年三月号

【付記】本作品は韓国で一九七五年〜七八年の約二年半にわたり、様々な雑誌媒体で短・中編作品として発表されたものである。発表当時はそれぞれ独立した作品として読まれたことを考慮し、参考として韓国における初出一覧を付す。なお、「単行本版訳者あとがき」で触れた先行訳については、当該する作品名を「＊」で示した。

■本書の原文にはこびと（난장이）、いざり（앉은뱅이）、せむし（꼽추）、めくら（장님）など今日からみれば不適切と思われる表現があるが、作品が書かれた時代背景や作品価値を鑑みるとともに、差別する側・される側双方の生々しい息遣いや、厳しい時代を生き抜いた障害のある人々への敬意を伝えるため、そのまま訳出した。

訳者・河出書房新社

■本書は、二〇一六年に小社より刊行された単行本を若干の修正のうえ文庫化したものです。

こびとが打《う》ち上《あ》げた
小《ちい》さなボール

二〇二三年 七 月一〇日 初版印刷
二〇二三年 七 月二〇日 初版発行

著 者 チョ・セヒ
訳 者 斎藤《さいとう》真理《まり》子《こ》
発行者 小野寺優
発行所 株式会社河出書房新社
〒一五一-〇〇五一
東京都渋谷区千駄ヶ谷二-三二-二
電話〇三-三四〇四-八六一一（編集）
〇三-三四〇四-一二〇一（営業）
https://www.kawade.co.jp/

ロゴ・表紙デザイン 粟津潔
本文フォーマット 佐々木暁
本文組版 株式会社創都
印刷・製本 中央精版印刷株式会社

Printed in Japan ISBN978-4-309-46784-9

すべての、白いものたちの

ハン・ガン　斎藤真理子〔訳〕　46773-3

アジア初のブッカー国際賞作家による奇蹟の傑作が文庫化。おくるみ、産着、雪、骨、灰、白く笑う、米と飯……。朝鮮半島とワルシャワの街をつなぐ65の物語が捧げる、はかなくも偉大な命への祈り。

あなたのことが知りたくて

チョ・ナムジュ／松田青子／デュナ／西加奈子／ハン・ガン／深緑野分／イ・ラン／小山田浩子 他　46756-6

ベストセラー『82年生まれ、キム・ジヨン』のチョ・ナムジュによる、夫と別れたママ友同士の愛と連帯を描いた「離婚の妖精」をはじめ、人気作家12名の短編小説が勢ぞろい！

さすらう者たち

イーユン・リー　篠森ゆりこ〔訳〕　46432-9

文化大革命後の中国。一人の若い女性が政治犯として処刑された。物語はこの事件に否応なく巻き込まれた市井の人々の迷いや苦しみを丹念に紡ぎ、庶民の心を歪めてしまった中国の歴史の闇を描き出す。

黄金の少年、エメラルドの少女

イーユン・リー　篠森ゆりこ〔訳〕　46418-3

現代中国を舞台に、代理母問題を扱った衝撃の話題作「獄」、心を閉ざした四〇代の独身女性の追憶「優しさ」、愛と孤独を深く静かに描く表題作など、珠玉の九篇。O・ヘンリー賞受賞作二篇収録。

突囲表演

残雪　近藤直子〔訳〕　46721-4

若き絶世の美女であり皺だらけの老婆、煎り豆屋であり国家諜報員——X女史が五香街（ウーシャンチェ）をとりまく熱愛と殺意の包囲を突破する！世界文学の異端にして中国を代表する作家が紡ぐ想像力の極北。

歩道橋の魔術師

呉明益　天野健太郎〔訳〕　46742-9

1979年、台北。中華商場の魔術師に魅せられた子どもたち。現実と幻想、過去と未来が溶けあう、どこか懐かしい極上の物語。現代台湾を代表する作家の連作短篇。単行本未収録短篇を併録。

著訳者名の後の数字はISBNコードです。頭に「978-4-309」を付け、お近くの書店にてご注文下さい。